TACK!

Genom att välja en klimatsmart pocket från Bonnier Pocket bidrar du till vårt arbete för att göra produktionen av pocketböcker miljövänligare.

Vår vision är att ge ut böcker där man tagit hänsyn till miljön i varje steg av produktionen – och vi strävar efter att bli ännu bättre.

- Vi har valt miljöbättre material när vi trycker våra böcker och trycker alla våra böcker på FSC-märkt papper. FSC står för Forest Stewardship Council och verkar för ett ansvarsfullt skogsbruk.

- Vi trycker våra böcker i Sverige för att undvika långa transporter.

- Vi klimatkompenserar för de utsläpp som inte går att undvika i bokproduktionen genom Climate Friendly.

- Genom klimatsmart pocket väljer du ett miljöbättre alternativ och stöder samtidigt Världsnaturfonden WWFs klimatarbete.

Vill du veta mer? Besök **www.bonnierpocket.se/klimatsmartpocket**

FSC

Märket för ansvarsfullt skogsbruk
FSC-SWE-0061
®1996 Forest Stewarship Council A. C

klimatsmart pocket

Mari Jungstedt

DEN FARLIGA LEKEN

www.bonnierpocket.se

ISBN 978-91-7429-181-0
© Mari Jungstedt 2010
Första utgåva Albert Bonniers Förlag 2010
Bonnier Pocket 2011
Andra tryckningen
V-TAB Avesta 2011

Till min älskade dotter Bella

DEN FARLIGA LEKEN är den åttonde av Mari Jungstedts
deckare som alla utspelar sig på Gotland. De viktigaste
karaktärerna i Maris böcker är:

Anders Knutas, kriminalkommissarie som trivs med sitt jobb
vid Visbypolisen där han arbetat i trettio år. Han är i femtioårs-
åldern och gift med den danska barnmorskan Line. Tillsammans
har de tvillingar som är i tonåren.

Karin Jacobsson, Anders Knutas ställföreträdare och närmast
förtrogna på jobbet. Hon är fyrtiofem år, ett småväxt energi-
knippe som lever ensam och är ytterst förtegen om sitt privatliv.

Johan Berg, reporter på SVT med Gotland som bevaknings-
område. Var länge inbiten ungkarl, men blev blixtförälskad när
han träffade gotländskan Emma Winarve. Johan och Emma
har lilla Elin och minstingen Anton tillsammans.

Emma Winarve som lämnade sin man för passionen Johan
Berg. Hon är lärare och bor tillsammans med Johan i en villa i
Roma på Gotland.

Det var en varm dag i maj och hon promenerade ensam genom Milanos gator. Efter en stund hamnade hon vid en vidsträckt, stenlagd piazza framför en kyrka. Torget var fyllt av duvor. Vita, grå och vissa nästan blåskimrande flaxade de om varandra som i en lustfylld parningsdans. Några struttade belåtet omkring på de solvärmda stenplattorna, pickade bekymmerslöst i sig en smula här och där. Längs den stora, öppna platsen fanns parkbänkar fastgjutna i marken. En mamma med baby i vagn försökte läsa dagstidningen medan hennes två småflickor sprang omkring och lekte med gummibollar i olika färger som studsade på stenarna under barnens förtjusta skratt. En yngre man med uppkavlade skjortärmar stod vid ett enkelt stånd och sålde brända mandlar i små papperspåsar. Han svettades i värmen, det lockiga håret klibbade i pannan och han torkade gång på gång av ansiktet med en näsduk. Den söta doften från mandlarna spred sig och kittlade hennes näsborrar. Hon var hungrig och skulle träffa någon och äta lunch i stadens gamla del. Det var dit hon var på väg, men hon tog sig ändå tid att stanna upp och njuta av skådespelet. En grupp skolbarn i grönrutiga uniformer satt

7

på filtar i en ring och lyssnade på sin lärare som med yviga gester tycktes berätta om kyrkans historia. Ett förälskat par vänslades på en av bänkarna och på en annan satt tre äldre svartklädda kvinnor och pratade i skuggan av cypresserna. Runt hela platsen reste sig välskötta bostadshus med färggranna fönsterluckor. Hon smålog för sig själv när hon korsade piazzan och fortsatte in i de vindlande gränderna i La Brera, Milanos äldsta kvarter.

Några timmar senare var hon tillbaka vid samma torg på väg till ett möte med sin agentur. Hon hade bråttom. Lunchen med den nye manlige bekantskapen hade varit oväntat trevlig och dragit ut på tiden. Det var nästan så att hon kände sig lite förälskad. Hon såg fram emot den kommande tiden då hon skulle arbeta i detta modevärldens Mecka. Huvudet var fullt av tankar på mannen hon just träffat.

När hon kom fram till det nyss så livfulla torget tvärstannade hon och såg sig bestört omkring. Scenen hade dramatiskt förändrats. På marken låg ett trettiotal duvor, livlösa och blodiga. Det var oroväckande tyst. De äldre kvinnorna, de lekande barnen och det förälskade paret var borta.

Hon drog häftigt efter andan. Det var som en krigsskådeplats – minuterna efter massakern. Harmonin hade i ett slag förbytts i förödelse och död. De vackra duvorna låg utspridda med fjäderdräkterna fläckade av blod. Deras ögon var slutna, halsarna slappa och näbbarna vilade mot marken. Under en bänk låg en ensam kvarlämnad boll. Hon höjde blicken och upptäckte att de duvor som överlevt satt på fönsterblecken till husen runt omkring, tätt intill varandra. De var alldeles stilla. Inte ett ljud hördes. Hon såg ner på sin ena sko och upptäckte en röd fläck. Stirrade på den fylld av vämjelse. Var det en duvas blod? Hennes kinder rodnade av en oförklarlig skam.

Upprivet slet hon tag i rockärmen på en man som promenerade förbi och frågade vad som hade hänt. Han ryckte på axlarna. Förstod han henne inte?

Innan hon skyndade vidare till sitt möte kastade hon en sista blick på de döda duvorna. Hennes mun var torr och huvudet dunkade. Hon förmådde knappt ta in hur det sprudlande livet på torget så grymt kunnat förbytas i totalt mörker och ödeläggelse.

Taxin gled in framför Grand Hôtels entré och stannade mjukt. Hotellet var beläget i hjärtat av Stockholm med utsikt över Gamla stan och Stockholms slott på andra sidan vattnet. Det pampiga barockslottet var ett av Europas största, men nu låg det till hälften dolt i novemberdiset. Dessutom började det skymma. I Strömmens mörka och kalla vatten trängdes änder, svanar och måsar som hoppades på brödsmulor från förbipasserande. Längs kajen guppade de vita skärgårdsbåtarna på rad, Norrskär, Solöga, Vaxholm, som en bitterljuv påminnelse om en avlägsen sommar.

Mannen i baksätet betalade chauffören kontant utan att yttra ett ord. Under den mörka överrocken var han klädd i en blygrå kostym från Armani. Sidenslips i samma ton och vit skjorta med stärkt krage. Han bar solglasögon, trots att den sena eftermiddagens trötta ljus knappt orkade tränga igenom molnen. Kanske hade han tagit droger, tänkte dörrvaktmästaren som skyndade fram för att ta emot gästen. Eller så ville han bara inte bli igenkänd. Kanske var han helt enkelt en i raden av offentlighetsskygga celebriteter som kommit och

11

gått under hotellets snart etthundrafemtioåriga historia.

Dörrvaktmästaren, oklanderligt uniformerad i svart frackrock och hög hatt, öppnade den bakre bildörren.

– God middag. Välkommen till Grand Hôtel.

Han bugade lätt och tog ett steg bakåt.

Passageraren fumlade med växeln och greppade sin portfölj innan han klev ur.

I nästa sekund tappade han plånboken i marken. Han var så snabb att fånga upp den att dörrvaktmästaren inte hade en chans i världen att förekomma honom. Då mannen hukade sig åkte de välpressade byxorna upp och avslöjade att han bar tubsockor till den välskräddade kostymen. Vita tubsockor. Dörrvaktmästaren rynkade pannan. Ett uppenbart stilbrott. Ingen höjdare alltså, snarare en lantis som försökte smälta in utan att lyckas hela vägen. Avsaknaden av bagage betydde troligen att han var på väg till baren eller att han skulle träffa någon för att äta en tidig middag. Han följde intresserat mannen med blicken när han försvann in genom hotellets glasdörrar.

Dörrvaktmästaren brukade roa sig med att fantisera om gästerna. De kom från jordens alla hörn. Arabiska prinsar, amerikanska popstjärnor, grekiska skeppsredare, ministrar och regeringschefer, kungar och drottningar – vitt skilda berömdheter som Albert Einstein, Martin Luther King, Grace Kelly, Charlie Chaplin, Nelson Mandela och Madonna hade bott på hotellet. Han hade bevakat entrén till huvudstadens mest berömda hotell i trettio år och var van vid det mesta. Ändå tröttnade han aldrig på människor, deras liv, kultur, var de kom ifrån.

Han återtog platsen bakom sin pulpet innanför entrén.

Genom de stora glasfönstren kunde han snabbt upptäcka gäster som var i antågande. Uppmärksamt iakttog han vilka människor som passerade på gatan och vilka som var på väg mot hotellet.

Det dröjde inte länge förrän mannen med solglasögonen återvände från lobbyn. Han tycktes ha bråttom och gick målmedvetet mot utgången utan att titta åt sidorna. Som om han ville verka obesvärad i miljön. Det var tydligt att det var något udda med honom, något som inte stämde. Hans sätt att röra sig. Återhållsamt, nästan stelt, vilket gav intrycket att han antingen var ovanligt tillknäppt, sjuk av ledvärk eller att han av någon annan anledning inte ville eller förmådde röra sig naturligt. Han verkade nervös, men oförarglig. En stackare som av någon anledning hamnat i denna miljö som han tycktes ytterst obekväm i. Inget att bry sig om.

Dörrvaktmästaren smålog när han tänkte på tubsockorna, sträckte sig efter kvällstidningarna som placerats i pulpetens sidofack. Förstrött började han bläddra.

En minut senare hade han redan glömt mannen i taxin.

När bara ett par timmar återstod till modevisningen som skulle utgöra startskottet för Stockholm Fashion Week var läget smått kaotiskt i det provisoriskt inredda omklädningsrummet bakom scenen i Grand Hôtels vinterträdgård. Ett tiotal långbenta modeller trängdes med hårkreatörer, makeupartister, påkläderskor och stylister som hjälpte till med att nåla upp hår, böja ögonfransar, knyta skärp, snöra skor, rätta till fallet på en klänning.

Jenny Levin satt uppflugen på en barstol och lät sig pudras medan hon betraktade villervallan. Hon njöt av den sjudande aktiviteten, nerven före en visning, den hektiska stämningen, hur alla inblandade koncentrerade sig till hundra procent på just sin speciella uppgift. Själv var hon en nykomling, hade arbetat som modell knappt ett år, men kände sig redan hemtam. Som om hon vore född till det, tänkte hon och kastade en belåten blick på sig själv i spegeln. Det kopparröda håret var uppsatt till en stor, fluffig boll på huvudet, några testar hängde ner här och var. Det såg ut som om de hamnat där av en slump, men som allt annat var det en illusion. Varenda detalj var noga uttänkt och planerad.

Jenny visste att hennes ansikte ansågs vackert, med höga kindkotor, lätt sneda gröna ögon, ljus och slät hy täckt av fräknar.

Hon särade en aning på läpparna medan makeupartisten målade dem klarröda. Jenny mätte en och åttio i strumplästen och hade ett barnsligt ansikte som gjorde att hon knappt såg äldre ut än en femtonåring, trots att hon fyllt nitton. Hennes oskuldsfulla, friska skönhet kombinerad med en odefinierbar mystik i blicken förde tankarna till ett skogsrå, vilket var perfekt för den nya tidens ideal där modellerna skulle se ut som väsen, direkt sprungna ur naturen.

Från att under hela uppväxten på det gotländska bondlandet ha lidit av komplex för sin längd och sin magerlagda figur hade Jenny fått en helt ny syn på sitt utseende. Attribut som i hennes tidigare liv ansetts missprydande hyllades med ens som något vackert.

När färgen var lagd kvävde hon en gäspning och sträckte ut sina långa, slanka ben. Det hade inte blivit så mycket sömn under natten. Vid tanken på orsaken hettade det till i nedre magtrakten.

I mitten av rummet arbetade hårkreatörerna intensivt bakom varsin modell, ledda av chefen André som med kritisk blick övervakade att alla frisyrer blev exakt som designer och stylist tänkt sig. Han var en kortväxt fransman, klädd i säckiga jeans, svart T-shirt och mockasandaler. Med hårborstar i bakfickorna, sprayflaskor mellan knäna och hårspännen i mungiporna lade han proffsigt och säkert sista handen vid varje frisyr och formade den till fulländning. Alla modeller var utrustade med långt, tjockt hår som måste tuktas i flera steg. Först skulle det omsorgsfullt borstas, fönas och våfflas med en plattång innan det sprayades och tuperades med imponerande frenesi. De unga kvinnorna satt tålmodigt i sina stolar och rörde inte en min. Ibland uppmanades de att ställa sig upp medan André sprayade. Det vållade honom visst besvär eftersom han knappt nådde dem till axeln.

Till slut hade samtliga försetts med de mest fantastiska blankglänsande svall som antingen skickligt fästes i höga håruppsättningar eller tilläts bölja fritt nerför smala axlar.

Hos makeupartisterna längs ena långsidan av rummet var det fullsatt på barstolarna. Ögonlock sotades, kindben färgades, läppar glossades. Direktivet var att sminket skulle vara nedtonat och diskret för att skapa en naturlig känsla. Fokus skulle ligga på munnen som målades kraftigt röd med lager på lager av läppglans för att ge ett så fuktigt och vått intryck som möjligt. *Tänk fiskar*, hade stylisten sagt när hon gett sina instruktioner. Mycket tid ägnades åt underlaget i ansiktet, modellerna måste få en jämn och slät hy. Skavanker rättades till, ögonbryn plockades, ett blåmärke på ett lår sminkades över, en begynnande finne doldes skickligt med foundation av bästa märke, ben smordes in med glansig lotion för att blänka snyggt på scenen.

Längs väggarna stod klädställningar på hjul, försedda med lappar med varje modells namn och fotografi. Där hängde vars och ens uppsättningar för kvällen i den turordning de skulle användas; jackor, kjolar, byxor, scarves, skärp, hattar, kepsar, smycken i påsar. På golvet nedanför stod skor och stövlar i prydliga rader – olika för varje kreation. En häftig mix av knallblå mockasandaletter med stilettklack, korallfärgade platådojor, lårhöga grå stövlar, skrikigt rosa plastskor med klumpiga klackar. Skorna var prydda med nitar, spännen och glittrande stenar. Alla klackar mätte minst tio centimeter vilket gjorde att de flesta nådde uppemot en och nittio i längd när de var påklädda och klara.

Modellerna rörde sig vant mellan sminkning, hårstyling

och klädpåtagning. Ibland uppstod korta pauser i väntan på hjälp. Någon petade i en sallad, en annan pratade i mobilen, en tredje satt bara och hängde med uttråkad min. Några var djupt inbegripna i ett samtal som om de satt på café, fullkomligt oberörda av surret runt omkring. En mörkögd skönhet spexade glatt för sig själv framför spegeln i minimala shorts som fick hennes ben att se oändligt långa ut, en annan granskade kritiskt sin rostfärgade mockaklänning med fransar, hennes neonfärgade nagellack lyste mot den mörka huden.

Kläder och accessoarer provades in i det sista. Ingen tycktes bry sig om kropparna som kläddes av och på, bara bröst och stringtrosor blottades utan minsta tvekan. Samtliga hade pojkaktiga figurer med raka axlar, platta magar, små bröst och smala höfter. Långa armar, långa ben, stora fötter. Markerade kindkotor, utstickande nyckelben, muskulösa ryggar.

Jenny Levin var färdigsminkad och satt på huk mitt i rummet i bara stringtrosor och knäppte sina raffinerade ormskinnsskor med skyhöga klackar. Hon reste sig och såg sig om efter sin påkläderska som måste hjälpa henne att få på den uppseendeväckande glitterblanka kroppsstrumpa som skulle inleda visningen. Ingen behå, designern ville att bröstens konturer skulle synas under det åtsmitande plagget. Genast var påkläderskan där och tillsammans lyckades de trä på det glansiga fodralet utan att rubba frisyren.

Ibland greps Jenny av en overklighetskänsla mitt uppe i alltihopa. Hon kunde inte förstå hur livet kunnat förändras så totalt och så snabbt. Bara ett år tidigare hade hon varit en vanlig skolflicka. Den ena dagen var den andra lik, hon tog skolbussen till gymnasiet inne i Visby, gick på lektionerna, fikade med någon kompis i staden innan hon åkte hem igen. På helgerna passade hon på att rida och på kvällarna träffade hon sina vänner. Ofta satt ett gäng hemma hos någon, hyrde ett par filmer och degade, ibland var det fest hemma hos en kompis vars föräldrar var borta. Då drack de starköl och hembränt.

I ett slag hade hennes liv förändrats. Plötsligt var hon van vid de dyraste champagnerna på de lyxigaste nattklubbarna, ställen hon tidigare bara läst om i tidningar. Nu förekom hon själv flitigt på mingelbilder med kändisar. Hon gick klädd i de vackraste kläder och möttes av beundran vart hon än kom. Det var ofattbart.

När bara tio minuter återstod höjdes pulsen bakom kulisserna. Det kändes ända in i omklädningsrummet att publiken började ta plats på andra sidan draperiet. En suggestiv techno-musik pulserade ur högtalarna och eldade på förväntningarna.

Jenny kontrollerade skylten med turordningen på väggen en sista gång. Hon skulle gå ut först, väl medveten om varför. Det var ingen tvekan om att hon var stjärnan i gänget. Och denna visning kändes särskilt kittlande. I kväll skulle han finnas där ute. Hon hade bestämt sig för att försöka att inte låtsas om honom, inte låta sig påverkas.

I huvudet gick hon igenom de åtta klädbyten som skulle göras under visningen. Kastade en snabb blick bort mot sin egen klädställning, allt såg ut att vara i ordning.

Stylisten samlade ihop de vid det här laget laddade och fnissigt uppspelta modellerna för en sista genomgång. Uppradade vid draperiet påminde de om en tavla av den franske artonhundratalskonstnären Toulouse-Lautrec. Med sina bombastiska håruppsättningar, extravaganta klänningar och röda läppar var de som hämtade ur en målning från Paris nöjeskvarter mer än ett sekel tidigare.

Stylisten hyssjade strängt ner tisslandet bland de glittrande skönheterna och uppmanade dem att fokusera på sin uppgift. Nu var tiden snart inne. Hon trädde hörlurarna på huvudet för att hålla kontakt med teknikerna. En minut kvar. På andra sidan draperiet hördes det förväntansfulla sorlet från de sexhundra inbjudna.

Makeupartisterna rörde sig snabbt mellan modellerna. Sminket bättrades på in i det sista samtidigt som hårstylisterna sprayade och petade i frisyrerna.

Jenny greps av stämningen, hon älskade den här stunden. Sekunderna innan det var dags blev huvudet tomt. Hon såg uppmärksamt på stylisten, fick klartecknet, draperiet veks undan och hon stegade ut på catwalken. Ett sus drog genom publiken när hon visade sig. Hon stannade upp ett ögonblick, kunde inte låta bli att le. Sökte hans blick och fann den genast.

Sedan gick hon.

Ett blekt novemberljus lyckades mödosamt leta sig ner genom enstaka gluggar i det kompakta molntäcket. Klappstenarna låg orörda på stranden, nu var det länge sedan någon promenerat där. Havet var grått och ganska stilla. Längre ut rullade blygsamma vågor taktfast in mot spridda stenbumlingar, planlöst utkastade i vattnet.

Anders Knutas som just klivit ut på förstukvisten till sommarstugan huttrade till och fällde upp jackans krage. Luften var frisk men rå, och den kalla fukten trängde in under kläderna. Det var i det närmaste vindstilla. De nakna grenarna från björken nere vid grinden rörde sig inte, de var täckta av vattendroppar som blänkte i morgonljuset. Marken var mjuk av små gula löv som fallit när höstkylan smugit sig på. Men fortfarande blommade enstaka rosor i trädgården. Sprakande irrbloss av rött och rosa mot allt det grå som påminde om en annan tid.

Han gick ut på den leriga grusvägen som slingrade sig parallellt med havet. Deras stuga låg ett par kilometer bortom Lickershamn, ett gammalt fiskeläge på Gotlands nordvästra sida, även kallad Stenkusten. Numera ett sommarparadis, med endast ett fåtal bofasta. Den här årstiden var det fridfullt och han njöt av den stilla tystnaden.

Knutas som var morgonpigg hade smitit iväg utan att väcka Line. Som vanligt sov hon tungt. Klockan var inte mer än åtta på lördagsmorgonen och han var ensam på vägen. Den var ojämn och sörjig, överallt fanns gropar som fyllts med vatten efter nattens regn. I den gräsbevuxna remsan mot havet låg några uppochnervända ekor, varav en tillhörde Knutas. Han tyckte mycket om att fiska och var sedan många år medlem i Lickershamns fiskeriförening. Här fanns gott om havsöring, lax, flundra, torsk och piggvar. Han brukade följa med sin granne Arne som var fiskare och en av de få som bodde i byn året runt.

Utmed vägen växte vass som nu var gulnad och böjd, några nypon lyste vackert röda och på ett krokigt äppelträd satt fortfarande ett tiotal gula äpplen kvar.

Längre bort sköt branta kalkstensklippor dramatiskt ut i havet. Den stora rauken Jungfrun avtecknade sig mot himlen och vakade över den lilla hamnen där nu bara ett par fiskebåtar och några ekor låg förtöjda. Inte en människa syntes till.

Knutas hade lämnat polishuset tidigt och plockat upp Line efter hennes skift på Visby lasaretts förlossningsavdelning på fredagseftermiddagen och de hade åkt direkt till stugan. Arne hade ringt och berättat att ett träd på deras tomt hade fällts av den senaste höststormen som med våldsam kraft dragit in över ön några dagar tidigare. De hade bestämt sig för att åka dit över helgen och röja upp. Efter att äktenskapet gått på tomgång en längre tid ansträngde de sig för att hitta tillbaka till varandra. Och det kändes ganska bra.

Under året som gått hade han stundtals trott att en skilsmässa var oundviklig. Line hade dragit sig undan, inte verkat behöva honom på samma sätt som förut. Hon gjorde oftare saker på egen hand, reste på helgutflykter till Stockholm och umgicks med sina väninnor. Tillsammans med Maria som var fotograf hade hon tillbringat hela oktober på den västafrikanska ögruppen Kap Verde för att skildra mödradödligheten där. Maria skrev och fotograferade och Line följde med i egenskap av barnmorska och som researcher. När han vagt protesterat hade hon ilsket förklarat att i utvecklingsländerna var dödligheten för kvinnor i barnsäng ett enormt problem som måste uppmärksammas och han skulle inte ens våga försöka hindra henne från att resa.

Knutas hade aldrig kunnat föreställa sig hur ensamt det skulle bli utan Line. Deras tvillingar, Petra och Nils, var sjutton år gamla och de syntes alltmer sällan till där hemma. Petra hade alltid varit idrottsintresserad och gillat friluftsliv. Hon spelade innebandy sedan många år, men hennes stora intresse var orientering som hon ägnade sin mesta lediga tid åt. Flera kvällar i veckan var det löpträning och när hon inte hade innebandymatcher på helgerna tillbringade hon tiden med sina vänner borta vid Svaidestugan utanför Visby, där orienterarna hade sin klubblokal och där det fanns en mängd olika träningsspår. Sunda hobbies, visserligen, men han såg knappt röken av henne nuförtiden.

Nils var sin systers raka motsats. Fullkomligt ointresserad av allt vad sport och motion hette. Han var medlem i en teatergrupp och spelade trummor i ett band som repade var och varannan kväll. Men visst var Knutas glad åt att barnen hade intressen. Båda skötte skolan, så egentligen fanns inget att klaga över. De höll på att frigöra sig från honom och Line vilket också betydde att de som föräldrar måste göra samma sak. Line verkade inte tycka att det var något problem. Hon anpassade sig efter situationen och skaffade sig istället nya fritidssysselsättningar.

Som den där resan till Kap Verde, som för honom inneburit ren och skär pina. Redan första kvällen när han kommit hem efter jobbet tyckte han att väggarna ekade tomma mot honom. Utanför fönstret låg höstmörkret kompakt fast klockan bara var halv fem. Han hade tänt alla lampor i huset och satt på TV:n, men känslan av övergivenhet hade han inte lyckats jaga bort. Och det blev värre för var dag. Om barnen skulle sova borta eller inte komma hem till middagen tappade han lusten att laga mat, eller ens brygga kaffe till sig själv.

Den där månaden hade han genomlidit i det tysta, utan att vara riktigt klar över om tomheten berodde på saknaden efter just Line eller tvåsamhet och sällskap i största allmänhet.

Dagen innan hon skulle komma hem greps han av plötslig energi. Storstädade huset, fyllde kylskåp och skafferi med mat och köpte färska blommor som han ställde i en vas på köksbordet. Han ansträngde sig till det yttersta för att vara kärleksfull och omtänksam.

Och det hade gett resultat. De pratade mer med varandra, umgicks intensivare och hade kommit varandra närmare den senaste tiden.

På fredagseftermiddagen hade de röjt upp på tomten, räfsat löv och eldat. De avslutade dagen med att laga en god middag tillsammans och sedan hade de suttit framför brasan, druckit vin och pratat. Innan de somnade hade de älskat och det kändes nästan som förr.

Han drog in den friska havsluften djupt i lungorna och fortsatte framåt. Passerade ett av permanenthusen där det kom rök från skorstenen. Längre bort såg han att det lyste i ett fönster. I trädtopparna balanserade en flock svarta kajor som under högljudda skränanden flög iväg när han närmade sig. Likadant reagerade de sjöfåglar som satt i klungor på stenarna i vattnet. När de lyfte mot himlen insåg han hur många de var.

Fiskebodarna som låg på rad nere vid hamnen var tomma. Flera av de större hade inretts till sommarbostäder med trinettkök och sovplatser.

Han slog sig ner på en bänk och blickade ut över havet. En kväll i september hade de badat här när de senast var vid stugan. Lines fylliga kropp, mjuka vita hud. Det långa, rödlockiga håret, hennes leende och varma ögon. Som han älskade henne ändå.

När han kom hem igen satt hon på förstukvisten i en grå långkofta och raggsockor och höll en kaffemugg mellan de fräkniga, vita händerna. Hon vinkade glatt, log mot honom när han kom nere på vägen. Han vinkade tillbaka.

När de nådde vägen som förband halvön Furillen med Gotlands nordöstra kust öppnade Jenny Levin bilrutan halvvägs och drog in havsluften. Det var länge sedan hon hade varit här och hon hade glömt hur vackert det var. Ensligt, kargt och hav, hav, hav. Långt borta såg hon några vindkraftverk sträcka sig mot skyn, deras armar snurrade tvekande i den svaga vinden. Stranden låg öde, vägen var knagglig och dammig, landskapet kargt, stenigt och ju längre upp på ön de kom, desto mer avskalat. Som ett månlandskap, bortom all civilisation.

Fotografen Markus Sandberg körde och hon satt i passagerarsätet. I hyrbilen fanns också makeupartisten Maria och stylisten Hugo som skulle arbeta med den stundande fotograferingen vilken beräknades pågå i tre dagar. De båda pratade lågmält med varandra i baksätet och verkade totalt inneslutna i sitt privata samtal.

Desto bättre, då kunde Jenny ostört njuta av sitt sällskap i framsätet. Så ofta hon vågade vilade hon ögonen på Markus. Hon kunde inte fatta hur attraktiv han var, så mogen, så världsvan. Han var en av modevärldens mest eftertraktade fotografer och agenturens favorit. Han hade rest jorden runt och jobbat med alla de stora modellerna, stylisterna och magasinen. Han var lätt solbränd, hade muskulösa armar med flera mindre tatueringar, silverarmband runt den ådriga handleden, mörk skäggstubb, fylliga läppar och djupblå, intensiva ögon. Håret var tjockt och nästan svart, inte en tillstymmelse till att det började bli tunt, trots att han närmade sig fyrtio. Men det kunde man faktiskt inte tro. Han såg mycket yngre ut, tyckte hon. Som trettio kanske. Markus var noga med sitt yttre, tränade på gym, ansade skäggstubben noga och kunde stå länge framför spegeln för att få till rätt snits på håret. *Jag har ägnat hela mitt liv åt yta,* hade han krasst konstaterat när hon retade honom för hans fåfänga. *Både i arbetslivet och privat. Om jag inte värnar om mitt yttre, vad ska jag då värna om? Det är det enda jag kan, att framhäva det bästa av mitt eget och andras utseende. Skönhet är mitt stora intresse i livet.*

Hans klädsel kunde vid första anblicken tyckas avslappnad och ogenomtänkt, som om allt han råkade slänga på sig bara hamnade rätt. En sjal runt halsen, ett par jeans, slitna på rätt ställen, en till synes enkel tröja med tryck. Fast tittade man närmare så kom den från ett av de finaste designermärkena. Han var snygg ända in på skinnet, tänkte hon och längtade till kvällen när de skulle dela säng. Markus hade insisterat på att få bo i en av de ensliga eremitkojor som tillhörde hotellet och som var avsedda för gäster som ville bli lämnade ifred. Själv var hon måttligt intresserad, tyckte inte att just den upplevelsen verkade särskilt lockande. Kojorna låg utspridda och avskilt, någon kilometer från hotellet, knappt synliga bland buskar och träd, hade Markus berättat. De saknade både el och rinnande vatten och hade bara fotogenlampor och en vedspis att elda i. Hon hade lovat att sova där med honom.

Det positiva var att hon lätt skulle kunna smita dit, tillbringa natten och sedan återvända till sitt rum på hotellet tidigt på morgonen utan att någon märkte det.

Än så länge var deras förhållande hemligt. Hon undrade hur länge det skulle dröja innan de kunde visa sin kärlek öppet. Markus var ogift och barnlös och när de övriga modellerna pratade om honom hävdade de med övertygelse att han skulle förbli singel. De var också rörande överens om att han inte var mycket att lita på. Han hade ett förflutet som flickfotograf för olika herrtidningar och ett rykte om sig att ständigt byta tjejer. Detta med hans nakenfotograferande hade besvärat Jenny i början, men nu struntade hon i det. Alla måste väl börja någonstans? Fast hon undvek att titta på hans gamla bilder av yppiga tjejer som såg ut som om de skulle vilja ha sex med fotografen vilket ögonblick som helst. Hon hade varit blyg också i början, han var så van att se de mest välformade kvinnor nakna, det generade henne och gjorde det svårt att koppla av tillsammans med honom. Men han hade lyckats övertyga henne om att det ingenting betydde, att det där tillhörde hans förflutna, han var inte stolt över det och hon var ändå vackrast av alla. Så hon hade bestämt sig för att ignorera allt illvilligt skvaller om Markus. Som det där om att han aldrig skulle fastna för någon kvinna på allvar.

Hon betraktade hans tilltalande profil. Det kanske bara handlade om att han inte hade träffat rätt person. I fantasin såg hon framför sig hur de satt tillsammans på verandan till en stor, luxuös villa vid havet med flera småbarn lekande omkring sig. Tänk om det var hon och ingen annan som lyckades fånga honom till slut. Hon skrattade till vid tanken.

– Vad är det som är så roligt?

Markus log bakom sina solglasögon. Skrattgrop i den sträva kinden.

– Inget, sa hon. Inget alls.

Hon vände blicken ut genom fönstret igen. Det var härligt att komma ut hit efter den hektiska modeveckan i Stockholm. Vilken kontrast mot storstadens larm. Nu passerade de det övergivna kalkstensbrottet, där vatten bildat insjöar i schakten. Långt nedanför dem låg hotellet som såg litet och oansenligt ut härifrån. Hotell Fabriken var inrymt i en sedan länge nedlagd kalkstensfabrik och låg mitt på en stor grusplan med pyramidliknande grushögar av krossad kalksten omkring. Några fabriksbyggnader fanns kvar och påminde om den industriella verksamheten som pågått på platsen; en gammal stenkross, en lagerlokal, den kraftiga piren rätt ut i vattnet från vilken fartyg fullastade med kalksten stävat ut till havs i äldre tider. Mitt i alltihopa stod en silverfärgad husvagn i aluminium som var formad som ett ägg. Den såg malplacerad ut, likt en farkost som just anlänt från yttre rymden. Hon undrade om den också gick att bo i.

Här hade det funnits en väl fungerande industri till en bit in på sjuttiotalet. Därefter var det mest militären som hållit till på ön och Furillen hade ända in på nittiotalet utgjort ett av de skyddsområden på Gotland som utlänningar inte tilläts besöka. Nu fanns inte mycket av taggtråden kvar och de gamla radarstationerna stod som minnesmärken över en tid som flytt.

När hon var liten hade Jenny och hennes föräldrar ibland gjort utflykter till ön. De åkte hit för att ströva runt i den karga naturen, längs de ensliga stränderna eller för att plocka smultron i skogen. Mamma kände till ett perfekt ställe där det alltid fanns fullt med bär.

Nu hade Jenny kommit för något helt annat. Vem hade

kunnat tro det – att nästa gång hon satte sin fot på ön skulle det vara i egenskap av firad fotomodell?

Ett år tidigare hade hon upptäckts av en modellscout från en av de största agenturerna i Stockholm. Hon hade varit på besök i huvudstaden med familjen när hon stoppades på gatan och blev tillfrågad om hon ville provfotografera. Både överrumplad och smickrad hade hon följt med till agenturens kontor och blivit plåtad samma eftermiddag. Dagen därpå ringde scouten upp och hon blev inbjuden till agenturen tillsammans med sina föräldrar eftersom hon då var under arton. De fick ett gott intryck av agenturen och dess intentioner, gav sitt godkännande och så var saken klar. Jenny blev snabbt populär och det dröjde inte länge förrän hon ständigt var fullbokad. Eftersom modellandet gick så bra hoppade hon av gymnasiet efter jul och började arbeta på heltid. Hon reste till Milano, Paris och New York och framgångarna avlöste varandra. Överallt verkade det som om man uppskattade hennes egenartade utseende. Det dröjde inte länge förrän hon var ett välkänt svenskt namn inom den internationella modevärlden. Och efter att hon fått pryda omslaget till den mest prestigefyllda tidningen av dem alla, italienska Vogue, blev hon snabbt en av Europas mest eftertraktade modeller. Pengarna rullade in och det var summor hon aldrig ens kunnat drömma om.

Och nu satt hon här i bilen på väg till en exklusiv plåtning tillsammans med en av landets mest framstående fotografer. Som hon dessutom hade ett förhållande med. Markus hade betonat att de måste vara försiktiga nu i början. Det var känsligt eftersom han nyligen gjort slut med en modell på samma agentur som verkade ha svårt att förstå att hon måste släppa taget. Diana kunde ringa mitt i nätterna och han blev sittande i långa, utdragna samtal. Så det hela var inte komplikationsfritt. Markus menade att om de gick ut offentligt med sin romans skulle Diana, som var mycket temperamentsfull, bli helt från vettet. Därför var det bättre att vänta.

Nu lutade vägen brant neråt. Hon vände återigen blicken mot Markus. Visst kunde hon ha tålamod.

Det kan inte vara sant, är klockan så mycket!
Karin Jacobsson vek undan täcket och kravlade sig
ur den stora dubbelsängen. Hon var naken och det
mörka, korta håret stod åt alla håll.

– Va?

Hennes sängkamrat satte sig yrvaket upp. Han kisade mot
ljuset när hon tände taklampan.

– Jag kan inte fatta att jag har försovit mig. Det händer ju
bara inte!

Karin fortsatte att oja sig medan hon skyndade ut i bad-
rummet. Han kunde inte låta bli att beundra hennes seniga,
smidiga kropp innan dörren stängdes bakom henne.

– Sätter du på kaffe? Jag måste ha i mig en skvätt, annars
dör jag.

I nästa sekund hördes hur duschen sattes på. Hur kunde
människan vara så jäkla snabb? Hon var som en liten vessla,
tänkte han när han masade sig iväg till köket. En väldigt
sexig vessla.

Fem minuter senare satt de mitt emot varandra i Janne
Widéns stora och ljusa kök i Terra Nova, ett villaområde i

Visbys utkant. På just denna gata hade de träffats för första gången ett halvår tidigare. Karin tryckte in Knutas nummer på mobilen. Som vanligt svarade han direkt när hon ringde.

– Du, jag har försovit mig. Ja, jag har det. Nej, men det är sant. Nån gång måste väl jag också... Ja ja, strunt samma. Jag kommer så fort jag kan. Jaså, okej, ingen brådska alltså. Nähä... Men då kan jag alltså ta det lugnt? Jaha, vad bra. Men då ses vi sen, okej? Jag kommer när jag kommer. Va? Nej, det är inget särskilt... lite trött bara. Mmm, nej, det är inga problem.

Hon knäppte av luren och såg på sin nyvunne kärlek på andra sidan bordet. När hon log syntes den breda gluggen hon hade mellan framtänderna. Rösten hade helt ändrat tonläge.

– Då så. Mötet med länspolismästaren är inställt. Jag har ingenting inbokat före lunch.

– Vilken tur! Och jag ska bara vara hemma och packa.

– När går planet?

– Jag flyger härifrån klockan sex och sen går planet från Arlanda halv nio ikväll.

– Jag kan köra dig till flygplatsen.

Janne skulle åka till Spanien i en dryg vecka med en av Sveriges mest kända popsångerskor för att ta bilder till promotionmaterial. Han serverade Karin mera kaffe.

– Vad frågvis han verkar vara förresten, din chef.

– Äh, han är bara ovan. Han och jag brukar alltid vara först på jobbet på morgnarna. Jag tror faktiskt aldrig jag har försovit mig tidigare. Inte en enda gång på de femton år jag har varit polis.

– Otroligt! Du är så jäkla disciplinerad. Jag måste säga att det är befriande att se att du också kan klanta till det, lilla *miss perfect*.

– Äh, lägg av, log hon. Bara för att jag gillar ordning och reda. Förresten så måste jag föregå med gott exempel.

Karin Jacobsson var biträdande chef på kriminalpolisen i Visby och kommissarie Anders Knutas närmaste medarbetare. De var goda vänner och hade arbetat tillsammans i många år, men umgicks nästan aldrig utanför polishuset.

Hösten hade varit förhållandevis lugn, inga stora händelser hade inträffat, allt gick sin gilla gång. Karin hade i ärlighetens namn skött arbetet lite med vänsterhanden. När hon nu äntligen för första gången på en herrans massa år träffat en man som hon kände sig obesvärad med och som hon till och med förälskat sig i ville hon ägna mycket tid åt honom. Som om det inte räckte hade hon vågat återuppta kontakten med sin bortadopterade dotter Hanna, vilket inte var okomplicerat.

När hon svalt den sista biten av det rostade brödet reste sig Janne med okynnig min, lyfte upp henne i sina armar och bar henne tillbaka till sovrummet.

– Vad gör du? skrattade hon.

– Klockan är bara nio. Vi måste ju passa på innan jag åker. Du hade väl inget för dig före lunch?

Inne på hotellet möttes de av en stram, modernistisk design som utgjorde en häftig kontrast till de bevarade detaljerna från fabriken. De klev in i en reception med blankt stengolv och ett tiotal meter i takhöjd. En söt blond kvinna bakom en liten disk, insprängd i själva väggen, hälsade dem välkomna och delade ut nycklar. Alla spreds sedan åt olika håll. Markus skulle reka fotoplatser med art directorn, Sebastian. Jenny hann bara in på rummet och vända innan det var dags för make up. All tid var dyrbar.

Två timmar senare var hon färdig för fotografering. Tio olika utstyrslar skulle plåtas. Markus väntade på henne i det stora sällskapsrummet där de skulle ta de första bilderna. Just nu fanns som tur var inga andra gäster på hotellet så de kunde arbeta i fred.

Rummet var stort, grått och andades tyst harmoni. Möblemanget bestod av strama stålfåtöljer klädda i blygrått ylletyg, låga betongbord, lampor i rostfritt stål och vita skinnsoffor. Svarta gardiner, vita kalkstensväggar. Ljuset föll vackert in från ena väggen som från golv till tak var täckt av små kvadratiska glaskuber. Utanför syntes några knotiga tallar på den steniga stranden och så det mörka, skummande och just nu ogästvänliga havet. Längs väggarna stod kraftiga timmerbänkar med fårskinnsfällar i olika grå nyanser. I ena hörnet av det ljusa rummet hade en svart cykel parkerats, i det andra en filmfläkt på hjul, en stor TV satt på väggen. I taket hängde en travers med sina långa kedjor, ett minne från tiden då byggnaden inhyste en fabrik.

Markus ville bara använda naturligt ljus, det skulle vara dagsljus till de här bilderna – inget annat. Fotograferingen gjordes för ett modereportage i en av landets största modetidningar. Jenny var klädd i en kort rutig kjol, lila topp och brett skärp i midjan. Grå nylonstrumpor och lila mockastövlar som nådde ända upp på låren. Hon hade lätt ögonmakeup och ofärgat läppstift. Håret var lockat på ett sätt som gjorde att det såg naturligt ut, frisyren var klassiskt strikt.

Jenny var den enda modellen och uppmärksamheten kring henne var stor. Stylisten Hugo granskade varje klädveck, han var utrustad med ett bälte kring höften med säkerhetsnålar, tejp och olika klämmor. Makeupartisten Maria fick ställa sig på tå när hon bättrade på läppstiftet och duttade på en aning mera puder. Jenny var glad och avslappnad, lät sig villigt fixas med, visslade lågt och småpratade, samtidigt som hon gav Markus förstulna blickar. Han tog några provbilder med henne mitt i rummet, det lila i hennes klädsel stod sig snyggt mot allt det grå.

Så började plåtningen på allvar och det märktes genast. En annan nerv infann sig, alla koncentrerade sig på hur modellen tog sig ut. Jennys blick var intensiv när hon stirrade in i den kalla linsen. Hon vred sig i olika poser, flirtade med kameran, ibland en antydan till leende, en gäckande blick. Makeupartisten och stylisten passade på mellan tagningarna, pudrade, rättade till ett hårstrå som hamnat fel, ordnade till ett veck i kjolen. Jenny nynnade, smådansade och spexade under tiden för att hålla igång. Hon fick inte stelna till. Ingen risk i och för sig med Markus som fotograf. Han inspirerade henne, de var ett perfekt team. Med små och förfinade rörelser ändrade hon sina poser, flyttade en hand från höften, lyfte upp ett ben, ändrade sittställning på kanten av skinnsoffan hon satt på. Det grå, avskalade möblemanget, ruffigheten, takhöjden, det blanka golvet, fårskinnen, betongen – allt utgjorde en effektiv kontrast till hennes smakfulla elegans. Så fort kameran började smattra var det något som hände med henne. Hon lyste upp inifrån, började glittra så det sprakade om henne och den tjuskraft hon utstrålade hade effekt på de övriga i teamet. Alla blev ännu noggrannare, ännu petigare med detaljer, än mer måna om att bilderna skulle bli så bra det bara var möjligt. Timmarna rann iväg, de flyttade sig runt i olika rum, gick ut på gårdsplanen, en gammal Opel från femtiotalet kördes fram. Jenny lutade sig smeksamt mot den.

Villigt följde hon Markus instruktioner.

Dörren öppnas och hon hör den vanliga hurtfriska rösten: *God morgon. Klockan är sju. Dags att stiga upp.* Utan att se på henne kliver vårdaren in, tänder i taket och drar isär gardinerna. Det är fortfarande mörkt ute, men lamporna från de övriga sjukhusbyggnaderna lyser in som en olustig påminnelse om att hon befinner sig på sjukhus, att hon inte är frisk, att hon står utanför den vanliga världen. De tornar upp sig som grå olycksbådande kolosser utanför fönstret. Sjukhuset är så stort att det till och med har egna gatunamn inne på området.

Agnes vänder sig om på andra sidan. Bort från ljuset, bort från verkligheten, undan från påminnelsen om att det finns en värld där ute, ett liv som pågår, ett liv som hon kunnat leva men som är på väg att rinna ifrån henne. Åtminstone känns det så just nu. Trots att hon bara är sexton.

Detta är dagens värsta stund. Väckningen. Allt hon vill är att fortsätta sova, slippa vakna till ännu ett helvete. Kampen för att få i sig så lite som möjligt och göra av med så mycket energi det bara går, utan att vårdarna märker.

Hon vet inte hur länge hon ska orka.

Agnes önskar att hon kunde ligga kvar under täcket, samtidigt är hon smärtsamt medveten om att hon måste skynda sig upp för att hinna med minst trettio hopp inne på toaletten före frukost. Annars kommer det att bli olidligt att tvinga i sig filen och smörgåsen för att vårdaren ska bli nöjd.

Hon tampas med kluvenheten en stund innan hon med en kraftansträngning reser sig och kliver ur sängen. Hon sticker fötterna i termotofflorna och kastar en blick mot sin rumskamrat, Linda, som ligger med ryggen mot. Hon säger inte mycket. Agnes går ut i korridoren, in på toaletten. Än så länge tillhör hon den lyckliga skara som får lov att stänga och låsa dörren när hon uträttar sina behov. Av någon outgrundlig anledning litar de fortfarande på henne även om de tycker det går trögt med viktuppgången. De verkar inte ha fattat vad hon håller på med.

På toaletten är det trångt, bara en toastol och ett litet handfat mitt emot. Det finns varken fönster eller spegel. När hon kissat och sköljt av sig sätter hon igång. Det är inte lätt eftersom utrymmet är så begränsat, hon kan inte göra sina armrörelser här, det får vänta till i eftermiddag i värmerummet. Här får hon bara plats att studsa rakt upp och ner. Hon tar sats jämfota så högt hon kan. Efter bara några hopp blir hon andfådd. Hjärtat slår upprört i bröstet som om det protesterar mot den omilda behandlingen. Benen värker, de är sköra efter den långvariga näringsbristen. Agnes biter ihop, räknar viskande. *Tio, elva, tolv.* Hela tiden är hon rädd att en vårdare ska komma och knacka på dörren. Tvingas hon avbryta mitt i så ger det inte samma effekt även om hon fortsätter senare. Hon måste hoppa minst trettio gånger i ett sträck, annars är hon förlorad. Snabbt blir hon svettig och hon andas allt tyngre. Hon tar i och kämpar så att hon får blodsmak i munnen. De säger att hon är utmärglad, att hon kommer att dö om hon inte lägger på sig. Just nu vet hon inte vad hon väger, för det berättar de inte här. Patienterna vägs en gång i veckan men får inte reda på resultatet. Sist hon kontrollerade hemma i Visby stannade vågen på fyrtiotre kilo till hennes etthundrasjuttiofem centimeter. Ett BMI på 14. Hon tycker inte att det är så farligt. Det finns många som är mycket smalare. *Tjugoett, tjugotvå, tjugotre.* Ännu har ingen knackat på, men nu vet hon att risken är stor att hon snart blir avbruten. Hon blundar, precis som om det skulle vara svårare att upptäcka henne då. Anstränger sig för att inte flåsa alltför mycket så att det hörs ut. Hon börjar bli yr i huvudet och hjärtat dundrar i hennes veka bröstkorg. *Tjugosju, tjugoåtta, tjugonio.* Hon når målet trettio och sjunker ner på toalettstolen. Lutar sig bakåt, sluter ögonen. Väntar tills den rasande andhämtningen lugnat ner sig. När hon hämtat sig tillräckligt sköljer hon av ansiktet med kallt vatten. Tar av nattlinnet och blaskar av sig under armarna. Duscha hinner hon inte nu. Det brukar hon göra på kvällen innan hon går och lägger sig, det ger henne tillfälle att göra sitt sista motionspass för dagen. När hon slutligen öppnar toalettdörren drar hon en lättnadens suck. Hon kommer att klara frukosten.

Middagen serverades i den modernt inredda matsalen. Designen var sparsmakad och gick i linje med resten av hotellet.

Förväntansfulla slog de sig ner, alla var hungriga efter den långa arbetsdagen. Jenny lät blicken glida runt bland personerna kring bordet. Stylisten Hugo hade visat sig vara en riktig klippa. Hela tiden närvarande med allt ifrån säkerhetsnålar till textillim och oväntade accessoarer som plötsligt kändes livsviktiga därför att ljuset föll in på ett oväntat sätt och krävde något annat än det som var planerat. Han var professionell ut i fingerspetsarna och förstod exakt vad Markus menade när han hade synpunkter på ett veck, en polokrage eller ett stövelskaft. Samtidigt hade han en mycket säker egen blick och om de båda någon enstaka gång inte var överens var Hugo suverän på att argumentera tills han fick som han ville.

Han hade spretig frisyr som stod åt alla håll, svarta glasögon med kraftiga bågar och han var snyggt elegant i sin klädsel, stilsäker utan att vara prålig. Dessutom var han på ett strålande humör hela tiden, vilket smittade av sig på de andra. Han hade berättat för Jenny att han var nyförlovad med sin pojkvän som han bara känt i några månader. Kanske det bidrog.

De fick in vinet och Hugo utbringade en skål för gott samarbete under dagen. Art directorn Sebastian Bigert och producenten Anna Neuman höjde sina glas och log vänligt. De verkade trevliga, även om Jenny inte hade pratat så mycket med dem. Fotoassistenten Kevin Sundström var en ung kille på sitt första fotouppdrag utanför studio, så han var lite valpig och villrådig, men ett riktigt charmtroll som också passade upp på henne, sprang och hämtade kaffe och vatten stup i kvarten. Undrade hela tiden om det var något mer hon ville ha och ögonen var flirtiga under hans stora svarta lugg. Makeupartisten Maria Åkerlund hade Jenny träffat under föregående vecka på Stockholm Fashion Week då Maria sminkat henne flera gånger. Hon var trygg och stabil även om hon inte var så gammal, högst tjugofem gissade Jenny.

Alla hade kommit utom Markus, men de brydde sig inte om att vänta på honom, han brukade vara sen. Trerättersmenyn bestod av primörrödbetor med lokalt producerad getost, grillad piggvar med potatispuré och till dessert chokladtryffel.

Jenny åt med frisk aptit. Hugo höjde på ögonbrynen när hon rensade tallriken.

– Hon är sån, förklarade Maria. Kan äta nästan vad som helst utan att det märks. Inte undra på att hon retar gallfeber på folk.

Hon log brett och skålade mot Jenny. Amaronen smakade fantastiskt och de drack flera glas. Berusningen gjorde Jenny fnissig och på gott humör.

Flera gånger under middagen hade hon diskret kollat sin mobil. De andra var säkra på att Markus skulle komma när som helst. Om inte annat för att han var hungrig. Det fanns ju ingen mat i den där kojan.

Jenny gick ut för att röka en cigarett och passade på att ringa. Det gick inte att komma fram på numret. När hon frågade receptionisten fick hon förklaringen att det var dålig täckning ute i eremitkojorna. Oftast gick det inte att få kontakt via mobilen och det var ju också det som var meningen med att bo där, förklarade hon. Att man skulle avskärma sig från omvärlden.

När klockan närmade sig elva på kvällen bröt de upp.

– Han däckade nog, sa Hugo. Vi ses i morgon.

Det bultade i Jenny av längtan efter Markus. Att han bara skulle ha somnat där borta verkade osannolikt. Han längtade väl lika mycket efter henne som hon efter honom. Tidigare på dagen hade han viskat att han knappt kunde bärga sig. Tänk om han bara valt att strunta i middagen och väntade på henne? Han hade berättat att han köpt champagne som han förvarat i en kylväska i bilen. Hon blev mjuk i kroppen när hon tänkte på hans omtanke. Han brydde sig alldeles för mycket om henne för att bara strunta i henne.

Jenny skyndade in på rummet, satte rött på läpparna, stänkte på parfym. Lade ner tandborsten i väskan och hämtade en varm jacka. Det var inte särskilt kallt, några plusgrader, men hon kunde höra vinden susa utanför fönstret.

När hon kom ut insåg hon hur becksvart det var runt omkring den nödtorftigt upplysta gårdsplanen. Den gamla stenkrossen uppe på höjden tedde sig spöklik och skrämmande i mörkret. Havet kunde hon inte ens urskilja, hon anade bara det svarta vidsträckta och hörde bruset från vågorna. De enorma högarna av kvarlämnad krossad kalksten reste sig mot skyn.

Hon tog tag i en damcykel i raddan av klumpiga militärcyklar som stod uppradade längs husväggen. Flera hade blåst omkull.

Gruset lyste vitt i mörkret, det svaga skenet från cykelns framljus gav en knapp vägledning. Borta vid horisonten anade hon några svaga röda ljuspunkter.

Hon ansträngde sig för att inte tänka, bara fokusera framåt. Markus hade sagt att det inte alls var långt till stugan.

Snabbt närmade hon sig vindkraftverket på höjden. Dess kraftiga vita mast försvann upp i himlens mörker. Hon kunde höra de väldiga vingarna som snurrade i vinden, roterandet från dem trängde igenom blåsten och bruset från havet nedanför. Ju närmare hon kom, desto kraftigare blev ljudet. Det var ett taktfast svischande, ett rytmiskt susande. När hon passerade direkt under det rörde sig de tre raka armarna ovanför hennes huvud, likt knivblad som skar genom nattluften. Fundamentet var placerat precis intill vägen, sträckte hon ut en arm nådde hon det nästan. Det kändes som om själva vindkraftverket var ett levande, dånande odjur. Ändå måste hon förbi, det fanns ingen återvändo.

Hon cyklade så fort hon kunde och kände en viss lättnad när hon lagt det bakom sig. Nu var hon inne i skogen. Vägen planade ut och hit nådde inte vinden på samma sätt. Längs sidorna växte tät granskog, tallar, buskar och snår. Hon råkade kasta en blick inåt skogen och uppfattade en strimma av himlen, hotfullt mörk med nyanser i grått. Det svaga månljuset som lyckades tränga igenom skapade otäcka skuggor. Inte se åt sidan, mumlade hon för sig själv. Inte se åt sidan. Titta bara rakt fram på vägen. Inte på mörkret.

Vägen till eremitkojan var längre än hon trott. Hon ångrade sitt tilltag, hade nyktrat till nu, ville vända. Hon vred på huvudet, men såg inte längre hotellet. Nu låg det långt nedanför henne. Det var nästan midnatt och de skulle upp klockan sex nästa dag för att jobba. Vad hade hon gett sig in på? Äntligen dök den blå boden upp vid sidan av vägen. Lättnaden gjorde henne vimmelkantig. Nu var hon nära. Dessutom var den försedd med ytterbelysning. Hon försökte dra sig till minnes vad Markus hade sagt.

Ställ cykeln vid boden, det är för snårigt i terrängen för att ta med den. Gå tjugo meter till höger och sedan slänten rätt ner mot havet. Var försiktig, för den är ganska brant. Sedan ser du hur det brinner från fotogenlamporna och brasan genom fönstret. Ljuset kommer att vägleda dig.

Hon hoppade av cykeln och lutade den mot boden. Nu hörde hon inte vindkraftverket längre, det överröstades av det tilltagande dånet från havet. Hon gick ner mot slänten och anade ett svagt ljussken ett hundratal meter bort. Tur det, annars hade hon aldrig vågat ge sig på att gå rätt ner i de otillgängliga snåren. Det var svårt att ta sig fram, flera gånger snavade hon på rötter och lösa stenar. Grenar rispade henne i ansiktet och hon törnade emot flera träd som hon inte kunde urskilja i mörkret.

Utan förvarning dog ljuset från stugan och det blev kolsvart omkring henne.

Johan Berg vaknade tvärt hemma i sängen i Roma. Mardrömmen hade gjort honom svettig. Han hade drömt att han börjat röka igen. Så banalt. Motvilligt reste han sig och klev ur sängen, försiktigt för att inte väcka Emma. Stengolvet kändes kallt under hans bara fötter. Han gick på toaletten, fortsatte sedan ut i köket. Hällde upp ett glas vatten. Spisens digitala siffror visade att klockan var en kvart över midnatt. Olusten efter drömmen dröjde sig kvar, han hade inte ro att lägga sig direkt igen. Tittade in till barnen, de hade alla fyra hos sig den här veckan. De sov djupt; Sara, elva år, och Filip, ett år yngre, var Emmas barn sedan tidigare och bodde hos dem varannan vecka och så Johan och Emmas gemensamma barn, Elin, tre och ett halvt, och Anton, som snart skulle fylla ett.

Han satte sig i soffan i vardagsrummet och tittade ut över trädgården. Den lystes delvis upp av gatlyktornas vita sken. Äppelträden hade förlorat nästan alla blad. Vintern var inget han såg fram emot. Han lyssnade till blåsten utanför fönstret. Denna förbannade blåst. Ännu hade han inte vant sig vid vintrarna på Gotland. Här blev det sällan riktig vinter.

Den futtiga mängd snö som kom låg oftast bara kvar i några dagar innan den töade bort och försvann. Elin och Anton hade bara lekt i snön ordentligt när de hälsade på hos farmor i Rönninge, en av Stockholms södra förorter där Johan växt upp. Om några år hoppades han på att de skulle kunna åka iväg till fjällen åtminstone en gång om året. Det var han van vid att göra innan han träffade Emma. Hon däremot hade aldrig stått på ett par skidor.

Han gäspade stort, borde gå och lägga sig igen, skulle upp och jobba i morgon. Johan trivdes som reporter på Regionalnytts lokalredaktion i Visby. Han var åter i tjänst efter ett halvt års föräldraledighet och han måste erkänna att han gladdes åt varje ny arbetsdag. Visst hade han njutit av att få vara hemma med Anton och även Elin, de dagar hon inte var på dagis, men vardagsarbetet och bristen på stimulans och kontakt med andra vuxna hade varit tärande. Mycket värre än han trott. Kanske var det annorlunda att vara föräldraledig som man. Kvinnorna var skickligare på att nätverka, skapa kontakter, och många hade lärt känna varandra redan på mödravårdscentralen. Som man var det lätt att hamna vid sidan om. Han hade känt sig rätt ensam när han drog barnvagnen genom samhället i Roma, mellan Konsum, dagis, lekparken och hemmet.

Fast just nu rådde stiltje på redaktionen, det inträffade knappt något värt att rapportera. De befann sig i en märklig mellanperiod, mitten av november. Då borde egentligen alla svenskar gå i ide, åtminstone en månad, tänkte han. I december hade man i alla fall julefriden att glädja sig åt. Just nu bestod tillvaron av ett grått mörker. Folk var förkylda, trötta, glåmiga och allmänt sura. Han och fotografen Pia Lilja, som han i grund och botten tyckte väldigt mycket om, hade råkat i gräl flera gånger på jobbet den senaste veckan.

De var de enda som arbetade på redaktionen i Visby och ibland uppförde de sig som ett gammalt gift par och gnällde på varandra om allt och ingenting. Pia var också frustrerad, både när det gällde jobbet och det privata. Hennes längsta förhållande hittills, med en fårbonde från Hablingbo, hade just tagit slut och ett vikariat i Stockholm som hon hoppats på hade gått till en annan.

Det behöver hända något, tänkte han. Vad som helst så vi får något vettigt att göra. Annars kommer det att sluta med att hon klöser ögonen ur mig med sina långa, turkosfärgade naglar.

Han suckade, reste sig och återvände till sovrummet. Emma låg invirad i deras gemensamma täcke. Han lade armen om henne och somnade om.

Måste hålla huvudet kallt. Inte tappa fattningen. Det var ändå bara mörker. Här ute i ingenstans var hon helt ensam, här fanns bara hon och naturen. Precis som hemma på gården i Gammelgarn. Ingenting farligt. Hon kände att hon blödde från kinden. Hon skulle säkert få bannor för att hon ådragit sig en och annan reva, både på händerna och i ansiktet.

Så kom hon på hur det måste ligga till. Markus släckte förstås fotogenlampan för att han gett upp hoppet om att hon skulle komma. Antagligen hade han inte kunnat låta bli att sitta uppe och arbeta med bilderna, glömt bort tiden och insett att det blev för sent för middag. Och så hade batteriet till datorn tagit slut, eller så hade han helt enkelt blivit för trött och bestämt sig för att sova.

Något bättre till mods fortsatte hon framåt.

Med ens kunde hon skönja en husvägg bara några meter bort. Stugan låg mitt i ett snår, intill reste sig en klippa i slänten, som en rauk. Nu mindes hon. Markus hade skrattat och pekat på brickan som satt fast på nyckeln, hans stuga kallades för *Rauken*. Hon hade kommit rätt. Det var en omålad trästuga med en smal skorsten i plåt. Det fanns bara ett fönster. Hon ropade på Markus flera gånger. Inget svar.

Hon klev upp på trappan, den enkla trädörren satt fast med ett hänglås. Jenny kände hur hoppet övergav henne när hon krampaktigt ryckte i dörren.

Hon var uttröttad och frusen och nu var dessutom den förbannade dörren låst. Ett hänglås var fastsatt på utsidan. Var han inte ens här? I samma stund kände hon regndroppar som träffade hennes ansikte. Hon försökte se sig om, kunde knappt urskilja något alls i mörkret. Så upptäckte hon ännu en liten stuga en bit bort.

Hukande för det snabbt tilltagande regnet, snubblande på rötter och stenar, tog hon sig dit. Trevade sig fram utefter väggen. En hasp. Hon öppnade dörren och en svag, otrevlig lukt slog emot henne. Utedasset. Då kom hon åtminstone inomhus. Hon satte sig på det stängda locket. Vad fan skulle hon ta sig till? Hur kom det sig att ljuset släckts fast Markus inte var i stugan? Kanske hade elden i kaminen falnat eller en fotogenlampas låga slocknat av sig själv. Men skulle han ha lämnat brinnande ljus om han lämnat stugan? Hon fick inte ihop det.

De hårda dropparna smattrade mot plåttaket. Var kunde Markus hålla hus? Det troligaste var att han begett sig till hotellet när han insett att hon inte skulle komma. Det betydde i så fall att hon var fullkomligt ensam ute i ödemarken.

Insikten gjorde henne gråtfärdig men i nästa stund förebrådde hon sig själv. Hon var en stor flicka nu, kunde ta vara på sig. Hon övervägde olika alternativ. I själva verket fanns bara två att välja mellan. Antingen cykla tillbaka till hotellet, ta en varm dusch, torka sig torr och krypa ner i sängen. Hon skulle åtminstone hinna få några timmars sömn. Men blotta tanken på att snubbla sig fram genom den oländiga terrängen i mörkret och ovädret fick henne att rysa.

Det andra alternativet var att försöka ta sig in i stugan. Om Markus hade gett sig av till hotellet skulle han upptäcka att hennes rum var tomt och förstå att hon var här.

För att få upp låset skulle hon behöva någon sorts verktyg. Hon trevade i fickorna, hittade sina cigaretter och tändaren. Dem hade hon helt glömt bort. Satte fyr på en cigarett, drog ett djupt halsbloss. Hon såg upp i taket och spetsade öronen. Nog sjutton regnade det mindre. Tack gode gud. Hon tittade på klockan. Tio i ett. Vilket vansinne. Klockan sex skulle hon sitta i sminket. Hon sköt undan tankarna, orkade inte stressas av det just nu. Hon tog ännu ett bloss på cigaretten.

Jenny rotade igenom fickorna och axelremsväskan. Där hade hon en necessär med tandborsten och p-pillerkartan, och hon hittade ett par hårnålar och till sin stora lättnad även en pincett. Nu borde hon ha stora möjligheter att få upp hänglåset. Det hade känts ganska litet och enkelt. Hon öppnade dörren och slängde ut fimpen. Stugan låg bara några meter bort. Hon var våt och kall. Bara hon kom inomhus.

Hon tog hårnålen och stack in i hänglåset, bände och vred åt alla håll, men låset kärvade och ville inte gå upp. Hon försökte med pincetten och karvade hit och dit. Och så äntligen. Med ett klick gick låset upp.

Precis innanför dörröppningen låg han, på mage med ansiktet i golvet. Hon stirrade med fasa på kroppen. Ögonblickligen kände hon igen Markus, även om ljuset var svagt. Hon snyftade till, snabbt fick hon tag i en tändsticksask på en hylla vid dörren, drog eld på en sticka och tände fotogenlampan som satt på väggen vid entrén. Så fort rummet lystes upp skrek hon till. Han hade ett djupt sår i bakhuvudet och blodet hade runnit ner på golvet. Den lilla stugan var ett kaos, med omkringslängda saker, en omkullvält stol, sönderslagna kameror som låg krossade på golvet. Han hade djupa jack i armarna och på händerna och blod hade stänkt omkring.

Panikslagen och hulkande rafsade hon fram mobiltelefonen. Händerna skakade när hon knappade fram Marias nummer, ingen kontakt. Fan i helvete. Det hade ju receptionisten talat om för henne. Det fanns ingen täckning i stugan.

Larmet kom till polisen klockan 01.17. En förvirrad kvinna talade osammanhängande med vakthavande och efter kontroll med hotellägaren ute på Furillen visade sig uppgifterna stämma. Den kände modefotografen Markus Sandberg som arbetat med en fotografering ute på Furillen under dagen hade hittats svårt skadad i den stuga där han var inackorderad. Sandberg hade utsatts för kraftigt övervåld med okänt tillhygge men var vid liv.

Anders Knutas och Karin Jacobsson satt i den första bilen som en timme senare bromsade in vid Hotell Fabriken. Därifrån skulle de lotsas till stugan där Markus Sandberg hittats.

Genast när de körde in på grusplanen framför entrén kom ägaren ut för att ta dem till brottsplatsen. Han var en välkänd profil på Gotland, själv gammal modefotograf som sadlat om och öppnat hotell i obygden. Knutas hade träffat honom flera gånger tidigare i olika sammanhang. Nu var han blekare än vanligt.

– Tjena, hälsade han snabbt. Ambulansen har just åkt iväg med både Sandberg och hon tjejen, Jenny Levin. För jäkligt det här. Kör efter mig. Jag visar vägen.

Innan de hann svara hoppade han in i en stadsjeep och startade motorn. Knutas och Karin skyndade in i bilen medan Knutas ropade instruktioner till kollegerna i bilarna bakom.

– Sohlman följer med oss. Även hundpatrullen. Övriga stannar kvar och tar hand om allt på hotellet.

Några minuter senare parkerade de så nära man kunde komma. Det fanns en väg dit fram som bara ett fåtal kände till. Det hade slutat regna men var blött i marken. Så försiktigt de kunde banade de sig väg genom snåren. Ficklamporna lyste nödtorftigt upp stigen. Strax nådde de den ensligt belägna stugan.

Knutas kikade in genom dörren. Inredningen var sönderslagen och blodfläckar fanns på både golv och väggar. Kriminalteknikern Erik Sohlman trängde sig fram bredvid Knutas.

– Fy fan, här har det gått vilt till. Det dröjer många timmar innan det ljusnar. Det är ingen idé att vi påbörjar nån teknisk undersökning före dess. Risken är bara att vi förstör en massa spår. Han drog handen genom sin röda kalufs och såg sig omkring. Vi får koncentrera oss på att jaga gärningsmannen. Vad det nu är för dåre som har åstadkommit det här.

Mörkret låg kompakt över den lilla byn Kyllaj, längst ute på randen av Gotlands östkust. En enslig utpost med bara sex personer bofasta permanent. Byn som i gamla tider varit ett fiskeläge hade även den med åren omvandlats till en sommaridyll för turister. Där fanns en mindre sandstrand, en länga sjöbodar och en hamn för småbåtar. Nu i november kändes sommarens livlighet avlägsen. Byn var tömd på folk, det fanns varken affär, kiosk eller någon annan serviceinrättning. Bara hus som bommats igen för vintern och som stod där som övergivna kulisser i väntan på vårsolen och sina ägare.

I utkanten av byn låg ett större hus av kalksten som tillhörde en gotländsk familj. De befann sig utomlands så huset hade hyrts ut till en författare som ville komma undan civilisationen och skriva i lugn och ro. Bättre plats hade han inte kunnat välja. Kyllajs enslighet passade honom perfekt. Han hade blivit glatt överraskad när han upptäckte annonsen i tidningen. *Kalkstenshus på Gotland uthyres på obestämd tid. Modernt utrustat, beläget i Kyllaj med havsutsikt och stor trädgård. Låg hyra i utbyte mot trädgårdsskötsel och underhåll.* Tillfället hade inte kunnat dyka upp lägligare. Han hade just gått igenom en besvärlig separation samtidigt som han tilldelats ett författarstipendium som han tänkte använda för att skriva nästa bok. Han behövde komma bort från storstaden, iväg från sitt vanliga liv. Få ro att skriva. Huset hade visat sig vara precis det han sökte.

Hunden var hans enda sällskap. Hon störde inte, lade sig aldrig i, hade inga som helst synpunkter på när han åt eller sov. Anpassade sig bara. När han satte sig framför datorn för ännu ett långt skrivpass rullade hon fogligt ihop sig under skrivbordet, suckade tungt och somnade. Hon var ett tyst och icke-krävande sällskap som oupphörligen visade honom sin kärlek. Tack vare henne kom han ut på långa, dagliga promenader då han rensade skallen samtidigt som han fick frisk luft och motion utan att behöva bli svettig. Om natten låg hon vid hans fötter som en trygghet när det ibland kändes alltför ödsligt runt omkring. Hunden var definitivt en författares bästa vän. Nu hade Olof Hellström bott i huset i sex månader. Vid det här laget var boken så gott som färdig. Till jul skulle han återvända till Stockholm.

Den här natten satt han uppe och skrev. Det blev ofta så. Numera hade han ingen annan än sig själv att ta hänsyn till, tänkte han lite bittert. Han satt vid köksbordet i enbart skenet av stearinljus och arbetade med de sista kapitlen. Han var förundrad över att han faktiskt lyckats få ihop det den här gången också. Tiden i huset hade gjort honom gott. Hans förläggare skulle bli nöjd och han var redo att möta storstaden igen.

Med jämna mellanrum tittade han ut i mörkret. Huset låg nere vid havet som bredde ut sig svart och oändligt utanför fönstret. Då och då gled månen fram ur molnen på himlen och kastade ett vitt ljus över gräsmattan ner mot vattnet.

Plötsligt tyckte han sig höra ett ljud där ute. Ett svagt knattrande som från en båtmotor. Det klack till i honom. Vad i helsike kunde det vara? Här rörde sig knappt några människor om vintern.

Hunden morrade under bordet, hade också upptäckt att något inte var som det skulle. Han hyssjade på henne, lät henne vara kvar i huset, tog på sig jackan och hämtade en ficklampa på vägen ut.

Nattkylan var frisk, vinden hade mojnat. Båtmotorn hördes tydligt. Raskt promenerade han över det mjuka nattfuktiga gräset.

Knattrandet var långsammare nu, kom stötvis som om motorn skulle stängas av vilken sekund som helst. Båten höll alltså på att lägga till. Om det nu var en vanlig fiskebåt var det ändå konstigt. De utgick alltid ifrån småbåtshamnen längre bort. Här fanns bara en stenig strand och den privata brygga som tillhörde huset. Med ens blev han osäker. Olof Hellström ville inte bli indragen i något. En två meter hög stenmur löpte längs stranden på den här sidan och skyddade honom från upptäckt. Han släckte ficklampan i god tid innan han var förbi muren. Att en båt skulle komma in här mitt i natten var så oväntat att han inte ville ge sig tillkänna. När han nått murens ände kikade han försiktigt fram.

Nere vid vattnet fanns en lanterna som gav ett rött sken ut mot havet för att ledsaga båtar in till hamnen. I ljuset såg han hur en man lade till vid bryggan och klev ur en mindre plastbåt, inte stort mer än en eka. Förvånat iakttog han hur främlingen istället för att göra fast puttade ut båten i sjön igen. Han var klädd i mörka kläder, tycktes ha bråttom, småsprang över spången och fortsatte bort mot vägen. Olof

Hellström blev villrådig, visste inte vad han skulle göra. Om han skulle ropa eller inte. Han bestämde sig för att låta bli. Plötsligt stannade mannen upp och vände sig om.

Som paralyserad stod Olof blick stilla och bara väntade. Nu ångrade han att han inte tagit hunden med sig.

Ångesten vrider sig som en elak orm i hennes magra kropp när det är dags för nästa måltid. En röst skriker inom henne att hon inte vill, men ingen hör. Ingen lyssnar. Ingen bryr sig. Hennes känslor och vilja är det ingen som tar hänsyn till längre. Hon har blivit avhumaniserad, degraderad till någon sorts levande docka som till varje pris ska bli tjockare. Bara för att personalen på avdelningen ska förbättra statistiken, stoltsera med resultaten. Hon själv som människa är inte värd någonting.

Hon och hennes behandlare Per traskar genom korridoren på väg till matsalen. Där hämtar de sin lunch, tar sedan med sig brickorna in till matlabbet. Ett rum som används för sådana som inte klarar av att äta med de övriga i matsalen. Agnes har med sig en apparat som talar om för henne hur mycket hon ska lägga på tallriken och i vilken takt hon ska äta. Det är som en liten dator, kopplad till en platta som fungerar som en våg. Alla på avdelningen har sin egen personliga apparat. Agnes kallar den för Manicken. Portionen väger 250 gram och ska ätas på tjugofem minuter enligt de direktiv som är anpassade just efter henne. Äter hon för långsamt så kommer skådespelaren Michael Nyqvists röst att eka från apparaten och tala om att hon måste öka takten. Vanligtvis tar det en timme för henne att få i sig alltihop. Michael Nyqvist får säga till flera gånger. Det är patienterna själva som har fått välja vilken röst de vill lyssna till från Manicken. De valde Rikard Wolff och Michael Nyqvist. Så blev det Nyqvist. Inte vet hon varför. Kanske fick han frågan först. Han tackade i alla fall ja till att bli manickröst för allvarligt sjuka anorexipatienter. Kanske gjorde han det som en god gärning. Ibland stänger Agnes av ljudet när hon inte orkar höra förmaningarna. Men oftast känns det som ett sällskap. Nästan som om Micke Nyqvist fanns bredvid henne i rummet och hon slapp vara ensam med vårdaren som alltid sitter där på andra sidan bordet som en övervakare.

Rummet är litet, fönsterlöst och klaustrofobiskt. Det enda möblemang som finns därinne är ett furubord och två stolar – en på var sida. En klocka på väggen som obönhörligt tickar på och med all önskvärd tydlighet demonstrerar hur erbarmligt lång tid det tar att få i sig maten. Den färgglada löparen på bordet hånskrattar åt henne. Stolarna skrapar när de sätter sig, Per mitt emot. Han är den hon gillar bäst på avdelningen. Lugn och snäll. Inte så gammal heller som många andra. Hon gissar på runt tjugofem, men har aldrig frågat. Fast tidvis kan hon inte med honom heller. Vissa dagar verkar han disträ, som i dag. Då blir han lättare att lura.

Agnes tittar på sin bricka. Där står glaset med två och en halv deciliter mjölk som hon måste dricka. Mjölk är svårt, liksom alla mejeriprodukter. Det känns så fett, så kompakt. Som om mjölken lägger sig som en hinna i hennes innanmäte och stannar där. Gör henne tung.

Lunchen ligger i en aluminiumbehållare. Hon lyfter på locket och stirrar på fisken. Såsen ser gräddig ut. Ängslan griper tag. Hur i hela världen ska hon få i sig detta? Hon knäpper på Manicken, trycker in sin kod och genast hörs Michael Nyqvists röst: *Placera tallriken på vågen.* Hon gör som han vill. *Lägg upp maten.* Hon börjar sleva upp innehållet från aluminiumlådan tills sifferrutan på skärmen visar hundra och blir grön – hundra procent, varken mer eller mindre. Om hon bara lägger upp nittionio procent strejkar Manicken och vill inte sätta igång. Det går inte att fuska.

Som alltid förfasas hon över den enorma mängd mat hon har framför sig. Den tornar upp sig som ett oöverstigligt berg. En hög potatismos, en bit torsk med äggsås, två tomatklyftor, några gurkskivor och ett par salladsblad. Dessutom ska hon få i sig ett glas mjölk och en skiva franskbröd med Bregott. Allt detta på tjugofem minuter.

Obekymrat börjar Per ta för sig medan det i Agnes inre rasar ett krig där tvångstankarna tumlar om varandra. Kampen ligger framför henne. Nu gäller det att få i sig så lite som möjligt utan att han märker något.

Agnes har blivit skicklig på att hitta diskussionsämnen och kollra bort vårdaren genom att starta en konversation som blir så livlig att han eller hon glömmer bort att ha ögonen med sig varenda sekund. Hon är riktigt bra på att prata när hon är på det humöret.

Och enstaka ögonblick räcker för att hon ska hinna göra sig av med åtminstone delar av portionen. I början när vårdarens uppmärksamhet är som störst tar hon det försiktigt. Hon börjar med att dela fisken i minimala bitar, rör runt i potatismoset, kladdar med det, gör små cirklar i olika former. Om hon finfördelar maten så mycket det bara går så känns det som om den inte stannar kvar i kroppen lika länge. Då förbränner hon den snabbare. Allt handlar om att få ut eländet ur kroppen fortast möjligt.

Med små, försiktiga rörelser låter hon droppar av mjölken rinna ner på utsidan av glaset, hon hackar och plockar med besticken fram och tillbaka på tallriken innan hon med långa mellanrum stoppar en pytteliten bit i munnen. Tuggar länge, låter ofta en del av potatismoset och såsen hamna på läppen som hon blixtsnabbt torkar av med en servett. Agnes torkar munnen många gånger under måltiden. Varje gram hon lyckas undvika är en seger. Den utspillda såsen en triumf.

Men Micke Nyqvist protesterar när hon äter för sakta. *Ät lite snabbare.*

Agnes pratar ivrigt på om allt möjligt för att förvilla Per. Brödsmulor åker ner på golvet medan hon poängterar något med eftertryck. Då Per tittar ner i tallriken för att ta nästa tugga glider blixtsnabbt en bit fisk ner i fickan på Agnes munkjacka. Hon lutar sig en aning framåt när hon pratar och lyckas samtidigt smeta ner fingret med potatismos och stryka av på undersidan av bordet. Hon låtsats klia sig i huvudet, men vad Per inte märker är att hon på samma gång kletar fast resten av smörgåsen i nacken, under håret. Så där håller det på. När de lämnar rummet efter en timme har Agnes lyckats smussla undan nästan en tredjedel av den upplagda portionen. Det har gått mycket bättre än vanligt. Per var nog trött i dag, upptagen av egna tankar.

Ångesten har lindrats, åtminstone tillfälligt.

Telefonen ringde redan halv sex på morgonen. Oron grep tag i Johan när han skyndade sig för att svara. På några sekunder hann han påminna sig själv om att alla barn sov hemma hos dem, vad det än var kunde det alltså inte gälla någon av dem. Ett ögonblick av lättnad innan han tog samtalet. Det var en av Emmas närmaste väninnor.

– Hej, det är Tina, hörde han en uppjagad röst i andra änden. Förlåt att jag ringer och väcker er, men det har hänt nåt fruktansvärt.

– Vad då?

En kort tvekan.

– Du, jag skulle vilja prata med Emma först, sa Tina urskuldande. Det gäller min dotter Jenny.

– Självklart. Jag väcker henne.

Johan skyndade in i sovrummet och skakade liv i Emma. För ovanlighetens skull kvicknade hon till snabbt som om hon hörde på hans röst att något allvarligt inträffat.

Johan gick ut i köket och satte på kaffe medan han väntade. När Emma pratat färdigt kom hon in i köket och sjönk ner på en stol.

– Tina är med Jenny på lasarettet. Hon var på ett jobb på Furillen och i natt hittade hon fotografen, den där Markus Sandberg, fruktansvärt misshandlad i en stuga.

– Herregud. Hur allvarligt skadad är han?

– Han lever, men skadorna är livshotande. De tog honom direkt från lasarettet med helikopter till Stockholm.

– Och hur är det med Jenny?

– Hon blev såklart chockad, men det är ingen fara med henne. Hon hittade ju honom, men då hade den som gjorde det försvunnit.

– Vet du om det var nåt bråk som föranledde misshandeln?

– Nej, de hade jobbat som vanligt på dan, sen kom aldrig Markus till middagen och då letade Jenny efter honom och hittade honom helt sönderslagen. Ingen vet vem som har gjort det.

– Var hittade hon honom?

– I en stuga på Furillen. En sån där liten eremitkoja som tillhör hotellet. Polisen ska förhöra henne när hon har hämtat sig tillräckligt. Hon har visst fått nåt lugnande.

Johan var redan på väg ut i sovrummet för att klä på sig. Att det var just Markus Sandberg som råkat illa ut gjorde nyheten bra mycket hetare än om offret varit okänt för allmänheten. Sandberg hade en märklig karriär bakom sig. Han var en av de få fotografer i Sverige som var känd i de breda folklagren, framför allt på grund av sitt rykte som skandalomsusad flickfotograf, och för att han varit programledare för ett omstritt TV-program i en av de kommersiella kanalerna. Programmet anklagades för att vara sexistiskt och kvinnoförnedrande och blev kortlivat, men hann ändå skapa tillräckligt många rubriker för att namnet Markus Sandberg skulle etsa sig in i allmänhetens medvetande. Hans personliga insats var det i och för sig inget fel på: med sin värme, humor och karisma gick han hem i stugorna. Och även om programmet lades ner så fortsatte han att dyka upp i olika lekprogram och frågesporter i TV där han alltid gjorde bra ifrån sig och så småningom verkade folk ha glömt hans tvivelaktiga förflutna. Han sadlade sedan om och blev renodlad modefotograf och med ens förekom han i alla möjliga sammanhang. Som jurymedlem i olika mode- och skönhetstävlingar, han gav ut en fotobok med svenskt mode genom tiderna. Ja, Markus Sandberg hade lyckats bygga upp ett nytt varumärke för sig själv och förra sommaren hade det ovedersägligt bekräftats genom att han fick sommarprata i radions P1. Ivrigt slog Johan Pia Liljas nummer. Eftersom hon svarade omedelbart förstod han att hon redan kände till vad som hänt. Kort drog han det han visste.

– Jag skulle just ringa dig, sa fotografen ivrigt. En tjej som jag känner ringde och berättade precis. Hennes mamma städar på hotellet. Ringer du polisen?

– Japp, det är väl lika bra att vi drar direkt upp till Furillen? Polisen kan vi alltid intervjua senare, men vi måste säkra bilder.

– Absolut. Jag plockar ihop grejerna så kör vi på en gång när du kommer hit.

Redan klockan sju morgonen efter dådet ute på Furillen samlades spaningsledningen i polishuset i Visby. Knutas konstaterade att hans kolleger såg trötta och glåmiga ut i det obarmhärtigt vita ljuset från lysrören i taket. November var sannerligen en dyster månad.

De viktigaste medarbetarna var på plats, hans biträdande Karin Jacobsson, kriminalinspektören Thomas Wittberg och den något strame presstalesmannen Lars Norrby. Teknikern Erik Sohlman skulle sitta med en stund, men strax måste han återvända till brottsplatsen ute på Furillen. Den tekniska undersökningen skulle sätta igång så fort det ljusnat. Även åklagare Birger Smittenberg hade kallats in, Knutas hade stort förtroende för åklagaren och tyckte om att ha med honom från början.

– Ja, kära vänner, började han. Ni har alla blivit väckta mitt i natten och vi har fått ett ovanligt fall att ta tag i. Fotografen Markus Sandberg utsattes i natt för ett mordförsök av en okänd gärningsman ute vid Hotell Fabriken på Furillen. Ni vet väl alla vem Sandberg är?

Alla runt bordet nickade instämmande. Knutas fortsatte:

– Gärningsmannen har huggit offret, troligen med en yxa, men det är inte helt klarlagt ännu. Det här bygger på ambulanspersonalens uppgifter. Jag ska prata med ansvarig läkare på sjukhuset direkt efter det här mötet. Klart är i alla fall att Markus Sandberg är mycket svårt skadad och det är osäkert om han kommer att överleva. Han har förts med helikopter till neurokirurgen på Karolinska sjukhuset. Han är nersövd och kommer att opereras om det inte redan görs just nu. Nåväl, Sandberg hittades i natt av ingen mindre än Gotlands egen Kate Moss, den numera rikskända fotomodellen Jenny Levin, från Gammelgarn. Alla vet väl vem det är också?

Idel nickningar.

– Han påträffades i en liten stuga som tillhör hotellet. Den ligger nån kilometer från hotellbyggnaden och han skulle övernatta där. När han inte kom till middagen blev de andra oroliga så Jenny Levin cyklade iväg senare på kvällen för att titta till honom och då gjorde hon alltså upptäckten.

– Titta till? upprepade Thomas Wittberg och höjde på sina ljusa ögonbryn. Jag har sett de där stugorna, de kallas eremitkojor och ligger långt ute i bushen. Vad var klockan när hon kom dit?

– Några minuter över ett. Larmet kom in 01:17, men det tog en stund för henne att hitta en plats där mobilen hade täckning.

– Och varför skulle hon ge sig ut i mörkret så sent på natten för att *titta till* honom? Av ren kollegial omtänksamhet då? Knappast.

Wittberg skakade på sitt guldlockiga huvud.

– Hon var orolig, det var väl förresten alla i teamet. Han dök som sagt aldrig upp till middagen.

– Äh, fnös Wittberg och såg sig om bland kollegerna runt

bordet. De där två har naturligtvis ett förhållande. Hon skulle sova över hos honom, det är glasklart. Och Jenny Levin är inte vem som helst om man säger så. Hon är säkert Sveriges hetaste modell just nu. Hon upptäcktes väl bara för nåt år sen och har gjort värsta kometkarriären. Jag läste om henne i Café nyligen.

– Kunde just tänka mig det, sa Karin beskt.

– Hon är verkligen skitläcker, bredde Wittberg på och flinade mot Karin.

Han älskade att reta upp kollegan.

– Kanske det, men det hör knappast hit, sa Knutas med skärpa i rösten.

Att Wittberg var en flickjägare var allmänt känt. Snart hade väl i stort sett alla kvinnor i polishuset varit mer eller mindre förälskade i den ständigt lätt solbrände, vältränade charmören. Karin dock oräknad. De jobbade ofta ihop, men hon höll Wittberg på behörigt avstånd, även om de två inte kunde låta bli att smågnabbas. Ibland betedde de sig som syskon. Knutas tog återigen till orda:

– Jenny Levin befinner sig just nu på lasarettet. Vi får vänta med att höra henne. Hittills har vi inga direkta spår efter gärningsmannen, ingen ur vare sig personalen eller fototeamet har lagt märke till nåt särskilt. Fototeamet var också de enda gästerna på hotellet. Men vi får se, nu i natt var det förstås en upprörd, förvirrad stämning där ute och det var väl ingen som kunde tänka klart. De vi pratade med var rejält omskakade. Vi sätter igång med regelrätta förhör direkt efter det här mötet. De har väl förhoppningsvis hunnit sansa sig. Fyra anställda sov på hotellet i natt; hotellägaren själv, hans hustru, restaurangchefen och en städerska. Alla har förhörts ute på plats, men de kommer också in hit under morgonen, liksom resterande personal. Vi har spärrat av ett stort område kring stugan och en hundpatrull är där ute. Så fort som möjligt sätter vi igång med dörrknackning.

– Dörrknackning? frågade Norrby. Hur många bor permanent på Furillen?

– Ingen, vad jag vet. Men i området kring Lergrav finns en del. Frågan är hur vi ska hantera pressen. Dådet lär väcka en hel del uppmärksamhet. Markus Sandberg är en mycket välkänd fotograf och så fort journalisterna luskar reda på att Jenny Levin var den som hittade honom kommer de att vara efter oss som hökar. Lars?

– Jag föreslår att vi håller en presskonferens så fort som möjligt, sa Norrby och såg uppfordrande på Knutas. Det måste vara det självklara i det här läget.

En viss spänning rådde mellan de två sedan Norrby gått miste om en befordran några år tidigare då Knutas prioriterat Karin framför honom.

– Det är lika bra att ta alla i ett svep, avslutade han och slog handflatan i bordet som för att understryka sina ord.

– Vilka personer ingick i teamet som arbetade med fotograferingen? insköt Wittberg.

Knutas satte på sig läsglasögonen och bläddrade i sina papper.

– Det var förutom Jenny Levin och Markus Sandberg fem personer. En stylist som heter Hugo Nelzén, en art director vid namn Sebastian Bigert, en fotoassistent, Kevin Sundström, och en producent, Anna Neuman. Dessutom en sminkös, Maria Åkerlund. Sju personer, allt som allt.

– Hur väl känner de här personerna varandra?

– Ingen aning. Det lär vi få svar på under dagen. Alla är på väg hit för förhör.

– Var det inga andra modeller med? frågade Wittberg. I så fall kan jag åta mig att sköta de förhören.

– Du är hopplös, suckade Karin och kunde inte låta bli att dra på mun.

Knutas började få huvudvärk och magen knorrade. Han gnuggade pannan och tittade på klockan. Halv åtta. Han hade varit upp sedan halv två på natten, men ännu inte hunnit äta något. Sohlman reste sig.

– Är det inget mer så sticker jag iväg nu. Vi har en massa att göra där ute.

– Okej. Knutas såg uppmärksamt på de övriga runt bordet. Våra kolleger har sökt hela natten efter gärningsmannen och vägspärrar har satts upp på flera platser i området. Det är också fler poliser på väg till Furillen just nu. Hundpatrullen fortsätter sökandet och man vet ju inte, det kan hända att gärningsmannen är kvar och ligger och trycker nånstans. Dörrknackning sätter som sagt igång nu under morgonen i omgivningarna och det är viktigt att vi pratar med så många som möjligt som bor i bygden. De som är kvar här i huset får hjälpa till med alla förhör som ska göras. När det gäller beslut om presskonferens föreslår jag att vi avvaktar.

Norrby fick en stram min kring munnen och såg ut att vara på väg att protestera, men ångrade sig i nästa stund. Han nöjde sig med att muttra ogillande.

– Medierna får nöja sig med ett pressmeddelande tills vidare, fortsatte Knutas. Vi måste veta mer om vad som har hänt innan vi kan prata med journalister. Det återstår att se vad som kommer fram i dag och om killen överlever överhuvudtaget. Jag håller kontakt med sjukhuset. Intresset från pressen lär bli stort, det får vi vara beredda på, sa han med en blick på Lars Norrby, som inte alltid hade lätt att hantera journalisterna när trycket blev hårt.

Karin hejdade Knutas på vägen ut.

– Hur vet du vem Kate Moss är?

– Och varför skulle jag inte känna till henne? sa han och gav henne en oförstående blick.

– Du är väl inte direkt modeintresserad.

– Jag förstår inte vad du menar. Jag är ju rena oraklet, sa Knutas och nöp i den rutiga skjorta han köpt på Dressmann fem år tidigare.

Karin kunde inte låta bli att skratta.

– Ska vi gå och käka? föreslog hon.

– Visst. Inte för mycket bara. Jag måste tänka på figuren. Jag har hört att det ska vara slimmat i vinter.

Det var fortfarande mörkt när Pia Lilja körde TV-bilen på väg upp till Furillen. Johan pratade med vakthavande i telefonen. Ingen annan polis var anträffbar. När han var klar vände han sig mot kollegan.

– Han bekräftar bara att det har skett en grov misshandel i en stuga som tillhör hotellet och att en man är förd till sjukhus. Naturligtvis säger han inte vem och inte heller hur mannen har misshandlats. Polis är i alla fall på plats, men de kan inte göra så mycket innan det ljusnar. Ingen är gripen, än så länge.

– Grov misshandel, fnyste Pia. Jag tycker att det lät mer som ett mordförsök. Det var tydligen rena blodbadet, enligt Julias mamma. Och Markus Sandberg är ju inte vem som helst och han svävar tydligen dessutom mellan liv och död. Det kan precis lika gärna utvecklas till ett mord.

– På TT har det inte ens kommit upp nåt än. Vi är väl de enda som vet vem offret är. Jag snackar med morgonredaktören.

Johan ringde Sveriges Televisions huvudredaktion i Stockholm och förklarade läget. De kom överens om att han skulle

71

höra av sig så fort han visste mer. Tills vidare nöjde sig redaktionen med ett telegram. Namnpubliceringen avvaktade man med tills vidare.

När de parkerade utanför hotellet märktes genast att något hänt. Hela byggnaden var upplyst och flera polisbilar stod utanför.

De gick in i receptionen och möttes av en uniformerad polis som stoppade dem.

– Inga journalister här inne. Hotellet är avspärrat.

– Kan du berätta vad som har hänt? frågade Johan.

– Nej, jag får hänvisa dig till vår presstalesman, Lars Norrby.

– Är han här?

Polismannen gav honom en trött blick.

– Skulle inte tro det, va.

– Finns det nån annan på plats som jag kan intervjua?

Johan försökte svälja sin irritation.

– Nej, inte i nuläget. Och just nu måste spaningsledningen få jobba i lugn och ro. Vi har ett allvarligt brott som har begåtts och en gärningsman att ta fast.

– Så ingen är gripen än?

Polisen snörpte på munnen.

– Jag kan inte uttala mig om utredningsläget. Jag får som sagt hänvisa dig till Lars Norrby, vår presstalesman.

Johan kastade en blick omkring sig i foajén. Den var tom på folk. De återvände ut.

– Jävla surgubbe, fnyste Pia. Julias mamma Birgitta har jobbat som städerska och frukostvärdinna här i flera år. Hon sov på hotellet i natt. Vi skulle vänta på henne här, sa hon.

De slog sig ner vid borden som var gjorda i cement för att tåla att stå ute året runt. Johan tittade sig omkring.

– Fan, vilket creepy ställe.

Blicken gled över den svagt upplysta grusplanen och stenkrossen uppe på höjden. En ödesmättad stämning vilade över platsen.

Plötsligt hörde de fotsteg som närmade sig i gruset. En blond kvinna i femtioårsåldern dök upp.

Pia kom snabbt på fötter och gav henne en kram.

– Hej Birgitta. Hur är det?

– Usch. Det är för ruskigt det som har hänt. Och här ute i stillheten. Den mest fridfulla plats man kan tänka sig. Vi är rejält uppskakade allihop.

Birgitta hälsade på Johan.

– Det är väl lika bra att vi sätter igång direkt, sa Pia. Kan vi gå undan nånstans och köra intervjun, annars finns risk att farbror polisen kommer och stoppar oss?

– Visst, kom med mig.

De gick runt hörnet och Birgitta öppnade dörren till ett tomt rum. Det fanns ingen korridor inne på hotellet, alla rum nåddes från utsidan. Rummet var vackert och sparsamt möblerat. En generöst bullig säng med fluffiga kuddar dominerade. Väggarna var naket vitputsade och på stengolvet låg fårskinnsfällar.

– Okej, då är jag klar, sa Pia. Sätt igång.

Kameran rullade.

– Vad tänkte du när du fick veta vad som hade hänt? började Johan intervjun.

– Jag blev chockad, trodde knappt att det var sant. Att nåt sånt kan hända här på lilla Furillen, det hade jag aldrig kunnat tro. Det är skrämmande.

Hon såg sig om, som om hon var rädd att gärningsmannen skulle ligga och trycka i buskarna i mörkret utanför fönstret.

– Hur är stämningen på hotellet?

– Alla tycker förstås att det är otäckt det som hänt så det känns inte muntert precis. Ingen fattar nånting, det här är ju det lugnaste, mest rofyllda ställe man kan tänka sig. Det är en väldig tur samtidigt att vi inte har några andra gäster på hotellet just nu. Men som sagt, bara tanken på att en våldsman har smugit omkring här i buskarna...

– Vad vet du om den misshandlade mannen?

En lätt rodnad uppträdde på kvinnans kinder och hon skruvade besvärat på sig.

– Jag känner ju till Markus Sandberg sen... ja, det där TV-programmet han hade. Det var visserligen inte särskilt bra, men jag kunde ändå inte låta bli att titta, för alla pratade ju om det. Sen har han faktiskt varit här och jobbat flera gånger.

Johan lät henne prata på, trots att han var osäker på om de skulle gå ut med identiteten när inslaget sändes. Kanske var det för tidigt. Å andra sidan handlade det om en fotograf som var känd hos den breda allmänheten, men alla anhöriga måste naturligtvis underrättas först. Avgörandet om man skulle publicera hans namn eller inte fick komma senare.

– Vad vet du om själva misshandeln?

Birgitta gjorde en grimas och skakade på huvudet.

– Han hade visst blivit fruktansvärt skadad, har jag hört. Alldeles blodig och sönderslagen. Jag vet inte säkert om det var med en yxa, men det var nån som sa det.

– Så dådet skedde inne i själva stugan?

– Ja.

– Hur hittades han?

– Det var Jenny själv som hittade honom. Hon hade cyklat dit.

– Varför då?

Birgitta ryckte på axlarna, men sa inget.

74

– Vad hände sen?

– Hon slog larm och så kom polisen och ambulansen ganska snabbt.

– Har du själv lagt märke till nåt konstigt eller annorlunda här den senaste tiden?

– En sak som faktiskt hände för nån vecka sen var att en man ringde. Ja, jag står i receptionen ibland också. På ett sånt här ställe får man göra lite av varje, särskilt när det är lågsäsong.

– Jaha?

Johan flyttade sig automatiskt närmare.

– Han ställde så konstiga frågor. Om antalet gäster som bodde på hotellet just nu och hur många vi väntade in den närmaste veckan. Och så frågade han om vi skulle ha några särskilda evenemang och då berättade jag om modefotograferingen och att delar av hotellet skulle vara avstängda under några dagar. Då ville han veta ännu fler detaljer och blev faktiskt riktigt påstridig. Till slut frågade jag vem han var, om han var journalist, men då lade han bara på luren.

Knutas smet in på sitt rum efter frukosten med Karin. Den hade gjort susen. Huvudvärken var borta och han kände sig mycket bättre. Han ringde upp Karolinska sjukhuset och fick prata med den ansvarige läkaren, Vincent Palmstierna.

– Markus Sandberg är mycket allvarligt skadad, började Palmstierna. Vi gör allt vi kan men jag måste tyvärr säga att utgången är oviss. Av allt att döma har han blivit attackerad av en gärningsman med yxa, både med den trubbiga delen och med eggen.

– Hur stora är hans chanser?

– Svårt att säga i dagsläget. Vi har sövt ner honom djupt och håller honom lätt nedkyld för att minimera ämnesomsättningen i hjärnan och därmed minska svullnaden. Han har fått massiva blodtransfusioner och kommer att behöva opereras ett flertal gånger skulle jag tro.

– Hur skulle du beskriva skadorna?

– Han har fått flera smärre hjärnblödningar där yxan krossat skallbenet. Tyvärr har även en så kallad subduralblödning uppstått, alltså en blödning under hjärnans hårda hinna. Han har blivit av med höger öra och underkäken är krossad. Han har även avvärjningsskador på armarna, där gärningsmannen använt yxans egg, så att han ådragit sig djupa, fula sår i händerna, i själva tumgreppet och på fingrarnas böjsidor och även på utsidorna av över- och underarmarna.

– Fy fan.

Knutas gjorde en grimas. Han såg kaoset i stugan framför sig och kunde föreställa sig striden som pågått därinne. Han fortsatte:

– Vad händer nu närmast?

– Vi kommer som sagt att behöva operera flera gånger och vi måste få ner svullnaden i hjärnan. En del kirurgiska ingrepp behöver göras för att åtgärda den krossade underkäken, men också när det gäller örat. Han kommer att ligga nersövd i minst en vecka, kanske längre. Förutsatt att han klarar livhanken, vilket inte alls är säkert.

– Om han nu överlever – kommer han att minnas nåt av attacken?

– Vi ska nog inte hoppas på att han minns nåt av själva händelsen. Å andra sidan är fullständig minnesförlust rätt ovanligt, jag menar när det gäller hans liv i stort, men en diffus minnesvaghet kan vara rimligt att tänka sig.

– Finns en möjlighet att han blir helt återställd?

– Ärligt talat så känns det alldeles för tidigt att spekulera om sånt nu när vi inte ens vet om han kommer att överleva. Men om jag ska prata generellt när det gäller den här typen av skador så är det högst osannolikt. Det troliga är att han kommer att lida av nedsatt hörsel, svårigheter att artikulera, långvariga problem med huvudvärk, koncentrationssvårigheter, stressintolerans och diffus minnesvaghet. Ovanpå allt detta kommer han att vara vanställd i ansiktet, om det råder inget som helst tvivel.

Knutas tackade och avslutade samtalet. Med en utdragen suck lutade han sig tillbaka i stolen. Att Markus Sandberg skulle kunna peka ut en gärningsman var alltså ingenting att hoppas på. De fick förlita sig på annat. Även om Furillen var något av det ensligaste man kunde tänka sig på vintern så borde rimligtvis någon människa ha sett eller hört något. En gärningsman lämnade också alltid spår, på ena eller andra viset.

Han hade just hunnit plocka fram pipan och börjat stoppa den när telefonen ringde. Det var vakthavande. Han lät ivrig på rösten.

– Jag har en kille här på tråden som har nåt att berätta för dig. Var bara beredd på att han är ganska omständlig.

– Okej, koppla in honom.

– Hej, jag heter Olof Hellström och ringer från Kyllaj. Jag hyr ett hus här. Ja, jag bor i Stockholm i vanliga fall, men det är så att jag är författare och har varit här och skrivit på min nästa roman. Jag är just nu inne i slutfasen, håller på med det sista finliret och...

– Ja, ja. Kom till saken, avbröt Knutas abrupt. Lika bra att markera direkt att det inte var läge för långa utläggningar.

Mannen i telefonen lät höra en fnysning men fortsatte sedan:

– Jag tror att jag har träffat han som misshandlade den där personen ute på Furillen i natt.

Knutas drog efter andan. Kunde det vara så väl?

– Vad är det som gör att du tror det? frågade han spänt.

– I natt satt jag uppe och skrev. Så hörde jag ett motorljud ute på sjön nedanför huset. Jag blev nyfiken så jag gick ner för att se efter vad det var. Då kom en liten båt och lade till vid bryggan. En man hoppade ur och jag blev väldigt förvånad när han istället för att ankra upp puttade ut båten till havs igen. Jag hade lämnat hunden i huset. Ja, jag har en Golden Retriever, men jag tänkte...

– Fortsätt.

– Ja, hur som helst... mannen skyndade sen iväg utefter bryggan och försvann. Jag såg inte vart han tog vägen.

– Och du följde inte efter?

– Nej, och jag gav mig faktiskt inte tillkänna heller, jag blev så osäker. Jag visste ju inte vem han var eller vad han höll på med. Och då hade jag inte heller nån aning om vad som hänt ute på Furillen. Nu hörde jag det på radion och tänkte att det kanske hade nåt samband.

Knutas rafsade fram papper och penna medan han pratade.

– Hur såg den här mannen ut?

– Rätt normal kroppsbyggnad, lite kortare än medellängd, kanske en och sjuttiofem, en och åttio. Han var klädd i mörka kläder.

Olof Hellström verkade vid det här laget ha förstått att han gjorde bäst i att uttrycka sig kortfattat.

– Vad hade han på sig?

– Jag vet inte, jag skymtade honom bara.

– Uppfattade du nåt av hans ansikte?

– Tyvärr, inte det heller.

– Har du nån uppfattning om hur gammal mannen var?

– Svårt att säga. Han verkade ganska ung. Ingen gammal gubbe eller så, jag skulle gissa på trettioårsåldern, möjligen uppåt fyrtio.

– Såg han dig?

– Nej. Först trodde jag det, för han stannade upp och vände sig om. Men sen försvann han. Jag stod kvar i några minuter, men han kom inte tillbaka. Då gick jag ner till bryggan och kollade efter båten, men den hade drivit iväg.

– Vet du vad klockan var när du såg honom?

– Svårt att säga, jag tänker inte på tiden när jag jobbar. Men det var nattsvart och eftersom jag fortfarande kände mig rätt pigg så kan hon inte ha varit alltför mycket. Jag skulle gissa på ettiden, två kanske.

– Okej. Det är som du säkert förstår mycket viktiga uppgifter du lägger fram och jag måste be dig komma in till stationen så fort som möjligt.

– Inga problem. Jag kan komma på en gång.

Efter lunch på tisdagen infann sig Jenny Levin på polishuset. Hon hade hämtat sig från den omedelbara chocken och var beredd att avge sitt vittnesmål. Karin och Knutas skulle ta hand om förhöret och mötte henne i receptionen.

Jenny Levin var till och med längre än Knutas i sina högklackade stövlar och Karin nådde henne knappt till brösthöjd. Det långa röda håret, fräknarna och den bleka hyn påminde Knutas om Line som ung. Jennys ögon var starkt gröna. Handen var sval och slapp, undflyende i handslaget. Hon slog sig ner på den anvisade stolen, lade det ena långa jeansklädda benet över det andra. Låret var inte mycket bredare än vaden, konstaterade Knutas.

Den unga kvinnan framför honom hade något magnetiskt över sig, en utstrålning man inte kunde värja sig emot. Hennes rörelser var mjuka, graciösa.

Karin satt längst bort i ena hörnet av rummet. Hon var med som förhörsvittne och förhöll sig passiv.

Jenny Levin verkade nervös. Blicken flackade, händerna rörde sig oupphörligen, de långa fingrarna tvinnades om varandra.

– Hur mår du? började Knutas vänligt och hällde samtidigt upp ett glas vatten som han sköt över till henne.

– Inte så bra, sa hon och såg olyckligt på honom. Jag är så orolig för Markus.

Hon drack små, försiktiga klunkar av vattnet.

– Jag förstår. Knutas gav henne ett medlidsamt ögonkast. Kan du berätta vad som hände i går kväll, efter att ni hade jobbat klart?

– Vi höll på till ganska sent. Klockan var väl runt sex innan vi var färdiga. Alla var trötta och ville ta igen sig en stund före middagen. Vi bestämde att vi skulle samlas klockan åtta. Då var inte Markus där, men vi tänkte att han kommer väl snart. Han bodde ju en bit ifrån hotellet i den där stugan.

– Varför gjorde han det?

– Han har varit där en gång förut på en plåtning, men inte bott där och det ville han prova på.

– Och hur länge pågick middagen?

– Rätt länge. Vi åt en ordentlig trerättersmeny så det tog några timmar. Vi drack en del vin också och satt och snackade.

– Tyckte ni inte att det var konstigt att Markus aldrig dök upp?

– Jo, vi försökte ringa men det finns ingen täckning i de där stugorna. Vi tänkte att han höll på med bilderna och glömde bort tiden eller att han kanske hade somnat.

– Vet du vad klockan var när ni bröt upp?

– Inte exakt. Elva, halv tolv kanske.

– Och vad gjorde du sen?

– Jag försökte både ringa och sms:a men han svarade fortfarande inte. De andra gick och lade sig, men jag bestämde mig för att cykla iväg till stugan och kolla hur det var med honom.

– Hur kommer det sig att du gjorde det?

Röda fläckar uppträdde på Jenny Levins hals. Hon bet sig i underläppen.

– För att jag... var orolig för honom. Jag undrade vart han hade tagit vägen.

– Och när du cyklade iväg var klockan alltså närmare midnatt?

– Jag tror det.

– Vilken tid skulle ni börja jobba dan därpå?

– Åtta började själva fotograferingen, men jag måste vara i sminket två timmar före.

– Redan klockan sex alltså? Och ändå gav du dig ut mitt i natten för att se hur det var med Markus?

Jenny skruvade på sig.

– Det kanske kan verka konstigt, men jag var orolig och sen trodde jag inte att det var så långt.

– Hur visste du vart du skulle?

– Markus hade beskrivit för mig hur man tog sig dit.

– Jaså, på så vis.

Knutas rynkade pannan och gjorde en anteckning i sitt block.

– Och vad hände när du cyklade iväg?

– Det var mycket längre och svårare att hitta än jag trodde. Hade jag fattat hur läskig vägen var, hur mörkt det var och hur svårt det skulle bli att hitta hade jag aldrig gett mig av. Efter ett tag hittade jag i alla fall fram till stugan. Dörren var låst, men jag dyrkade upp hänglåset med en pincett. Markus låg där på golvet, han var alldeles blodig. Jag fick eld på en fotogenlampa och allt kaos därinne... det var fruktansvärt.

Hon huttrade till och slog armarna om sig själv som om hon frös.

– Ta den tid du behöver, sa Knutas lugnande. Jag förstår

att det är svårt. Men det är mycket viktigt för oss att du nu försöker minnas allt du såg där i stugan, varenda detalj, hur oviktig den än kan verka.

Jenny Levin drog en djup suck innan hon fortsatte, nu med svagare röst:

– Markus låg på mage så ansiktet syntes inte, men jag såg direkt att det var han. Hela bakhuvudet var blodigt. Och armarna och händerna var alldeles såriga. Det syntes att han hade blivit huggen på nåt vis... Jag lade nog inte märke till så många detaljer. En stol var omkullvält och jag upptäckte att det var krossat glas på golvet. Flera sönderslagna kameror och nån fotogenlampa. Jag sprang ut och försökte hitta ett ställe med täckning, och sen tog det inte lång stund förrän hotellägaren var där, och producenten från teamet. Vi väntade tillsammans tills ambulansen kom men det dröjde ganska länge, kanske en timme, jag vet inte.

– Fyrtiofem minuter, enligt polisrapporten.

– Jaha, då tog de hand om Markus, men han var så illa skadad så det dröjde innan de fick upp honom på båren.

– Okej, sa Knutas. Kan du försöka erinra dig om det var nåt mer du lade märke till tidigare under dan? En person du inte kände igen eller som betedde sig konstigt? Nån bil eller motorcykel?

– Nej, ingenting. Vi jobbade som vanligt och inget särskilt hände.

– Har du upplevt att Markus har varit hotad på nåt sätt?

– Nej, inte alls.

– Hur väl känner du honom?

Det var uppenbart att Jenny Levin besvärades av frågan. Nu spred sig de röda fläckarna från halsen upp i ansiktet.

– Vi har inte känt varann så länge, sa hon svävande. Jag är ganska ny som modell.

– Hur länge har du arbetat inom detta?

– Runt ett år.

– Jobbar du heltid?

– Ja, nu gör jag det. Jag har hoppat av gymnasiet. Tillfälligt. Jag ska fortsätta plugga sen.

– Hur många gånger har du träffat Markus?

Jenny Levin fuktade sig om de smala läpparna. Hon såg ut att tänka efter. Drog på svaret.

– Tja, jag vet inte, det är svårt att säga. Han anlitas ofta av agenturen som jag ligger på.

– Och ni träffas bara i jobbet?

– Vad menar du?

Knutas tittade forskande på den uppenbart nervösa unga kvinnan.

– Är det inte så att du och Markus Sandberg har ett förhållande?

Jenny Levin suckade uppgivet. Det var som om hon väntat på att detta skulle komma.

– Jo, sa hon tyst. Slog ner blicken. Vi är ihop, så är det. Men vi ville inte gå ut med det. Inte ännu.

– Och varför inte?

– Mig spelar det ingen roll, men han ville vänta.

– Och vad har han angett för orsak?

– Att det skulle skada vårt samarbete, att agenturen kanske skulle vilja skilja på oss om de visste hur det ligger till. Robban, som är chef, har tydligen sagt att han inte gillar att de som jobbar har förhållanden med varandra. Och Markus har ett besvärligt ex som vägrar fatta att det är slut mellan dem.

Knutas spetsade öronen.

– Ett besvärligt ex? Vad heter hon?

– Diana Sierra. Hon är skitjobbig, vägrar liksom att släppa.

Hon ringer honom hela tiden och skickar sms.

– Är hon också modell?

– Ja, tyvärr. För samma agentur dessutom. Som tur är jobbar hon mycket utomlands så jag har inte stött på henne ännu och jag hoppas att jag slipper.

– Jag förstår. Vi får tacka dig så länge, sa Knutas. Vi hör av oss om det blir aktuellt med flera förhör.

– Har ni nån aning om vem som har gjort det?

– Inte ännu, men vi har många spår att gå efter. Det här ska vi lösa, ska du se.

Knutas klappade henne lätt på armen.

Han hoppades att han skulle få rätt.

Korridoren sträcker sig genom hela avdelningen. Agnes lunkar sömngångaraktigt fram och tillbaka. Hon har svårt att sitta still. Måste göra av med energi så mycket det bara går, även om möjligheterna här inne är starkt begränsade. Till personalens förtret gör hon sig ideligen nya ärenden; måste bara hämta en tidning som hon har inne på nattduksbordet, går tillbaka ut i allrummet och läser den stående i två minuter, återvänder till sitt rum för att lägga tillbaka den, fortsätter till pysselverkstaden och ställer sig och stirrar på tuschpennorna en stund, tillbaka till allrummet och fram till spelskåpen och rafsar runt bland spelen. Hittar inget intressant, kommer på att hon har en egen kortlek någonstans i garderoben så att hon kan lägga patiens. In i sovrummet igen, rotar runt bland sina få tillhörigheter, hittar kortleken, men har tappat lusten. Kanske kan hon sticka, går tillbaka till pysselverkstaden och plockar bland garnerna, men förmår inte välja. Då och då blir hon tillsagd av en vårdare. *Sätt dig ner.* Agnes lyder, men strax är hon uppe på benen igen. Nytt ärende.

Slutligen tryter uppfinningsrikedomen och hon nöjer sig

med att bara traska av och an i korridoren. När Per kommer gående ställer hon sig och låtsas betrakta en tavla på väggen.

– Hur mår du? frågar han.

– Det är okej, jag känner mig rastlös bara.

– Jag fattar, det är inget konstigt. Han kastar en blick på klockan. Jag är upptagen med möten nu, en timme till, men ska vi spela backgammon sen? Jag måste ju få revansch.

– Visst.

Hon ler matt. Tur att han finns här. Annars skulle hon inte stå ut. Per ger henne en snabb kram innan han försvinner in på sitt arbetsrum och stänger dörren. Hon suckar och fortsätter sitt evinnerliga vankande.

De har försökt piffa till inredningen för att uppväga eländet härinne. Väggarna har målats i en varm gulaktig färg, gardinernas mönster utgörs av runda röda cirklar på gul botten i olika storlekar. Stolarnas klädsel går även de i färgglada tyger, de inramade affischerna längs väggarna visar vyer från klippiga berg, djupblåa hav, en solnedgång och en sommaräng med rödbrinnande vallmo som påminner henne om Gotland.

Hon tycker inte om att de har försökt muntra upp avdelningen på det här viset. Som om det skulle hjälpa dem som hålls fast här inne. De som är insnärjda i detta helvete. De intagna rör sig som automatiserade zombier mellan matlabben, allrummet, pysselverkstaden och värmerummen. Hennes liv går på tomgång, hon är fängslad i sitt tvång och ser ingen väg ut. Ångesten håller stundtals på att kväva henne, ibland får hon ingen luft och det finns stunder då hon på allvar är övertygad om att hjärtat kommer att sluta slå. Att hon ska dö härinne. Den varma, gullegulliga inredningen är som en käftsmäll. Det är som på barnsjukhus, tänker hon, där cancerdrabbade eller andra dödssjuka barn ligger bland gosedjur och glada teckningar. Det är för fan makabert.

Hon når korridorens slut och vänder. Passerar pysselverkstaden för säkert tionde gången. Där sitter Linda och Sofia och gör pärlplattor. Pärlplattor, det höll man ju på med på dagis. Allt de vill här inne är att förminska patienterna. Göra oss till icke-människor. Hon känner sig verkligen som en icke-människa, hon har tappat hela greppet om det riktiga livet, minns knappt hur det ser ut längre. Ibland försöker hon tänka på hur hon levde förut, för att påminna sig själv om att hon faktiskt haft ett helt vanligt liv, som vilken annan människa som helst. Hon har inget annat att göra här, så det enda vettiga är att tänka på livet utanför. Förflytta sig dit. Minnas saker hon gjort innan hon kom hit, kompisar hon haft, skolan.

Fast hon undviker att tänka på mamma och Martin. Så fort de dyker upp i huvudet så anstränger hon sig för att komma bort, tänka på annat. Det gör för ont.

Men nu när hon går där tränger sig minnena på, vare sig hon vill eller inte.

Olyckan inträffade en alldeles vanlig tisdag i februari när hon gick i sjuan. Vädret hade slagit om under natten, det hade blivit kallare och det var glashalt på vägarna. Mamma skulle plocka upp Martin i Stenkumla där han hade varit hos en kompis. Agnes minns samtalet som om det var i går, det var hon som svarat när mamma ringde från bilen. Hennes glada, ivriga röst i telefonen. *Vi kommer snart, ska bara stanna till vid Atterdags och handla. Vi äter vid sju, det blir köttbullar och sås och potatis och lingonsylt.*

Men det blev aldrig någon middag. Bara någon minut efter att de sagt hejdå till varandra fick en långtradare som kom

89

från motsatt håll sladd på fordonet, kom över på fel sida av vägen och frontalkrockade med mamma och Martin. Hon hade inte haft en chans att väja, sa polisen efteråt. De avled omedelbart. Båda två.

Agnes fick beskedet mindre än en timme efter att hon pratat med mamma i telefon. Någon ringde på dörren. Det var pappa som öppnade. Agnes var på övervåningen i villan, inne i sitt rum, så hon hörde inte vad som sades. Hon minns bara hur hennes sovrumsdörr öppnades en stund senare, pappas ansikte, hur han gick fram emot henne, vädjande med utsträckta händer, underläppen som darrade, skräcken i ögonen. Ja, det var det hon såg. Ren skräck. Ingen sorgsenhet, ingen förtvivlan. Det var för tidigt, allt sådant skulle komma senare. Hon förstod direkt att något allvarligt hade hänt. Hon betraktade hans läppar, hur de rörde sig. Han försökte säga något. Han sträckte sig efter hennes hand, hans darrade. Hon minns hans röst. Den var metallisk, ihålig. *Det har hänt något fruktansvärt, Agnes. Kom här och sätt dig bredvid mig.* Han tog henne under armen, drog henne mot sängen, där han satt sig. Hon sjönk ner bredvid. En ton hade börjat ljuda i huvudet, den började längst bak, blev starkare för varje sekund. En våg av motvilja blossade upp inom henne. Nej, hon ville inte höra vad han hade att säga. Ville inte veta. Hon var inte beredd. Hon kunde inte, mäktade inte med. Ville försvinna därifrån, så långt bort det bara var möjligt. Sängens överkast blev grumligt, trots att pappa ännu inte hunnit berätta grät hon redan. Hon ville inte vara med. Hon var inte mer än tretton år gammal, bara ett barn. Var inte rustad för sådant här, hon ville blunda och stänga för öronen. Varför kom inte mamma och Martin? Varför hörde hon inte mammas glada röst nerifrån hallen som vanligt? Eller hur Martin slängde av sig skor och jacka och började slå i köksskåpen vilket han alltid gjorde så fort han kom innanför dörren.

Det har hänt en olycka, började pappa. Tryckte hennes hand. Tårar droppade ner på den nu. *Mamma och Martin har krockat med bilen.* Hon stirrade stint ner i sängens överkast. Mönstret böljade framför hennes grumliga blick, rörde sig av och an, fram och tillbaka. Tonen i bakhuvudet blev allt starkare. *Det var en långtradare. Det gick riktigt illa, Agnes. De klarade sig inte, de är döda. Båda två.* Hans röst sprack och hon sprack och hela världen sprack. Precis i det ögonblicket. Just där och då. Sedan minns hon knappt vad som hände. Någon kom. De åkte till lasarettet. Vita rockar, oroliga ögon, försiktiga rörelser. Någon förde in dem i ett rum där mamma och Martin låg. Två stålsängar, bredvid varandra. Under varsin filt. Både kroppar och ansikten var täckta. Hennes mamma och bror. De fanns inte längre, ändå låg de där. Hon minns att hon registrerade tiden på klockan på väggen. Den var prick sju. Nu skulle de ha ätit middag, de fyra kring köksbordet. Precis som vanligt.

Köttbullar med sås och potatis och lingonsylt.

Sent på tisdagseftermiddagen träffades spaningsledningen en andra gång. Ett omfattande material skulle samlas ihop och gås igenom. Under dagen hade alla som arbetade på Hotell Fabriken förhörts. Dörrknackning i omgivningarna hade genomförts och Sohlman hade kommit tillbaka från Furillen efter den tekniska undersökningen som pågått hela dagen.

Knutas inledde mötet med att berätta om tillståndet för Markus Sandberg. Han hade opererats under dagen och låg nedsövd. Än så länge var han vid liv, men tillståndet var fortfarande kritiskt. Knutas redogjorde därefter för det senaste i spaningsläget, först och främst vittnet Olof Hellström i Kyllaj som trodde sig ha sett gärningsmannen med egna ögon.

– Hur trovärdig är han? frågade åklagare Smittenberg.

– Jag ser ingen anledning att betvivla hans påståenden, sa Knutas.

– I och för sig finns inget som styrker hans berättelse, insköt Karin. Vi har undersökt bryggan där mannen sades ha gått i land. Det finns inga blodspår, skoavtryck eller något annat som bekräftar den här författarens uppgifter.

– Ringde han först efter att han fått veta vad som hänt ute på Furillen? Det kan ju lika gärna vara en knäppgök, sa Wittberg.

– Hur är det med båten? undrade Norrby. Talar han sanning borde vi ha hittat den.

– Den är fortfarande borta, suckade Knutas. I morgon går vi ut med helikoptern och letar. Tyvärr finns ingen tillgänglig före dess.

– Och bilspår? frågade Sohlman som inte haft tid att blanda sig i undersökningen i Kyllaj.

– Det finns en hel del olika, men det är svårt att få ut nåt vettigt av dem. Det regnade ju under natten. Och det händer rätt ofta att folk åker ner dit och promenerar, rastar hundar och sånt. Vi får se, det där är inte klart än.

– Finns några andra intressanta vittnen i Kyllaj eller däromkring? undrade åklagare Smittenberg. Förutom den här Olof Hellström?

– Nej, det är ju bara ett fåtal som bor där permanent och i husen längs vägen har ingen heller lagt märke till nåt ovanligt. Inte än så länge. Vi har inte fått tag i alla som bor där.

– Och yxan? fortsatte åklagaren. Har den påträffats?

Sohlman skakade på huvudet.

– Nej, tyvärr.

– Han har väl slängt den i sjön förstås, suckade Karin. Den lär vi inte hitta i första taget.

– Nej, det är väl det troligaste tyvärr, medgav Knutas. Han vände sig mot kriminalteknikern. Men nu, Erik, vill vi gärna höra vad mer du har att berätta.

Sohlman reste sig och drog ner den vita duken längst framme i rummet medan han pratade.

– Jag vill att alla först ska se hur det såg ut därinne i eremitkojan. Det är nog nödvändigt för att ni ska få en bild av vad det är för människa vi har att göra med. Eller åtminstone i vilket sinnestillstånd han befann sig när dådet begicks.

Han tecknade åt Karin som satt närmast väggen att släcka ljuset. Första bilden visade en oansenlig stuga, inte större än en ordinär friggebod, i omålat trä med ett fönster och en dörr som stod öppen. Platt plåttak och en skorsten i form av ett smalt plåtrör. Längs väggen stod en enkel träbänk, under den en blå kylväska av mindre modell.

– Ja, ni ser kylväskan där, pekade Sohlman. I den fanns en flaska Dom Perignon och två champagneglas. Uppenbarligen väntade han besök, av Jenny Levin kan man anta.

Trappan utanför dörren utgjordes endast av två vedträn som låg uppochnervända i klapperstensgruset. Runt stugan stod döda träd med vita, spöklika grenar, några förtorkade enbuskar och små martallar vars grenar vridits i vinden. En bit bort syntes utedasset och en rauk mitt i snåren. Bilden visade ingenting av dramat som utspelat sig innanför väggarna.

Även nästa bild tycktes vara utan dramatik. En platta i smide på väggen med sex krokar; där hängde en diskborste i trä, ett par galgar, en mörkblå linnehandduk, och en gammaldags utformad sax. Men på nästa närbild syntes att handduken var blodig och att blod stänkt upp på väggen bakom. Följande bild visade hela stugans interiör. Ett rum med mörkt gråbrun träpanel på väggarna, en obäddad säng i ena hörnet, ett litet bord vid fönstret, en omkullvält vackert designad stol och en braskamin i svart plåt. På det ljusa furugolvet låg en fårskinnsfäll och vid kaminen stod två bruna papperspåsar packade med prydligt uppställda vedträn och dagstidningar instuckna emellan. På golvet låg en fotogenlampa i bitar och annat krossat glas. Flera sönderslagna kameror var kringströdda. Blodfläckar och stänk fanns överallt, på vedträna

i påsen, i taket, på fönstret som vette ut mot havet. På får-
skinnsfällen och på golvet.

– Det har varit en ordentlig attack som ni ser, fortsatte
Sohlman. Vi har hittat hårstrån, papperstussar och cigarett-
fimpar som vi skickat till SKL. En massa fingeravtryck finns
förstås inne i stugan, men de kan ju komma från en mängd
olika personer. Det finns spår i gruset utanför, tyvärr är det
svårt att tyda dem eftersom både Jenny Levin och vi själva
trampat runt på området, men det finns några tydliga sko-
avtryck som kommer från en gummistövel i storlek fyrtioett.
Sandbergs kamerautrustning är sönderslagen, men datorn
har klarat sig. Den var instoppad i ett skåp. Plånboken låg
framme i fönsterkarmen, den var helt orörd med pengar och
kontokort. Däremot är hans mobiltelefon borta. Men är den
bara påslagen går den ju att spåra. Vapnet som har använts
är troligen en yxa, den finns alltså inte kvar på brottsplatsen.
Man får en känsla av ett besinningslöst raseri.

– Hur var det med dörren? frågade åklagare Smittenberg.
Fanns brytmärken?

– Nej. Kanske kände offer och förövare varandra, vad vet
jag. Eller varför skulle han förresten bry sig om att låsa dör-
ren där ute i vildmarken? Finns väl ingen som helst anled-
ning. Däremot knäppte gärningsmannen igen hänglåset när
han gick, så Jenny Levin fick lirka upp det med en pincett.
Ett intressant fynd som vi har hittat är den här.

På skärmen visades ett smycke i närbild. En grönskim-
rande sten som var formad som en skalbagge och med små
ben och antenner längst fram.

– Det här örhänget hittades på golvet under offrets kropp.
Markus Sandberg har inga hål i öronen. Vi måste förstås
kolla om det tillhör Jenny eller nån ur personalen. Stugan
har inte använts på månader, men däremot städats noggrant

efter sommarsäsongen. Visst kan örhänget härröra från en tidigare gäst ändå, men det är också möjligt att det tillhör gärningsmannen.

Han gjorde en konstpaus.

– Jag har sparat det bästa till sist, tillade han ironiskt. Han sträckte sig efter sitt vattenglas och tittade allvarligt på medarbetarna runt bordet.

– Nu har ni sett stugan och nu ska ni få se offret. Var beredda på det värsta. Det här är inga aptitliga bilder. Vi har fått dem från sjukhuset och så här såg alltså Markus Sandberg ut när han kom in i natt.

Koncentrationen skärptes i rummet. Karin höll halvt för ögonen, hon hade fortfarande svårt att se allvarligt skadade och döda människor. Efter femton år som polis hade hon insett att hon troligen aldrig skulle vänja sig.

Även om poliserna i rummet var härdade drog de efter andan när bilderna på Markus Sandberg visades upp. Det var omöjligt att känna igen honom. Ansiktet var uppsvullet och sargat, underkäken sönderslagen och han hade ett stort öppet sår med löst hängande hudflikar där tänder och benbitar stack fram. Ena sidan av skallen var alldeles blodig och högra örat saknades. Han hade djupa, fula sår i händerna och på under- och överarmarna.

Det var knäpptyst i rummet medan bilderna visades. Efteråt satt alla kvar, fortfarande tysta. Inte heller Sohlman sade något. Samma tanke snurrade i var och ens huvud. Vad var det för människa som kunde åstadkomma något sådant? Vem var det de letade efter?

Knutas vaknade klockan fem utan att kunna somna om. Sängen på Lines sida var tom. Hon hade nattskift på lasarettet. Rastlösheten i kroppen fick honom att kliva upp och sätta på kaffe. Dystert tittade han ut på det kompakta mörkret utanför fönstret. Vintern låg framför honom, ett grått, kylslaget töcken i fyra månader då dagarna var korta och mörkret kom snabbt, bara några timmar efter lunch.

Katten spann och hoppade upp på köksbordet, lät sig villigt smekas. Slank ut när han öppnade ytterdörren för att hämta morgontidningen. Novemberkylan fick honom att rygga tillbaka, det hade varit en kall natt. Han stålsatte sig och skyndade i morgonrocken ner till brevlådan. Tillbaka i stugvärmen slog han sig ner vid köksbordet och hällde upp en kopp kaffe. Hela första sidan täcktes av dådet ute på Furillen. Knutas stelnade till när han läste att polisen misstänkte att vapnet var en yxa. I texten hänvisades till Regionalnytt föregående kväll. Johan Berg, igen. Han hade en infernalisk förmåga att luska reda på mer än vad polisen ville släppa. Samtidigt som det retade Knutas kunde han inte låta bli att hysa en viss beundran för reportern. Egentligen var väl ingen större skada skedd. Förr eller senare skulle uppgifterna läcka ut ändå och i bästa fall kunde det leda till att polisen fick in fler tips.

Snabbt ögnade han igenom resten, inget annat anmärkningsvärt avslöjades, inget som polisen inte hade berättat. Han hann lyssna på nyheterna på lokalradion innan han gick till jobbet. Där rapporterade man i stort sett samma sak som tidningarna.

Han klädde sig varmt och gav sig iväg. Promenaden till polishuset på Norra Hansegatan tog tjugo minuter. Han tyckte om den här stunden på morgonen. Innan staden vaknat. Det var bara han och de tysta gatorna. Från himlen föll tunna snöflingor som smälte undan i samma ögonblick som de träffade marken.

Polishuset var nedsläckt utom i bottenplanet. Som vanligt morsade han på vakthavande och bytte några ord. Tog de två trapporna upp till kriminalavdelningen. Det lyste inne på Karins rum.

– Hej, sa han förvånat när han såg henne vid skrivbordet. Är du redan här?

– Jag hade lite svårt att sova.

Han stannade till i dörröppningen.

– Är det nåt särskilt?

– Nej då. Mina vanliga spöken bara.

– Ska jag hämta kaffe till dig?

– Gärna.

Knutas kom tillbaka med två koppar, placerade den ena framför henne och slog sig ner på stolen mitt emot.

– Såg du nyheterna i går kväll?

– Nej, vi hade ju en del annat att göra.

– Regionalnytt gick tydligen ut med uppgifter om att en yxa misstänks vara vapnet.

– Jag såg det i tidningen i morse. Inte helt oväntat kanske, han har förstås varit ute på Furillen och hört sig för. Alla som jobbar på hotellet visste ju om det.

– Tänk att folk ska ha så svårt för att hålla tyst. Knutas skakade på huvudet. Nåt annat nytt?

– Inte direkt. Fast det här med örhänget som Sohlman hittade i stugan blir bara mer och mer intressant. Ingen vill kännas vid det. Det tillhör varken Jenny Levin, nån ur personalen eller nån tidigare gäst, vad det verkar. Just den där eremitkojan är nybyggd så det är bara ett fåtal som har hunnit bo i den före Markus Sandberg och den samarbetsvilliga och flinka receptionisten har fått tag i nästan alla åt oss. Så allt just nu pekar på att det tillhör gärningsmannen.

– Då vet vi nåt mer om honom, konstaterade Knutas torrt. Han har hål i minst ett öra.

– Vad gäller datorn så kommer den att undersökas under dan, fortsatte Karin. Vi får hoppas att vi kan hitta nåt intressant där. Sen har jag börjat gå igenom alla förhör som gjorts och åtminstone en intressant sak har framkommit. Städerskan på hotellet, som också jobbar i receptionen ibland, har berättat att en man som ställde märkliga frågor ringde till hotellet en dryg vecka före attacken. Han verkade känna till att det skulle vara en fotografering där för han ställde ganska detaljerade frågor om den. Städerskan tyckte att det var lite konstigt så hon frågade om han var journalist. Då lade han bara på.

– Presenterade han sig?

– Nej.

– Det här samtalet måste gå att spåra. Visste hon vilken dag han ringde?

– Det gjorde hon faktiskt, eftersom hon hoppat in för att nån var sjuk. Det var inte nu i lördags, utan förra. Det var hon helt säker på. Hon minns till och med vilken tid, eftersom hon lyssnade på Melodikrysset och blev irriterad för att det ringde.

– Bravo. Tar du tag i det i dag?

– Visst. Sen har vi dörrknackningarna i byarna kring Furillen men de har inte gett mycket. Det är så få hus som är bebodda så här års och de enstaka människor vi har fått tag på har varken sett eller hört nåt. En farbror som bor precis vid vägen påstår att han tveklöst skulle ha vaknat om det passerat en bil eller motorcykel på vägen nattetid. Han är så lättväckt. Men han har bara hört ambulansen. Båten är för övrigt fortfarande borta, men helikoptern går ut så fort det blivit ljust. Ingen båt har heller rapporterats stulen än. I dag kollar vi i alla fall mera kring Lergrav, Valleviken och de andra orterna i närheten. Även de som inte var hemma i går i husen som ligger utmed vägen till Kyllaj såklart.

Karin knäppte händerna bakom huvudet och såg upp i taket. Knutas betraktade henne en stund under tystnad. Hon var liten och späd, med kort mörkt hår och stora bruna ögon. Nu var hon ovanligt blek och hade mörka ringar under ögonen. Men hon hade sovit dåligt. Han tyckte mycket om hennes ansikte. Det var känsligt. Han hade arbetat tillsammans med henne i många år, ända sedan hon kom som ung aspirant till polishuset i Visby. Det var nästan femton år mellan dem, men han reflekterade aldrig över åldersskillnaden. Typiskt män i övre medelåldern, tänkte han samtidigt med en skopa självförakt. Vi vill aldrig erkänna hur gamla vi är. Vi lever i en förljugenhet. Vad visste han om hur Karin upplevde det hela?

– Märker du ofta av åldersskillnaden mellan oss? frågade han och förvånades själv över den omotiverade frågan. Han hade inte tänkt säga något, orden bara slapp ur honom.

Hon ställde ner koppen på bordet med en liten smäll.

– Vad sa du?

– Jo, jag undrar om du tycker att… ja, om du märker av att det är nästan femton år mellan oss? frågade han förläget.

– Vad menar du? Om jag tycker att du är gubbig?

Hennes ansikte sprack upp i ett leende och blottade gluggen mellan framtänderna.

– Äh, strunt i det, sa han och reste sig.

Hon tog tag i hans arm.

– Men Anders, allvarligt talat, vad menar du?

– Jag slogs bara av att jag aldrig tänker på åldersskillnaden mellan oss, men att det kanske är helt annorlunda för dig.

– Det är inget jag heller direkt går och funderar över, det måste jag erkänna. Inte så ofta i alla fall. Men vi är ju faktiskt bara jobbarkompisar, hade vi varit ihop – då hade det varit en gigantisk skillnad.

Hon skrattade retsamt, buffade till honom i sidan. Knutas kände sig som en idiot. Det var något med Karin, något som han antagligen aldrig skulle komma underfund med.

Blåsten friskade i över Kyllaj denna bistra november-morgon när Eduardo och Dolores Morales körde ner mot havet i sin hyrbil. De hade rest till Gotland från sitt hem i Sevilla i södra Spanien några dagar tidigare för att delta i en konferens som handlade om utfiskningen i Europas innanhav. Eftersom de delade ett brinnande intresse för fiske-riets historia i olika länder tillhörde Kyllaj ett av de pärlband av fiskelägen utefter den gotländska kusten som paret Mora-les ämnade besöka och fotografera till sin ständigt växande samling av liknande platser världen över.

De hade stigit upp tidigt, avnjutit en stadig skandinavisk frukost i matsalen på hotellet i Visby och därefter gett sig av norrut. Kyllaj stod överst på listan, sedan skulle de av-verka Lergrav innan de fortsatte norröver mot Bungeviken och Fårö.

De parkerade bilen i småbåtshamnen som låg tom. Alla båtar hade tagits upp för vintern. Dolores Morales drog upp dragkedjan på sin tjocka jacka innan hon klev ur bilen. Vinden nöp i kinderna och fick hennes ögon att tåras. Kylan och mörkret uppe i dessa trakter var obeskrivlig. Så här års gick solen ner redan fyra på eftermiddagen och sedan var det kolsvart. Hon kunde för sitt liv inte begripa hur svenskarna stod ut. Att människor kommit på den absurda tanken att bosätta sig så långt uppe i norr övergick hennes förstånd. Just nu var det tre plusgrader och nordliga vindar. Receptionisten på hotellet hade sagt att det här var väl ingenting. Vintern hade inte ens börjat. Den riktigt bitande kylan kom i januari och februari då havet runt ön var komplett avkylt. Då kunde temperaturen sjunka till minus tio, och kanske till och med femton minusgrader, även om det var ovanligt på Gotland. Dolores Morales och hennes man var resvana, så de hade haft vett att ta med sig rejält varma kläder.

Fiskeläget bestod av en rad bodar nere vid vattnet, en enkel hamn med plats för ett tiotal båtar, några bryggor. Flera ställningar för torkning av nät stod på rad och två stolpar med lanternor högst upp lyste nattetid för att ledsaga båtar in till hamnen.

Rutinmässigt tog de av åt varsitt håll och satte metodiskt igång med att dokumentera allt de såg. Platsen ingav en total känsla av ödslighet, att de faktiskt befann sig vid världens ände, fjärran från den vanliga civilisationen. De kikade in genom fönstren till de bodar som saknade fördragna gardiner, och de innehöll som väntat mest fiskeredskap, nät och olika verktyg.

Dolores skulle just föreslå att de satte sig i bilen och tog en kaffepaus när hon upptäckte att hänglåset på en av bodarna var öppet. När hon klev närmare insåg hon att det var uppbrutet. Någon hade knipsat av låset med en tång. Hon tittade efter Eduardo, men såg honom inte. Ropade hans namn, men han verkade inte höra. Nyfikenheten tog överhanden och med ivriga fingrar öppnade hon dörren till boden. Det var mörkt därinne och luften var unken och fuktig. Hon såg sig om. Hyllor med verktyg och olika fiskeredskap täckte ena långsidan. Ett klumpigt målat porträtt av en leende fiskargubbe med skägg och pipa i munnen hängde på väggen. Där fanns ett rackligt bord med en fotogenlampa, en ask tändstickor och en kaffemugg med intorkat kaffe. En skamfilad kista med stängt lock stod på golvet. Hon lyfte på det och inuti låg veckotidningar och magasin som verkade vara fyrtio, femtio år gamla. Många hade en leende kvinna på omslaget, antingen barbröstad eller i bikini. Oskuldsfullt på något vis. Hon läste ordet *Se* med vita bokstäver i en röd cirkel och gissade att det var tidningens namn. Årtalet 1964 visade att hon gissat rätt på årgången. Hon smålog åt den känsla av nostalgi omslagen framkallade hos henne. Det var tider, det.

Hon och Eduardo hade träffats i Baskien i den lilla staden San Sebastian. Kampen för självständighet i den spanska provinsen var stark och de var bägge knappt tjugo år fyllda. Så naiv hon hade varit på den tiden. En sådan idealist. Och vad ägnade hon sig åt nu? Dokumentation av gamla fiskelägen. Till vilken nytta och för vem, tänkte hon och släppte locket så det gick igen med en dov smäll, tillräcklig för att en mus skulle lösgöra sig ur skuggorna och pila över golvet. Dolores Morales var sannerligen ingen kvinna som sjåpade sig över en sådan sak, hon brydde sig inte det minsta om musen. Men vad hade den i munnen? Något avlångt och gult. Det var skumt i boden och musen hade redan försvunnit in i ett hörn. Men den hade utan tvekan burit på något. Hon hittade en ficklampa på hyllan, kastade en snabb blick ut genom fönstret. Eduardo syntes inte till. Han måste väl börja undra var hon befann sig. Hon knäppte på ficklampan och spanade efter musen. Lyckades inte få korn på den, men hon hörde klorna krafsa mot trägolvet. Hon lät ficklampans gula ljuskägla dansa över golvet, svepa längs väggarna med alla hyllor. Askar med spikar, en rostig borr, en såg, en glasburk med frystorkat kaffe, en plåtburk som hon nyfiket öppnade. Det luktade sött och gott, burken var tom sånär som på några smulor på botten. Hon kände igen doften av kanel och ingefära. Så kom hon på vad det var. De där typiska bruna hårda kakorna svenskarna åt till jul. Pepparkakor. När blicken vandrade vidare förstod hon vad musen haft i munnen. Bredvid kakburken fanns ett fruktfat med några gamla bananskal. Men när hon tittade närmare förstod hon att de inte var så gamla, högst ett par dagar. Någon hade alltså varit här helt nyligen.

Hon vände sig om och upptäckte en gammal amerikakoffert som stod lite på glänt. Locket var snett och vint och satt inte på ordentligt. Långsamt gick hon fram emot den och lyfte försiktigt. En kväljande lukt slog emot henne och fick henne att ta några steg bakåt. Där låg ett bylte med kläder och Dolores Morales trodde inte sina ögon när hon plockade upp det ena plagget efter det andra; ett par jeans fulla med blodfläckar, en nerblodad T-shirt, en fleecetröja, en täckjacka, ett par vantar och en stickad mössa. Både jackan, T-shirten och fleecetröjan var, förutom att de var blodiga, även besudlade med en annan sörja som påminde om uppkastningar. Hon förde jackan närmare näsan och fick misstankarna bekräftade. Det vände sig i magen på henne.

Längre hann hon inte förrän hon hörde en duns och hur något skrapade mot fönstret. Dolores Morales skrek till när hon såg sin mans ansikte pressas mot rutan och hur någon övermannade honom bakifrån.

I nästa sekund mötte hon den okände mannens blick.

Hela familjen satt samlad vid frukosten när telefonen ringde. Johan svarade i vanlig ordning på morgonen eftersom Emma alltid var stressad. Hon var den som började tidigast på jobbet och hade mest bråttom. Det var Tina. Han frågade hur det var med Jenny.

– Jo efter omständigheterna bra, tack. Hon är hemma nu och kommer att vara här några dagar och ta igen sig.

– Jag förstår, sa Johan. Men först undrar jag om jag kan få fråga dig en sak. Han harklade sig och tog sats innan han fick ur sig det han gått och funderat på hur han skulle ta upp med Tina. Det här kanske verkar framfusigt just nu, men eftersom jag är journalist så måste jag ställa frågan om Jenny skulle kunna tänka sig att låta sig intervjuas av mig? Hon är ju en viktig person i den här storyn som du förstår. Och jag lovar att jag inte kommer att ställa frågor som hon inte vill svara på och att ni får titta igenom materialet innan det sänds. Du får självklart också vara med under intervjun om du vill. Jag tror till och med att det skulle kunna vara bra för henne att prata med mig. Då kan hon hänvisa till den intervjun när andra reportrar tjatar på henne, då har hon faktiskt redan ställt upp en gång. Och det är bättre att jag gör intervjun än nån annan, eller hur?

En kort paus. Tina dröjde med svaret.

– Ja, jag vet inte, sa hon tveksamt. Det har ju precis hänt. Vänta ett tag, jag måste fråga Jenny och jag vill höra vad Fredrik tycker också. Kan jag ringa tillbaka till dig?

– Självklart.

– Jag ville prata med Emma, men hon är väl hemma ett tag till?

– Javisst. Jag uppskattar verkligen att du frågar.

Johan lade på luren och bad en stilla bön att det skulle bli ett positivt svar. Samtidigt släntrade Emma in i köket.

– Vem var det som ringde?

– Tina. Hon ville prata med dig, men hon ringer igen snart.

– Jaså?

– Jo, jag frågade om jag kunde få intervjua Jenny och hon skulle höra med henne, men ringer tillbaks snart.

– Så du kunde inte låta bli.

Han anade sarkasmen i hennes röst. Emma hade aldrig haft mycket till övers för journalisters ständiga jakt på scoop. Eller deras ohejdade förtjusning när de var först med en nyhet. Hon hade själv varit utsatt för mediedrev och det var inget hon önskade sin värsta fiende. Som tur var hade hon haft god nytta av Johans förmåga att hantera sådana situationer. Fast när det kom till kritan var han precis lika nyhetshungrig själv. Hon kunde se hur det glimrade till av förväntan i hans ögon när han tänkte på att han var snubblande nära att få göra den intervju som just nu varenda journalist i landet suktade efter. Som en blodhund som fått vittring.

Tio minuter senare ringde Tina. Jenny gick med på en intervju.

Gården låg i Gammelgarn på östra Gotland. Med sitt läge högt uppe på en kulle var den väl synlig från vägen. De tog av in på en spikrak grusväg med platta åkrar i vinterträda på ömse sidor. Den gamla gården var typiskt gotländsk i gråaktig kalksten med boningshus, lammhus och en stor lada där familjen sålde lammskinn under turistsäsongen. Johan hade varit där många gånger. Tina var en gammal vän till Emma från lärarhögskolan och Johan tyckte att både Tina och hennes man Fredrik var trevliga och lätta att umgås med. Alla fyra trivdes i varandras sällskap och träffades med jämna mellanrum för att äta goda middagar.

De parkerade på vändplanen och i samma stund steg Tina ut genom dörren och väntade in dem från förstukvisten. Två glada bordercollier kom rusande i full galopp med viftande svansar för att hälsa.

Tina såg lite ömklig ut, tyckte Johan när han kramade om henne.

I köket satt Jenny med en katt i knäet. Hon reste sig för att hälsa, kramade om Johan och tog Pia i hand.

Jenny blev verkligen vackrare för varje gång han såg henne. Det var säkert ett halvår sedan eftersom hon alltid var på resande fot numera. Håret hängde som en tung, blank gardin av rött siden över axlarna. Ögonen var sneda, intensiva i en obestämbar grön nyans. Långa smala ben i jeans och enkel V-ringad röd tröja. Hon var helt osminkad och bar varken klocka eller smycken.

De gjorde intervjun i köket. Jenny med katten i knäet, brinnande stearinljus på bordet, elden sprakade i vedspisen, utanför fönstret betade tjockpälsade gutefår utspridda över nejden, hundarna låg under bordet och suckade.

Hon berättade med inlevelse om rädslan och paniken när hon irrade runt och letade efter eremitkojan mitt i natten. Chocken när hon upptäckte Markus, allt blod därinne. Ovissheten om han var levande eller död. Rädslan för gärningsmannen, om han fanns kvar där någonstans i mörkret. Hur hon satt ensam och utlämnad på dasset och väntade på hjälp.

Ett tu tre hade de hela storyn presenterad av nyckelpersonen i dramat.

– Vad har du för relation till Markus Sandberg? frågade Johan till sist.

– Jag är kär i honom, sa hon utan omsvep. Vi har ett förhållande, men det är väldigt nytt. Några månader bara. Vi har velat hålla det hemligt än så länge.

Johan hoppade till. Det var som fan. Detta hade han inte hört någonstans. Han harklade sig och försökte dölja sin iver.

– Varför då?

Jenny rodnade. Hon var uppenbart besvärad av frågan.

– Det vill jag inte säga så här i TV.

– Och varför väljer du att nu berätta om ert förhållande?

– Därför, ja... därför att med tanke på det som Markus har råkat ut för så känner jag att det är lika bra att alla vet hur det ligger till. Ja, liksom...

– Hur menar du?

– Jo... man vet ju aldrig...

– Vad är det man inte vet?

– Om han som gjorde det, jag menar... om det hade nåt med oss att göra.

– Du menar att motivet skulle vara svartsjuka?

109

– Jag vet inte, men...

Jenny Levin tystnade och sökte sin mammas blick. Det var uppenbart att hon ville avbryta intervjun.

Tina som suttit och lyssnat på en stol i hörnet reste sig tvärt.

– Jag tror det räcker nu. Eller hur, Jenny?

Hon nickade. Johan drog tillbaka mikrofonen.

– Visst, självklart. Stänger du av kameran, sa han vänd till Pia.

– Men jag behöver klippbilder, invände hon.

– Alldeles strax. Vänta ett tag.

Hon stängde av kameran och lät den vila på stativet medan hon gick ut på förstukvisten och tände en cigarett. Pia avskydde när Johan sa till henne vad hon skulle göra.

– Förlåt, sa Johan till Jenny. Tycker du att det blev för jobbigt?

– Nej, bara det där sista...

– Om ert förhållande?

– Inte det direkt, men varför jag väljer att berätta om det nu. Jag är ju rädd, förstår du. Rädd att det har med oss att göra.

– Du menar att Markus Sandberg attackerades därför att han är ihop med dig?

– Ja, jag tänker på om det skulle kunna vara en orsak.

– Ni spelar inte in det här nu, va? avbröt Tina.

– Självklart inte, sa Johan. Och vi kommer som sagt inte att använda nånting av materialet som ni inte känner er bekväma med. Ni kan komma till redaktionen och se inslaget innan det sänds om ni vill.

– Nej då, sa Tina och gav Johan en klapp på axeln. Jag litar på dig.

Johan vände sig återigen mot Jenny.

– Tänker du på nån särskild som skulle kunna reagera på att ni var ihop, du och Markus?

– Nej, sa hon svävande. Inte direkt.

– Har du nån svartsjuk före detta pojkvän?

– Nej, det tror jag inte i alla fall. Jag har bara haft ett långt förhållande och den killen tog det slut med för ett halvår sen.

– Var det han eller du som gjorde slut?

– Det var visserligen jag, men han tog det jättebra. Det var ingen dramatik alls.

– Hur länge var ni ihop?

– Ett år ungefär.

– Vem är han?

– Han heter David Gahnström och är också härifrån Gammelgarn. Vi bor grannar. Går man ut på vår tomt så ser man till och med bort till hans föräldrars gård. Hon tittade ut genom fönstret och pekade. Men han skulle aldrig kunna göra nåt sånt.

– Har ni kontakt fortfarande?

– Ja, vi träffas alltid när jag är hemma. Han är en av mina bästa vänner och betyder jättemycket för mig fortfarande. Fast vi är verkligen bara kompisar. Men vi är gamla barndomskamrater, så vi har en speciell kontakt.

– Okej. Han då, Markus?

– Jag vet att han har haft en hel del tjejer och så, bland annat en som heter Diana som är jättejobbig och fortfarande ringer hela tiden. Hon är på samma agentur men jobbar mycket i New York, som tur är.

– Har Markus mycket kontakt med henne?

– Äh... jag vet inte. Jag tror inte det. De har gjort slut. Eller han har dumpat henne i alla fall, men hon verkar ha lite svårt att fatta det.

Jenny tittade tankfullt ut genom fönstret.

– Är du orolig för egen del?

Hennes blick vändes åter mot Johan.

– Jag vet faktiskt inte. Lite kanske.

Hon ryckte på sina späda axlar.

– Vet polisen det här? Att du och Markus är ihop?

– Ja. Men du är den enda journalisten jag har pratat med.

– Tack Jenny. Jag uppskattar verkligen att jag fick intervjua dig.

Johan tittade på klockan.

– Okej, vi får verkligen hoppas att Markus blir bättre snart. Han gav Jenny en kram. Orkar du med några klippbilder?

Hon nickade. Pia hade kommit tillbaka in i köket efter sin rökpaus. Hon gav Johan sitt älskligaste leende och rösten dröp av sarkasm när hon öppnade munnen.

– Då kan ju du gå ut och hälsa på fåren så länge, så är du inte i vägen. Ni kommer säkert fantastiskt bra överens.

Mannen som höll fast Eduardo Morales såg förvånad ut när Dolores kom stormande ut ur strandboden, men han släppte inte taget om den spenslige spanjorens nacke.

Dolores Morales talade utmärkt engelska efter sin tid som kringresande miljöaktivist inom Greenpeace och ropade upprört.

– Vad gör du med min man? Släpp honom omedelbart!

Hon rusade fram till den kraftige svensken och gjorde fruktlösa försök att dra bort honom från sin man. Han rubbades inte ur fläcken.

– Är du inte klok? Låt honom vara, annars ringer jag polisen!

Vid ordet polis lystrade mannen och greppet runt Eduardo Morales lättade. Han vände sig mot Dolores.

– Vilka är ni? frågade han på bruten engelska. Vad gör ni här?

– Vi är spanska turister som studerar olika fiskelägen på Gotland. Vi heter Dolores och Eduardo Morales och kommer från Sevilla.

113

Nu släppte mannen greppet helt och sträckte fram handen mot Dolores.

– Ursäkta mig. Jag heter Björn Johansson. Jag bor där borta, i Lergrav. Han pekade med ett grovt finger utefter kusten. Där finns också fina fiskehus.

Det väderbitna ansiktet sprack upp i ett leende och han hade tusen rynkor kring ögonen.

Dolores var fortfarande arg och Eduardo hostade lätt och tog sig om halsen som om han ville understryka att attacken inte passerat obemärkt.

– Varför hoppade du på min man? frågade hon uppfordrande och spände sina bruna spanska ögon i honom. Har du för vana att attackera turister?

Mannen viftade avvärjande med händerna.

– Nej nej, inte alls. Det har hänt nåt hemskt förstår ni, *something terrible*, där borta på ön ni ser där ute, Furillen.

– Furillen? försökte Dolores härma. Det var det konstigaste ord hon hört. Vad har hänt där?

– En man slogs nästan ihjäl där härom natten. Han blev huggen med en yxa många gånger och polisen tror att mördaren flydde hit med båt.

Dolores spärrade upp ögonen och såg förskräckt ut. Hennes man puffade lite på henne och sa något på spanska.

– Ursäkta mig, sa hon, jag måste översätta för min man. Han talar inte engelska.

Dolores smattrade ur sig en lång harang på spanska under intensivt gestikulerande vilket resulterade i en ännu längre obegriplig salva från hennes man.

– Då måste vi genast visa för dig vad vi har hittat, sa hon och båda två drog ivrigt i Björn Johanssons jacka. Kom med här.

Den storväxte mannen följde efter in i fiskeboden. Försiktigt öppnade Dolores locket till amerikakofferten och visade innehållet.

Björn Johansson rörde inte kläderna. Det räckte med en blick för att han skulle förstå vad det var han såg.

Utan ett ord plockade han upp sin mobiltelefon och knappade in numret till polisen.

Spaningsledningen satt i möte när nästa viktiga samtal från Kyllaj kom. Fyndet av de blodiga kläderna var så spektakulärt att Knutas ville följa med för att se platsen. Det spanska paret och grannen som ringde ombads stanna kvar på platsen tills polisen kom. Upptäckten stärkte teorin att författaren som ringt från fiskeläget verkligen träffat på den riktige gärningsmannen.

– Frågan är var båten som han har använt är nånstans, sa Knutas till Karin i bilen.

Som vanligt var det hon som körde.

– Ingen har anmälts stulen här på Gotland den senaste månaden. Å andra sidan har väl folk ingen vidare koll på sina båtar på vintern. Det är mycket möjligt att stölden inte har upptäckts ännu.

– Kyllaj, sa Knutas och smakade på namnet. Det var ett tag sen du och jag var här. Minns du?

– Jovisst, sa Karin och hennes ansikte skiftade färg. Hon visste alltför väl vad han syftade på.

– De slank ur nätet igen, Vera Petrov och Stefan Norrström. Jag skulle ge mycket för att få veta var de gömmer sig.

116

– Jo.

Av förklarliga skäl undvek Karin att tala om saken. Hon hade bidragit till att det internationellt efterlysta paret kom undan – en omständighet som bara hon och Knutas kände till. Vera Petrov misstänktes för två mord som begåtts på Gotland några år tidigare. Hennes man, Stefan Norrström, hade också varit inblandad. De hade flytt utomlands efter dåden och senast setts i Dominikanska republiken. Knutas hade trott att polisen var nära ett gripande, men på något obegripligt vis hade de bägge återigen kommit undan. Nu var det flera månader sedan han hörde något och han hade börjat tappa hoppet om att de någonsin skulle åka fast. Deras hus i Kyllaj hade stått tomt sedan de försvann.

När de kom fram till den lilla småbåtshamnen var teknikerna redan där. Avspärrningsband var uppsatta och några boende i närheten som upptäckt polisens aktiviteter hade samlats nere vid bryggan.

– Nu dröjer det inte länge förrän vi har journalisterna på halsen, sa Knutas sammanbitet medan han klev in under det blåvita plastbandet.

Karin betraktade innehållet i kofferten utan att röra vid den. Hon rynkade pannan.

– Varför har han inte gömt kläderna bättre? Dumpat dem i sjön eller bränt upp dem? Han borde ha fattat att de skulle hittas här förr eller senare. Och självklart är de proppfulla med hans DNA. Men vad är det som luktar?

Sohlman uppenbarade sig bakom dem, steg fram och nöp tag i T-shirten med en tång och sedan höll han upp plagget framför kollegerna.

– Ser ni? Det är uppkastningar – på T-shirten, collegetröjan och jackan.

– Spyor?

– Så kan man också uttrycka det, ja, sa Sohlman torrt. Gärningsmannen kan mycket väl ha blivit magsjuk under överfarten från Furillen – det blåste uppemot femton sekundmeter under dan i måndags så efterdyningarna var förstås kraftiga. Det borde rimligtvis ha varit en ordentlig sjögång.

– Eller så kommer det sig av det han gjorde, sa Knutas eftertänksamt. Jag kan bara tänka mig hur det var där inne i den lilla trånga stugan och blodet som skvätte omkring. Det kan ju ha fått vem som helst att må illa.

– Sluta, för guds skull, manade Karin som hade blivit vit i ansiktet.

– Förlåt. Knutas satte sig försiktigt på en uppochnervänd ölback. Men vad betyder det här? Gärningsmannen hade alltså förberett sin flykt, antagligen stulit en båt. Parkerat sin bil här nånstans i Kyllaj, troligtvis inte alltför långt från hamnen eftersom han förstås ville härifrån så fort som möjligt. Hur lång tid kan det ta att åka över sundet?

– Båten var ju rätt liten enligt den där författaren, sa Sohlman och kliade sig i huvudet. Kanske en halvtimme?

– Ärligt talat har jag inte en aning, sa Karin. Jag är ingen båtmänniska.

– Vi får i alla fall ta reda på saken, sa Knutas och reste sig. Nu vill jag prata med det där spanska paret. Ni ska få jobba ifred här.

Han nickade mot Sohlman och gick ut.

Makarna Morales hade hysts in i en stuga i hamnen som mannen från Lergrav hade tillgång till. De satt insvepta i varsin filt framför en brasa vid öppna spisen med en kopp choklad. De såg bleka och blåfrusna ut. Stackars satar, tänkte Knutas. De är inte vana vid den svenska vintern. Och den har inte ens börjat.

Karin fick sköta det mesta av samtalet, Knutas engelska var långt ifrån tillräcklig för att hålla för konversation, än mindre utfrågning. De berättade med stor inlevelse och vidlyftiga gester om vad de varit med om. Ofta talade de i munnen på varandra. Mannen kunde ingen engelska, men ville hela tiden blanda sig i och fylla i med detaljer som frun fick översätta.

Förhöret tog dubbelt så lång tid som i själva verket var rimligt.

När de återvände till polishuset möttes de av en uppjagad presstalesman.

– Vi är fullkomligt nerringda av journalister, klagade Norrby och slog ut med armarna. Tydligen har Rapport i sin lunchsändning gått ut med att Markus Sandberg har ett förhållande med Jenny Levin. Dessutom har det spritt sig att polisen har gjort ett makabert fynd i Kyllaj. Nu vill alla veta om uppgifterna om romansen stämmer och vad som har hittats i Kyllaj.

– Okej, sa Knutas bistert. Magen skrek av hunger. Han tittade på klockan. Kalla till presskonferens om en timme. Stora salen.

En av de rutiner Agnes avskyr mest på avdelningen är de påtvingade stunderna i värmerummen. Hon har försökt prata med Per, bett att få slippa, men han säger att han inte kan göra något åt saken. Det är samma för alla.

Det finns fem värmerum som ligger på rad i korridoren. På väggen utanför är hyllor uppsatta med en korg för var och en. Varje korg är märkt med en rosa lapp med innehavarens namn. Linda, Erika, Josefin, Sofia, Agnes... Det här är också som på dagis, tänker Agnes när hon drar ut korgen för att hämta sitt eget lakan och örngott. Dem ska hon placera på sängen innan hon lägger sig på den. Rummet är trångt och saknar fönster. Det påminner om en cell med en rund kontrollglugg i dörren som vårdarna kan kika in i närhelst de vill. Möblemanget består enbart av en låg säng med värmemadrass, ett element och en pall där en vårdare får sitta om patienten är orolig. Termometern bredvid dörren visar på fyrtio grader. En lampa i frostat glas sprider ett milt ljus. Det är alldeles tyst därinne, som om väggarna vore vadderade.

Hon förväntas ligga där i en halvtimme, fullkomligt orörlig medan värmen sprider sig i kroppen. Detta ska göras efter både lunch och middag varje dag. Trettio minuter i total stillhet efter att man blivit tvingad att äta en massa mat. Vårdarna påstår att värmen är bra för henne, att den verkar ångestdämpande. Åt helvete med dem. Agnes vet alltför väl vad stunderna i värmerummet betyder för henne om hon följer deras direktiv. Det är med bävan i bröstet hon öppnar dörren. Hon hatar hur de förminskar henne härinne, hatar vad de tvingar henne att göra. Hur kan de inbilla sig att hon är så dum att hon verkligen tänker ligga där i hela trettio minuter och låta maten invadera hennes kropp? Om hon sträcker ut benen när hon ligger på sängen kan hon till och med se hur de sväller av behandlingen. De blir tjockare och tjockare för varje minut.

Det första hon gör när hon kommer in i rummet är att släcka belysningen så att vårdarna inte kan se vad hon har för sig därinne. Eftersom rummet saknar fönster blir det becksvart. Hon säger till dem att hon slappnar av mycket bättre om det är mörkt. Sedan stänger hon av värmen. Därefter ägnar hon halvtimmen åt gymnastiska övningar. Hon försöker göra situps men hennes utstickande kotor skaver hårt mot golvet och smärtan är outhärdlig. Hon lägger sig i sängen och gör dem där istället. Och så de vanliga armar uppåt sträck. Sedan benlyft så många hon orkar. Hon blir svettig och andfådd. Lederna värker och hon gråter av vanmakt men fortsätter ändå. Hon är fast i tvångsmässigheten och kan inte ta sig ur den även om det hon längtar allra mest efter är att bara få slappna av. Medan hon ligger där i mörkret och gymnastiserar febrilt tänker hon på hur allt började. Hur hon hamnade i denna mardröm.

När ett drygt år av nattsvart sorg efter hennes mammas och storebrors död passerat hade hon börjat gå ut och träffa kompisar igen. En kväll i maj hamnade de av en slump på ett ungdomsdiskotek i Visby. Just denna kväll hölls en modelltävling som Agnes spontant deltog i med följd att hon vann hela tävlingen. Priset var en resa till Stockholm och en fotografering hos en professionell modefotograf hos agenturen Fashion for life som arrangerade tävlingen. Hon reste till Stockholm, inkvarterades på ett fint hotell som låg mitt i city och fick åka taxi till agenturen. Hon både skrämdes och imponerades av att den var så flashig och exklusiv, överallt pryddes väggarna av stora bilder på modeller, den ena häftigare än den andra.

Alla hon träffade hälsade glatt med artiga leenden. Samtidigt kunde hon inte undgå att lägga märke till deras värderande ögonkast; hur de mätte henne med blicken, den for blixtsnabbt över hennes kropp. Den uppenbara granskningen fick henne att röra sig klumpigt, hon visste inte var hon skulle göra av armarna. Försökte dra in magen och räta på ryggen. Se naturlig ut fast hon darrade inombords. Hon togs till en studio där hon fick träffa fotografen Markus Sandberg. Samma fotograf som nu låg allvarligt skadad på sjukhus i Stockholm efter mordförsöket på Furillen. Hon hade knappt kunnat tro det när hon såg det på TV-nyheterna. Men det var han. Hon ser honom framför sig den där första gången. Han var klädd i tuffa jeans med en massa fickor och nitar. På den vältrimmade överkroppen bar han en enkel vit T-shirt. Han hälsade vänligt men lite stressat på henne. Drog handen genom sitt ostyriga hår och log. Han hade vita tänder och skäggstubb. Han var snygg, fast ganska gammal. Hon hade bara sett honom på mingelbilder i veckotidningar tidigare. Det var overkligt att hon nu befann sig i samma rum.

Så skulle hon fotas. Hon mådde illa vid tanken på att försöka posera naturligt inför honom i den kala studion. Golvet och väggarna var kritvita och i mitten fanns ett svart skynke

122

uppspänt som hon skulle ställa sig framför. Hon fick varken sminka sig eller byta kläder. De ville ha henne som hon var, sa de. Naturlig. Hon försökte röra sig otvunget, besvärande medveten om att hon säkert inte dög. Inte smal nog, inte snygg nog, inte proffsig nog. Markus ansträngde sig för att försöka få henne att slappna av. *Du är fin,* sa han. *Du är skitsnygg. Koppla av. Låtsas att kameran är din kille som du är kär i.* Agnes som just fyllt femton år hade aldrig varit kär i någon kille. Men hon försökte så gott hon kunde. Försökte härma minerna på de modeller hon sett på TV och i magasin. Vred sig fram och tillbaka. *Skaka loss axlarna. Lägg handen på höften. Vänd kroppen åt sidan, men titta på mig. Flirta med kameran.* Den döda linsen blänkte som ett ont öga mot henne. Hur skulle hon kunna flirta med den? Hon kände sig stel och klumpig och ville bara att det skulle ta slut. När assistenten försvunnit och lämnat henne och fotografen ensamma i studion blev det ännu pinsammare. Han måste tycka att hon var hopplös, tänkte hon och ångrade djupt sitt klädval. Varför hade hon satt på sig stora pösjeans och en löst hängande tunika? Hon såg säkert groteskt tjock ut. Som om fotografen läst hennes tankar frågade han. *Har du något under?* Jo, ett linne hade hon. *Ta av dig den där stora skjortan, man ser ju inte hur du ser ut.* Tvekande knäppte hon upp knapparna i blusen och kröp ur den. En snabb blick ner på linnet. Vitt och så hade hon en svart behå under. Pinsamt. Vad gjorde hon här egentligen? Hon tittade olyckligt på fotografen.

Då sänkte han kameran, kom leende emot henne. Innan hon hann reagera tog han ett fast tag med båda händerna om hennes ansikte och kysste henne på munnen. Hon stod alldeles stilla, fortfarande med armarna tafatt hängande utefter sidorna. Visste inte vad hon skulle göra. Tvärt släppte han sitt grepp, ansiktet alldeles nära, skratt i ögonen. Hennes kinder brann. Lekfullt rufsade han om med den ena ringprydda handen i hennes hår. *Du är fin, tjejen. Du smakar gott. Ta inte illa upp, jag ville bara få dig att slappna av lite. Kom igen nu, se det här som en lek för det är precis vad det är. Inget verkligt, bara en lek.*

Presskonferenser var ett gissel, lika påfrestande varje gång, och efteråt flydde Knutas in på sitt rum och stängde demonstrativt dörren efter sig. Reportrarna betedde sig som uthungrade vargar, lystet kastade de sig över varje fragment av information som polisen gav. Deras hunger var omättlig. Det var i själva verket vad som retade honom allra mest. Att de aldrig gav sig, aldrig blev nöjda. Sensationslystnaden visste inga gränser. Deras gap växte bara i takt med att nya fakta presenterades. Nya omständigheter ledde till nya frågor, som ledde till ännu fler. Och alltid denna balansgång han måste tampas med, ge dem vad de vill så att de tror att de fått allt, men behåll det väsentliga för dig själv. Yppa ingenting som kan skada utredningen, se upp för varje fälla, varje försök, varje manipulation för att de ska locka ur dig mer än vad du tänkt säga.

Han var utmattad. Sjönk ner i sin gamla skrivbordsstol och slöt ögonen. Längtade efter Line. Att få vara hemma i lugn och ro, äta en god middag och efteråt mysa i soffan framför öppna spisen. Bara sitta där, titta på lågorna och hålla om henne.

Men det skulle dröja många timmar innan han kunde gå hem. Han gungade sakta fram och tillbaka på stolen. Försökte blåsa rent i skallen. Ut med alla oväsentligheter som tumlade runt därinne så han kunde tänka klart. Kläderna som hittats i strandboden i Kyllaj borde leda polisen vidare. Han hade bett SKL, Statens kriminaltekniska laboratorium, skynda på med analysen. Åsynen av strandboden och kofferten med de blodiga persedlarna hade gett honom flashbacks till ett fall med en seriemördare ett antal år tidigare. Då hade ett ungt par hittat blodiga klädesplagg i en förvaringssoffa i en sjöbod i Nisseviken. Plaggen tillhörde de kvinnliga offren och hade sparats i något fetischistliknande syfte. Den här gången verkade det handla om gärningsmannens kläder som han antagligen gjort sig av med så fort han gått i land.

En sak han inte berättat för journalisterna var att Markus Sandbergs mobiltelefon spårats till Stockholmsområdet.

Närmare bestämt de södra förorterna. Polisen hade tagit hjälp av Rikskommunikationscentralen som snappat upp signalen från en mast i Flemingsberg. Mer specifika uppgifter gick inte att få fram. Om gärningsmannen var stockholmare, varför skulle han begå dådet just på Furillen, på det otillgängliga stället som inte heller var det lättaste att obemärkt ta sig till eller ifrån? Om nån nu ville ta död på Markus Sandberg, varför inte göra det i Stockholm där han bodde och arbetade? Kanske hade gärningsmannen en koppling till Gotland, kanske var han härifrån. Uppenbarligen hade han tillräckligt bra lokalkännedom för att lyckas ta sig både till och från Furillen utan att bli upptäckt.

Knutas öppnade översta skrivbordslådan och tog fram pipan och ett paket tobak. Knackade ur den och började omsorgsfullt stoppa den medan tankarna vandrade iväg. Mobilen var inte det enda som hade spårats. Samtalet som ringts av den frågvise okände mannen till Hotell Fabriken och som städerskan tagit emot hade lokaliserats till Grand Hôtel i Stockholm. Om nu mannen i telefon var identisk med gärningsmannen öppnade detta nya möjligheter. Samtalet hade ringts från hotellets lobby så det var inte alls säkert att mannen var gäst på hotellet. Däremot talade denna omständighet för att gärningsmannen kom från Stockholm. Kunde Sandbergs förhållande med Jenny Levin vara motivet? Hans bakgrund och närmaste relationer höll på att kartläggas, så förhoppningsvis skulle bilden strax komma att klarna. Otåligheten kröp i honom, tursamt nog ringde telefonen.

– Ja? svarade han.

– Tjena, det är Pelle Broström här, helikopterförare. Vi har spårat en båt här ute vid Sankt Olofsholm som skulle kunna vara den ni söker efter.

Knutas puls slog snabbare.

– Vad är det för båt?

– En mindre motorbåt med utombordare, av märket Uttern. Den ligger jäkligt svårtillgängligt i en skreva i vassen, så det var nära att vi missade den. Vi upptäckte den inte i söket på förmiddagen, men vi gick ut efter lunch igen och nu har vi just hittat den.

– Kan ni se nåt mer?

– Nej, härifrån luften är det svårt. Den ser ut att vara tom, men den driver fritt, den är alltså inte angjord på nåt sätt.

– Okej, sa Knutas ivrigt. Snyggt jobbat. Meddela Kustbevakningen och se till att de går ut omedelbart och bogserar in den till hamnen i Kyllaj. Jag skickar ut teknikerna.

– Bra, det är uppfattat. Vi larmar Kustbevakningen.

Ett par timmar senare hade polisen fått bekräftat att båten troligen var den som användes av gärningsmannen ute på

Furillen. Durken var full av blodfläckar och spår av uppkastningar. Därmed kunde man med största sannolikhet koppla ihop båten med det fynd av kläder som gjorts i Kyllaj tidigare samma dag.

Under kvällen fick polisen också in en anmälan från en privatperson i Lergrav som uppgav att hans båt av märket Uttern var försvunnen från sin plats i båthuset.

Visselpipan ljöd över den blöta, sörjiga fotbollsplanen. Tjejerna i Visbys damlag tränade frisparkar. Karin Jacobsson stod vid ena sidan av planen och iakttog sina spelare. Klockan var halv nio på kvällen och hon kunde känna håglösheten i laget. En sådan här kväll var det inte lätt att vara tränare. Damlagen fick alltid sämre tider än herrarna. De tränade mellan sju och halv nio, medan kvinnorna fick hålla till godo med tiden mellan halv nio och tio på kvällen. Jämställdheten inom idrotten lämnade mycket att önska.

Hon tryckte in en portionssnus under läppen, huttrade till och stampade med fötterna i marken för att hålla värmen. Strålkastarna spred ett starkt kallt ljus, det duggregnade, överallt hade vattenpölar bildats. Underlaget var som geggamoja, tungt att springa i, nästan som flytande betong. Spelarnas kläder var leriga och nästan alla hade grusstänk i ansiktet. Det var svårt att få dem motiverade, den förra säsongen hade avslutats och det kändes som en evighet till nästa. Några maskade, sprang och småpratade istället för att ägna sig åt träningen. Karin försökte peppa dem så gott hon kunde, hon hade alltid tyckt att det var viktigt med barmarksträning. *Ni kan väl i alla fall försöka jobba.* Hon hade delat upp laget, ena halvan hade blå västar, den andra röda. De övergick till att göra olika passningsövningar.

Medan Karin studerade kvinnorna på planen vandrade tankarna iväg. Tidigare under dagen hade hon talat med Karolinska sjukhuset om tillståndet för Markus Sandberg. Han var ännu nedsövd och utgången var fortfarande oviss. Det var bara att hoppas. Hon hade bett Knutas om att få sköta förhöret med Sandberg i så fall. Kanske måste hon ändå åka till Stockholm. Även om kollegerna där borta hjälpte till så var det inte samma sak som att åka dit själv, träffa dem som arbetade på agenturen, kolleger till Sandberg, folk som kände honom och som kanske kunde hjälpa polisen vidare.

Dessutom hade hon ett annat syfte med resan. Att förhoppningsvis få träffa sin dotter. Hon kände hur ansiktet mjuknade när hon tänkte på Hanna.

Ett halvår tidigare hade Karin träffat henne för första gången i Stockholm. Hanna hade adopterats bort omedelbart efter födseln och saknaden efter dottern hade alltid varit närvarande. Som ett mörkt tomrum i hennes hjärta. Antagligen hade den även stått i vägen för hennes förmåga att älska. Karin hade aldrig haft en längre relation. Så fort det började bli allvar och hon blev så engagerad i en annan människa att hon blev sårbar flydde hon. Även när det gällde kompisar hade hon ganska ytliga relationer, till och med bland sina kolleger i polishuset som hon träffade varje dag. Anders Knutas var den som kommit henne allra närmast, troligen för att han aldrig gav upp. Det var efter ett samtal med honom som hon efter alla år vågat tänka tanken på allvar att ta kontakt med sin dotter.

Föregående sommar hade hon gjort slag i saken. Hon hade tagit reda på dotterns namn och adress i Stockholm. Det tjusiga namnet hade oroat henne, Hanna von Schwerin.

Utan att ge någon förvarning åkte Karin till adressen på Södermalm, hon hade slagit sig ner på ett café utanför porten och väntat. Till slut hade en ung kvinna med hund klivit ut på gatan. I samma ögonblick som Karin upptäckte henne insåg hon att det måste vara hennes dotter. Likheterna var uppenbara. Karin hade börjat gråta och Hanna hade först betraktat henne under tystnad. Sedan uttalade hon äntligen ordet:

– Mamma?

Hon sjönk ner på stolen på andra sidan cafébordet och betraktade henne vaksamt. All färg hade lämnat hennes ansikte.

– Är det du? Är du min biologiska mamma?

Karin noterade hur hon betonade ordet biologiska, som om hon inte riktigt ville kännas vid att Karin var hennes mamma. Inte hennes riktiga, bara hennes biologiska. Karin fick inte fram ett ljud. Hon nickade och såg ner i bordet. Hanna hade vänt sig om som om hon var rädd att någon skulle höra. Det blev tyst igen. Karin tog några djupa andetag innan hon vågade se sin dotter i ögonen.

– Jag vill så gärna att du ska veta vad som hände, viskade hon.

– I så fall får du gå med mig och Nelson till parken. Han kan inte hålla sig längre.

Snabbt kom Karin på fötter. De var exakt lika långa och hade samma finlemmade kroppsbyggnad. Även Karin var klädd i jeans, men hon hade satt på sig en dyrare topp än vanligt, något blusaktigt som hon köpt i en exklusiv boutique i Visby. För att passa in lite bättre. Med tanke på det adliga namnet hade hon fördomsfullt nog oroat sig för att möta en elegant kvinna i snäv kjol med slits, knytblus och pärlhalsband. Hannas lediga klädsel, som dessutom var helt enligt

131

Karins egen smak, bidrog till att det kändes något lättare. Åtminstone vid första anblicken. Nu spelade kläderna inte längre någon roll.

De hade promenerat över Mariatorget, korsat Hornsgatan och strövat längs promenadstråket högt uppe på berget. Utsikten över Riddarfjärdens vatten, Gamla stan och Stadshuset var storslagen, men Karin såg den inte. Stammande och hackande förklarade hon att hon blivit gravid vid fjorton, att hon inte haft någon kontakt med pappan ens på den tiden.

– Varför inte då? hade Hanna frågat och Karin blev kall inombords.

Naturligtvis var frågan oundviklig. Hundratals gånger hade hon ältat dilemmat i tankarna – skulle hon berätta för dottern att hon var resultatet av en våldtäkt? Att hennes pappa var ridläraren i byn som förgripit sig på Karin.

Det blev tyst en stund, medan de gick där sida vid sida. Ändå en avgrund emellan. Nelson sprang lös ett stycke framför och nosade ivrigt i marken. Karin saktade in på stegen.

– Det jag ska berätta nu kommer du inte att tycka om att höra.

– Nähä.

– Först och främst är din pappa död. Han dog för mer än tjugo år sen.

Något slocknade i Hannas blick.

– Jaha.

Karin tog sats och berättade hela historien, från början till slut, om våldtäkten, hur hennes föräldrar övertygade henne om att hon gjorde bäst i att adoptera bort barnet, hur hon ångrade sig i samma ögonblick hon fick sin nyfödda i famnen, men att föräldrarna då hävdade att det var för sent.

Hanna hade lyssnat med skiftande ansiktsuttryck. När Karin slutat blev det tyst en lång stund. De fortsatte att gå

132

utan att någon av dem sa något. Karin avvaktade, hon visste inte vad hon skulle säga. Kände sig alldeles tom inuti. Till slut öppnade dottern munnen.

– Jag måste få vara ensam och smälta det här. Det var rätt mycket att ta in på en gång. Jag behöver vara ifred. Jag vill inte att du hör av dig till mig på ett tag. Jag ringer dig när jag känner mig mogen för det. Hoppas att du förstår.

Hon kallade på Nelson, vände på klacken och gick därifrån.

Karin tog nästa flyg tillbaka till Gotland med en dov besvikelse i magen, blandad med oro. Väl hemma hade hon ältat händelsen fram och tillbaka. Kanske skulle hon ha skrivit brev istället. Förvarnat. Gett Hanna en chans att tänka efter och förbereda sig. Nu hade hon bara dykt upp som gubben i lådan efter alla år. Karin hade haft så många frågor hon velat ställa. Men hon hade inte hunnit.

Några gånger hade hon varit nära att ta kontakt efter det där första mötet men ångrat sig i sista stund. Hanna hade bett henne vänta. Det var något hon måste respektera. Och nu skulle hon till Stockholm med jobbet.

Sex månader hade gått. Karin undrade i sitt stilla sinne om hon skulle kunna låta bli att göra ett försök att ta kontakt. Hon skulle nog bli tvungen.

Golvet i trappan knarrade när Jenny tassade ner till köket. Så väl hon kände till detta knarr, visste precis vilka trappsteg som var värst. Hur många gånger hade hon inte smugit uppför trappan, orolig att hon skulle väcka sina föräldrar när hon kommit hem senare än överenskommet?

Nu var hon praktiskt taget vuxen. Det var både befriande och skrämmande.

Sedan hon upptäckts som modell och fått komma till Stockholm hade hon definitivt lämnat barndomen. Nu flög hon kors och tvärs över världen mellan uppdragen och tog hand om allt själv medan bankkontot fylldes på. Hon hade njutit förbehållslöst av sitt nya liv ända fram till den ödesdigra händelsen på Furillen som ställt hela hennes tillvaro på ända. Nu visste hon varken ut eller in.

Nere i köket låg hundarna i sin korg, huller om buller, gäspande med sömnen i ögonen viftade de tveksamt på svansen. Som om de inte heller riktigt hade vaknat.

Hon hällde upp ett glas vatten och tog en banan. Satte sig vid köksbordet. Det var kolsvart utomhus, men när det började dagas skulle landskapet ligga som i ett disigt töcken.

Den här årstiden var allt grått. Gårdens kalkstensfasad, barmarken utan växtlighet och ännu ingen snö, de kala träden med sina nakna grenar som vädjande sträckte sig mot skyn, bark mot en mulen himmel.

En vecka hade förflutit sedan skräcknatten på Furillen. Den första chocken hade lagt sig och istället ersatts av en gnagande oro. Inte bara för hur det skulle gå med Markus utan även för henne. Hon bar på en vag olustkänsla, som om hon hade en föraning om något ännu värre. Det var säkert helt idiotiskt och många gånger hade hon försökt tala reson med sig själv. Att det bara var inbillning, att det var chocken. Hon hade ju aldrig varit med om något liknande förut. Psykologen på lasarettet hade sagt att hon skulle vara beredd på att det kunde komma efterreaktioner. Hon hade fått hennes kort med ett telefonnummer och uppmaningen att ringa närhelst hon ville.

Markus ansikte dök upp framför hennes ögon. Hans skratt tidigare samma dag som han attackerades, de stulna kyssarna mellan tagningarna inne på hennes rum. Med vämjelse mindes hon hans sargade kropp, allt blod inne i den lilla stugan, ansiktet som var mosat till oigenkännlighet. Skräcken och paniken. Skulle han överleva? Skulle allt bli som vanligt igen? Hon tänkte på honom ständigt. Oron kröp i henne, hon måste ha en cigarett innan mamma och pappa vaknade. Trots att hon numera betraktade sig som vuxen ville hon fortfarande inte att de skulle se henne röka. Hon kastade en blick på klockan på väggen. Kvart över fem. De skulle sova ett tag till.

Hon klev i gummistövlarna och tog på sig sin långa, svarta täckkappa som hon alltid hade hemma på landet. Grävde i de djupa fickorna. Cigaretterna låg där tillsammans med tändaren. Hundarna märkte naturligtvis genast att hon var på väg ut och stod redan på pass vid dörren, ivrigt viftande på svansarna.

Den råa morgonkylan slog emot henne när hon klev ut på förstubron. Det var beckmörkt, men hon vågade inte tända ytterbelysningen av rädsla för att föräldrarna skulle vakna. Gruset knastrade under stövlarna. Hundarna kissade ute på gräsmattan, följde henne sedan i hasorna ut från tomten. Grinden gnisslade när hon öppnade den. Mörkret här hemma var hon van vid, det skrämde henne inte. Hon kände varje sten och buske. Det var tyst inifrån lammhuset och stallet. Även djuren sov. Hon gick bort till hörnet vid lammhuset och ställde sig vid kortsidan som vette ut mot åkrarna och den vidsträckta hagen. Längre bort låg hennes gode vän Davids hus, eller rättare sagt hans föräldrahem. Hon hade inte hunnit ringa honom, undrade om han var hemma. Gården var helt nedsläckt så visste man inte om den kunde man inte ana att den låg där borta. Det var spöklikt, som att titta ut i ett mörkt tomrum. Hon kunde bara höra prasslet från buskarna när hundarna nosade omkring. En sekund av en flämtande ljusstrimma när hon tände cigaretten. Drog ett djupt bloss.

Hon satte sig på träbänken som var placerad utefter väggen. Här brukade pappa tycka om att dricka sitt morgonkaffe på sommaren när solen gick upp. Hon tänkte på Markus. Längtade så vansinnigt efter honom. Mamma och pappa hade tyckt att hon borde vara hemma och ta igen sig i åtminstone en vecka. Alla jobb hade bokats av, och Robert hade varit förstående och hävdat att det var självklart att hon skulle ta den tid hon behövde.

Och Markus var ändå nersövd, det fanns inget hon kunde göra. Han bara måste bli bra igen. Hon hade aldrig varit så förälskad och nu var det precis som om det kändes ännu starkare. Bara för att det här hade hänt. Markus var den första riktiga man hon hade träffat. Vad de hade upplevt tillsammans gick inte att jämföra med de tafatta killar hon varit ihop med tidigare. Tänk om det allra värsta skulle hända. Att han faktiskt avled. Att han dog utan att hon hade fått träffa honom igen. Utan att hon ens tagit sig till sjukhuset. Skulle åsynen av hans illa tilltygade kropp i stugan ute på Furillen vara det sista hon såg av honom? Bilden av hur han låg blodig och sönderslagen, hopkrupen på golvet. Nej, nej, det var omöjligt. Vad gjorde hon här? Hon tog ett sista bloss och trampade sönder fimpen i gruset. Kastade sedan ut den i buskarna. Hon måste tillbaka till Stockholm. Ville inte vänta längre.

Med snabba steg återvände hon in mot huset.

Planet landade på Bromma flygplats, strax utanför Stockholms innerstad klockan halv elva på förmiddagen. Markus Sandberg hade legat nersövd i en vecka och opererats flera gånger, och samma morgon hade Knutas fått ett samtal om att fotografen väckts ur narkosen. Blixtsnabbt fattades beslutet att Karin och Wittberg skulle resa till Stockholm för att förhöra honom. Trots läkarens farhågor om att Sandberg inte skulle minnas något hoppades Knutas på ett mirakel.

Karin svalde hårt när planet tog mark. Nu väntade en bil på att ta dem till Karolinska, samtidigt ville hon inget hellre än att åka raka vägen till Södermalm och försöka prata med Hanna. Karin hoppades att det skulle vara värt ett nytt försök.

När de kom ut i ankomsthallen möttes de av ett par poliskolleger som skulle ledsaga dem till Karolinska. De hade fått löfte om att få prata med Markus Sandberg en kort stund om han var tillräckligt pigg. Visserligen hade kollegerna i Stockholm kunnat hjälpa dem med förhöret, men Karin hade varit envis med att hon ville närvara när polisen pratade med Sandberg första gången.

En sköterska visade dem till rummet, kollegerna från Stockholm väntade utanför intensivvårdsavdelningen.

– Jag måste be er att vara försiktiga med honom, bad sköterskan innan hon öppnade dörren. Forcera ingenting. Låt honom ta sig den tid han behöver och han får inte bli upprörd. Och han har antagligen mycket ont, trots allt smärtstillande. Så ta det lugnt med frågorna. Det är inte alls säkert att ni får svar och vi vet inte vad han minns eller *om* han minns. Han kan varken prata eller skriva, ni får kommunicera på nåt annat sätt.

Markus Sandberg låg med slutna ögon under den gula landstingsfilten. Han hade ett stort bandage runt huvudet och två tunna slangar försvann in under bandaget. Ansiktet var svullet med stora blåmärken som gick i flera nyanser av gult, grönt och brunt. På halsens framsida satt ett plaströr som han andades igenom. Sköterskan lade en hand på hans arm.

– Du har besök.

Karin var tvungen att hämta andan och samla sig innan hon klev in i rummet. Det var omöjligt att tänka sig att mannen i sängen var den spjuveraktige och karismatiske programledaren på TV, som ofta sågs frottera sig med kändiseliten på röda mattan.

– Det är bara att trycka på den här knappen om ni vill nåt, sa sköterskan och pekade på en sladd med en tryckanordning som hängde från väggen innan hon försvann.

– Hej, sa Karin mjukt och presenterade dem båda.

Hon visste inte ens om han var vaken. Markus blundade fortfarande och visade inga tecken på att han märkt att någon kommit in i rummet.

Hon drog fram en stol till sängen och satte sig. Petade försiktigt på honom. Då slog han upp ögonen och vred huvudet en aning mot henne. Blicken var outgrundlig.

– Vi är alltså från Visbypolisen och utreder överfallet du utsatts för. Det är mycket viktigt att vi får hjälp med att hitta gärningsmannen och därför ville vi prata med dig så fort som möjligt. Vi är så glada att du är vaken.

Hon smålog uppmuntrande. Ingen reaktion.

– Jag har förstått att du inte kan prata, så vi får hitta ett annat sätt. Kan du blinka två gånger för ja och en gång för nej?

Det tog en stund. Sedan blinkade Markus två gånger.

– Minns du vad som hände ute på Furillen?

Flera minuter gick utan någon respons. Högra ögonbrynet ryckte okontrollerat. De väntade tålmodigt. Till sist svarade han genom att vicka handflatan fram och tillbaka. Sisådär alltså.

– Kände du igen den som attackerade dig?

Markus Sandberg kisade med ögonen.

Två blinkningar.

– Var det en kvinna eller en man?

Blicken blev frånvarande. Som om han inte lyssnade eller inte förstod vad hon sa. Karin upprepade frågan. En tunn rännil av saliv kom ut ur mungipan på honom och fortsatte ner över hakan. Han kved som om han hade ont. I nästa sekund kom ett långt, utdraget läte, ett ylande långt nerifrån strupen. Karin hoppade förskräckt till och skulle just ringa på klockan när dörren öppnades och sköterskan kom in. Då lyfte Markus Sandberg på ena armen och grymtade upprört samtidigt som han pekade på henne. Karin tittade hjälplöst på Wittberg som bara skakade på huvudet.

– Ni får gå nu, sa sjuksystern bestämt. Han får, som sagt, inte oroas.

– Men vi måste verkligen prata med honom, invände Karin.

140

Det är oerhört viktigt att vi får fortsätta förhöret.

– Nej, det går inte just nu i alla fall. Han är svårt skadad och det är fara för livet om han inte får lugn och ro.

Sköterskan var obeveklig.

– Ni får komma tillbaka i morgon om han inte blir sämre. Ut.

Hon sjasade iväg de bägge poliserna som två barnungar.

Karin och Wittberg lämnade motvilligt avdelningen.

– Han är mycket sämre däran än jag trodde, sa Wittberg i bilen på väg till polishuset. Han såg skakad ut.

– Han blev upprörd när sköterskan kom och han pekade på henne.

– Fast det är väl knappast hon som har gjort det.

– Nej, sa Karin. Men han pekade på henne när jag frågade om det var en man eller en kvinna.

– Men hur skulle det kunna vara en kvinna? invände Wittberg. Kläderna som hittades i Kyllaj var manskläder.

– Det kan man undra över.

Agenturen Fashion for life låg i ett vackert sekelskifteshus på en trendig restaurang- och affärsgata mitt i Stockholm. Karin och Wittberg hade stämt träff med agenturens chef, Robert Ek, och anmälde sig i receptionen. Den unga receptionisten hade korpsvart pagefrisyr och lugg som helt täckte ena ögat. Det enda sotsvartsminkade ögat som syntes iakttog dem nyfiket medan hon ringde på chefen. Naglarna var långa och perfekt målade i leopardmönster. Karin stirrade fascinerat. Att det fanns sådana människor. Hon kände sig som en lufs och klumpeduns i sina jeans, Converse och fula gamla militärjacka. Om hon åtminstone hade kammat håret och målat läpparna. Ansträngt sig lite. I nästa sekund bannade hon sig själv. Larvpotta – för det första var hon polis och inte modellwannabe och för det andra: vad hade det spelat för roll? I deras ögon såg hon förstås hopplös ut i vilket fall.

I nästa ögonblick kom en man ut genom en glasdörr. Han var väl i fyrtiofemårsåldern, gissade Karin. Reslig med kortklippt hår, välrakad och nypomaderat fräsch som om han klivit direkt ur en tvålreklam. Samtidigt var han blank som en nysmord kopparbunke i ansiktet. Ljus skjorta, skinnbyxor, röda hängslen och en chic liten scarf runt halsen. Stort leende med onaturligt vita tänder, fyrkantiga glasögon med röda, kraftiga bågar, flera ringar på fingrarna. Karin gav hans hand en extra tryckning som för att uppväga både sin trista uppenbarelse och sin instinktiva antipati mot mannen framför sig.

De gick in på hans kontor. Robert Ek stängde glasdörren och bad dem sitta ner i en limegrön soffa. På väggen ovanför hängde ett enormt porträtt av en kvinna med ett skotskrutigt paraply, korsande Fifth Avenue på ett blåsigt och gråregnigt Manhattan. Kvinnan var endast klädd i trosor och behå och hennes röda långa hår stod åt alla håll i vinden, precis som paraplyet hon försökte manövrera. Karin kände ögonblickligen igen Jenny Levin.

– Vår nya stjärna, sa Robert Ek när han noterade hennes blick. Hon kommer att gå långt. Är hon inte fantastisk?

– Jo, verkligen, instämde Thomas Wittberg andäktigt.

Karin nöjde sig med att nicka.

– Kan jag bjuda på något? En espresso, macchiato? Pellegrino?

– Vad är... började Wittberg innan han fick en knuff i sidan av Karin.

– Tack, det är bra, avböjde hon. Vi ska inte stanna länge.

– Okej, jag förstår. Så vad kan jag stå till tjänst med?

Om han bara kunde ta bort det förbannade flinet från fejan, tänkte Karin irriterat. Hans toppfotograf ligger för fan på intensiven.

– Hur skulle du beskriva din och Markus relation?

– Mycket bra, mycket vänskaplig. Vi har känt varandra så länge.

– Hur länge?

143

– Ja du, det är väl en femton år ungefär. Om jag inte missminner mig.

– Långt innan Markus började arbeta med mode, alltså?

– Alldeles riktigt. Vi har stött på varann i olika sammanhang. Stockholm är inte så stort som man kan tro om man kommer från landet.

Han log älskvärt mot Karin som inte besvarade leendet. Redan upplevde hon mannen som nästan olidligt irriterande. Därtill förundrades hon över hur oberörd han verkade när det gällde Markus olycksaliga belägenhet.

– Hur känner du nu inför det som har hänt Markus?

Som om han läst hennes tankar ändrade Robert Ek genast ansiktsuttryck.

– Det är förfärligt, sa han med eftertryck. Fruktansvärt, helt enkelt. Jag blev så chockad när jag hörde vad som hade hänt.

Som för att illustrera sina ord slog han ihop händerna och spärrade upp ögonen. Skakade sedan på huvudet, tog av sig glasögonen och torkade sig i ögonvrårna med en servett han nöp ur en behållare på bordet.

– Nu hoppas vi bara att han repar sig, så fort det överhuvudtaget är möjligt.

– Var befann du dig natten då Markus attackerades?

Robert Ek höjde på sina välformade ögonbryn. Karin undrade också om det inte var så att han hade färgat och förlängt ögonfransarna. De var onaturligt mörka och långa.

– Måndag natt för en vecka sen? Ja, då var jag hemma med familjen. Jag låg väl och sov.

– Du är gift och har fyra barn. Stämmer det?

– Alldeles riktigt. Jag är gift med Erna Linton, om ni minns henne? Hon var en mycket uppburen modell när det begav sig. Fast det är ganska länge sen nu. Åren går.

– Var bor ni?

– I Saltsjö-Duvnäs, strax utanför Stockholm, i Nacka. Vi bor faktiskt i mitt föräldrahem.

– Hur ser din och Markus yrkesmässiga relation ut?

– Vi ses inte sådär fasligt mycket, egentligen. Han är ute och flänger på olika fotouppdrag, jag sitter mest här och administrerar när jag inte är ute och reser på mitt håll.

– Vet du om Markus har nån anknytning till Flemingsberg?

– Ute i Huddinge? Nej, det har jag svårt att tänka mig, han har alltid rört sig mest i innerstan. Om det inte handlar om nån kvinna förstås.

– Har Markus några fiender, nån som vill honom illa? frågade Thomas Wittberg som nu blandade sig i samtalet för första gången.

Robert Eks blick gled över Wittbergs vältrimmade och mera välklädda gestalt. Han dröjde en aning med svaret.

– Inte vad jag vet. Här på agenturen har han alltid varit populär, ibland lite väl poppis om ni förstår vad jag menar. Och det har lett till en hel del problem genom åren. Jag vet inte hur många modeller som har brutit ihop mitt under pågående jobb för att han just har dumpat dem och inlett nåt nytt med en annan. Så där höll det på ända tills för ett halvår sen när jag tog upp saken med honom. I och för sig har jag väl inte med det att göra, men när jag ser hur mina modeller far illa så måste jag ingripa. Jag försökte tala honom tillrätta, bad honom sansa sig. Vi har inte råd med att jobb försenas, blir mycket sämre eller i värsta fall ställs in för att han inte kan hålla styr på kuken, ja – ursäkta uttrycket, men det är faktiskt vad det hela handlar om.

Karin kastade en blick på Wittberg. Han rörde inte en min.

– Och hur reagerade Markus på det?

– Han försökte skämta bort det.

– Han tog dig alltså inte på allvar?

– Nej, det kan man knappast säga. Ändå uppfattade jag det som att han bättrade sig lite grann åtminstone. Eller också var det bara så att han skötte sitt kärleksliv mer diskret.

– Men det kan väl också ha orsakat problem på andra håll – hans kvinnoaffärer, sa Karin. Har det varit nån som har varit särskilt allvarlig eller fått svåra konsekvenser?

Robert Eks ansikte mörknade. För första gången under samtalet fanns en genuin äkthet i uttrycket, han såg uppriktigt bekymrad ut, nästan ledsen.

– Jag tänker direkt på historien med Marita då. En finlandssvensk modell han var ihop med. Marita Ahonen.

– Jaha?

– Hon var en mycket lovande modell som kom till oss för ett par år sen. En och åttiotvå lång, ben som en gasell, vitblont hår som en skogsälva, hy som lenaste Meissenporslin och hennes ögon ska vi inte tala om. De var som Finlands hundra tusen sjöar i en enda blick, så ren att du rodnade bara av att möta den. Hon var drömlik, som en sagofigur, liknade ingen annan. Hon förutspåddes en lysande karriär. Hela världen låg för hennes mjölkvita fötter. Tills hon träffade Markus. Hon föll pladask, hon var så ung också, bara sexton år. Jag tror knappt hon hade haft nån kille före honom. Så inträffade det klassiska scenariot. Han lekte med henne tills han i vanlig ordning tröttnade efter nåt halvår och dumpade henne för nästa snygga tjej som kom som ny modell till agenturen. Jag menar, så är det ju hela tiden. Det kommer ständigt nya. Nåväl, den här Marita blev förkrossad, hon hade nämligen blivit gravid också, men han hade ju tröttnat och var varken intresserad av henne eller barnet.

Han övertalade henne att göra abort, men sen repade hon sig aldrig efter det. Hon började ta kokain och blev deprimerad, gick ner sig och fick sluta några månader senare eftersom hon inte skötte sig. Hon var mer eller mindre drogad jämt på slutet, det gick helt enkelt inte längre. Robert Ek blev fuktig i ögonen. Usch, jag har så dåligt samvete för det där. Har inte kunnat släppa den där tjejen, jag tänker på henne då och då. Det är en förfärlig historia.

– Vad hände med henne? frågade Karin uppbragt.

– Nån sa att hon reste tillbaka till Finland så småningom. Jag har inte hört av henne sen dess.

– Och hur länge sen är det här?

– Ja, det var väl ungefär två år sen hon kom hit och sen försvann hon mindre än ett år senare. Allt hände väldigt snabbt.

– Och hon hette Marita, sa du? Ahonen?

Karin skrev ner namnet.

– Har du hennes adress i Finland?

– Javisst. Ett ögonblick.

Robert Ek kallade på en assistent och bad honom hämta alla uppgifter om Marita Ahonen. Hans blick vandrade allvarligt mellan de bägge poliserna medan de väntade.

– Tror ni att dådet mot Markus Sandberg kan ha nåt samband med det som hände Marita?

– Det vet vi inget om, sa Karin. Men vi måste förstås kolla alla uppslag. Och på tal om flickvänner, vilka andra kvinnor fanns i hans liv förutom Jenny?

– Den första jag tänker på är Diana Sierra.

– Diana Sierra?

– Ja, hans flickvän.

– Du, menar hans före detta?

– Det vet jag inget om. Hon jobbar i alla fall i New York just nu.

– Och de är ihop – nu alltså? envisades Karin.

– Ja, så har jag förstått det.

– Men Jenny Levin då?

Robert Ek ryckte på axlarna.

– Det är ju så där han håller på. Han är hopplös, tänker bara på sig själv. Bryr sig inte ett dugg om hur många hjärtan han krossar på vägen.

När Jenny satte sig i taxin från Bromma flygplats var det redan kväll och mörkt utanför fönstret. Hon ringde sjukhuset. Besökstiden var slut, hon fick återkomma nästa dag. Lika bra det, tänkte hon. Hon behövde förbereda sig mentalt inför mötet med Markus.

Lägenheten hon bodde i när hon var i Stockholm tillhörde agenturen och låg på Kungsholmen, längst nere vid vattnet vid Kungsholms strand. Det var en fyrarummare som modeller utifrån landet tilläts använda när de arbetade i Stockholm. Jenny hade redan bott där en massa gånger. Ibland huserade hon där för sig själv, ibland var de flera. Den var modern och snygg med alla bekvämligheter. Nu hoppades hon på att ingen annan skulle vara där. Hon behövde vara ensam.

Ett vägarbete gjorde att taxin inte kunde köra ända fram, utan hon fick gå av längst bort på den ödsligaste delen av Pipersgatan vid ett kontorskomplex nere vid Karlbergskanalen. Eftersom klockan var över åtta på kvällen var kontoren tomma och de stora fönstren mot vattnet gapade svarta emot henne. Chauffören ursäktade sig, men Jenny försäkrade att det inte var någon fara. Hon hade knappt något bagage, visst kunde hon gå sista biten. Med ett resolut tag om sin kabin-väska tog hon trappan ner till gatan som löpte parallellt med kanalen. Klackarna klapprade mot den fuktiga stentrappan. Vattnet var svart och stilla. Gatan var folktom. Lyktstolpar-na stod raka och stela som tysta soldater längs kanten. Hon hörde sina egna fotsteg blandas med trafikbruset från Sankt Eriksbron en bit bort.

Plötsligt upptäckte hon en skugga som rörde sig bland trä-den nere vid vattnet. Antagligen någon som rastade hunden, försökte hon lugna sig och kastade en orolig blick in bland träden. Men mannen tycktes stå stilla och hon kunde varken se eller höra någon hund. På näthinnan framträdde Markus livlösa kropp i stugan på Furillen. Blodet som stänkt på väg-garna. Tänk om det var hennes tur nu. Mannen i mörkret kanske var galningen med yxan. Herregud, skärp dig, tänkte hon. När hon kommit ett stycke bort kunde hon inte låta bli att vända sig om. Mannen styrde stegen i hennes riktning. Fortfarande var hon helt ensam på vägen som låg mörk och ödslig framför henne. Hon gick stelt och så snabbt hon för-mådde utan att springa. Ville bara komma in i lägenheten. In i tryggheten. Nu hoppades hon intensivt att någon av de andra modellerna skulle vara där. Vem som helst. Hon ökade på stegen ytterligare. Hon kunde se huset nu. Det var bara ett litet stycke kvar. Tyvärr låg porten inte ut mot gatan utan hon måste gå runt huset och in på en liten gård. Hon vågade inte vända sig om, men förutsatte att mannen bland träden tagit av åt andra hållet. Så rundade hon husknuten. Drog en suck av lättnad. Rafsade efter nycklarna i handväskan, samtidigt som hon tog fram en cigarett. Hon behövde röka efter den här nervpåfrestande promenaden. Nu var hon i säkerhet. Det lyste i fönstren på husen runt omkring.

När hon satte fyr på tändstickan för att tända sin cigarett

upptäckte hon honom. Han stod bara en bit bort, men kepsen han bar skuggade hans ansikte.

Med en flämtning släppte Jenny Levin tändstickan som slocknade i samma ögonblick som den träffade marken.

Allrummet som ligger i avdelningens mitt är inrett med soffor och fåtöljer med mjuka kuddar och gosedjur. Även om personalen gör sitt bästa för att piffa till det går det inte att komma ifrån känslan av institution. Det sitter liksom i väggarna. Överallt ligger yllefiltar och utplacerade med några meters mellanrum står extraelement som kan kopplas in om någon behöver mera värme. Anorektikerna är ständigt frusna. Klädseln är densamma hos alla; mjukisbyxor, stora varma tröjor och tjocka raggsockor eller termotofflor på fötterna. TV:n står på oavbrutet. Linda har krupit upp i soffan under en yllefilt och tittar på Oprah Winfrey. Ironiskt nog har den populära programledaren modeskaparen Valentino som gäst och intervjun varvas med bilder på trådsmala modeller på catwalken och kommentarer om hur vackert kläderna hänger på de beniga kropparna. Agnes vill inte se, men vågar inte be Linda byta kanal. Det är så lätt att det blir bråk. I en fåtölj sitter Josefine och stickar frenetiskt utan att bry sig om omvärlden och vid ett av soffborden pluggar Sofia matte. Någon konversation förekommer inte, det är tyst i rummet förutom Oprahs inställsamma kommentarer om Valentinos förträfflighet.

Alla är inneslutna i sitt och tar ingen notis om någon annan.

Agnes är rastlös och uttråkad. Per har inte jobbat på flera dagar och hon saknar honom. Han är den ende hon kan anförtro sig åt här. Inte för att han säger så mycket, men han är bra på att lyssna. Och det är precis vad hon behöver. De andra tjejerna här är så nojiga, hon har inget gemensamt med dem. Hon undrar vad han gör just nu.

Hon bläddrar håglöst i Svensk Damtidning. Här finns inga roliga magasin som skulle kunna intressera henne. Illustrerad Vetenskap, Sköna hem, Kamratposten, Min Häst. Alla modetidningar och de flesta veckotidningar är förbjudna eftersom bilderna på modeller och alla bantningstips kan påverka patienterna negativt. Samtidigt som detta pågår på TV. Så paradoxalt.

Hon suckar. På nyheterna samma morgon hade de återigen haft ett inslag om det där hemska som hänt på Furillen. Markus hade nästan slagits ihjäl. Det var så overkligt, hon kunde inte fatta att det var sant. Reportern stod utanför sjukhuset och berättade att han fortfarande svävade mellan liv och död. Tjejen som hittade honom, Jenny Levin, är gotländska men Agnes känner henne inte personligen. De kommer från olika delar av Gotland och Jenny är några år äldre. Henne har det gått bra för i modellvärlden, till skillnad från Agnes. Och nu hade nyheterna rapporterat att hon och Markus hade ett förhållande och att det kanske hade med dådet att göra.

Agnes undrar hur han behandlade Jenny Levin. Hon känner sig fortfarande skamsen när hon tänker på vad de gjorde tillsammans. Hon hade till och med legat med honom fast hon bara var femton. Efter den där första kyssen hade det varit svårt att vara naturlig med honom. Hon hade känt sig klumpig och generad. Kunde inte tänka på annat när han fotograferade henne.

Den där sommaren hade hon fått gå kurser i hur hon skulle agera framför kameran och lära sig gå i högklackat och de hade försökt få henne att slappna av. Samtidigt upplyste de henne om att hon så fort som möjligt måste gå ner i vikt. Hon fick träffa en kostexpert och de överöste henne med tips på träning och bantningsmat. Hon hade alla förutsättningar att lyckas som modell, bara hon blev smalare. På hösten när hon börjat nian fick hon ändå en del jobb, därför att hon var så exceptionellt vacker, sa de, men det var ofrånkomligt att hon måste minska i omfång. De kunde inte försvara för kunden att de skickade ut en modell som gränsade till storlek trettioåtta på flashiga modereportage. Det förstod hon väl?

Alla på agenturen var på henne om vikten; chefen, de som bokade jobben och även Markus. När han var trött och på dåligt humör klagade han över att hon var svår att fotografera för att hon såg så stor ut. Han gjorde så gott han kunde, men inte ens han kunde åstadkomma underverk.

Agnes ville förstås att han skulle bli nöjd med henne, att han skulle beundra henne, tycka att hon var snygg. Hon var förälskad och levde för de gånger hon fick följa med honom hem. Hon brydde sig inte om att det bara skedde på hans villkor. Hon kom till hans lägenhet sent på kvällen, ibland åt de något och sedan hade de sex. Samtidigt gav han henne pikar om hennes figur. Han kunde granskande betrakta hennes kropp och säga: *hmm, fem kilo mindre, sen är du nästan perfekt.*

Hon skulle minsann visa honom.

Agnes avbröts i tankarna av ett klirrande mot golvet. Josefine hade tappat en av sina stickor, men verkade inte märka något. Hon hade slutat att sticka och övergått till att titta på Oprah även hon. På samma gång tryckte hon den ena stickan mot ovansidan av handen, pressade den hårt mot det mjuka partiet mellan tummen och pekfingret. Agnes stirrade förfärat. Josefine pressade hårdare och hårdare, med blicken fastnaglad på catwalken på TV:n. Till slut var hon igenom och blodet började rinna.

– Vad fan håller du på med? fräste Linda när blodet droppade ner på soffan. Är du inte riktigt klok?

Josefine svarade inte, lät bara blodet rinna, fortfarande utan att ta ögonen från TV:n. Det var som om hon inte själv var medveten om vad som hände.

– Att man inte ens kan få kolla på TV i lugn och ro på det här jävla stället, skrek Linda och rusade upp med tårarna sprutande ur ögonen. I farten slog hon ner en kruka med hyacinter som for i golvet med ett kras. En vårdare skyndade till och en annan öppnade dörren från ett av samtalsrummen och tittade ut för att se vad som stod på.

– Vad är det fråga om? utropade en av vårdarna. Vad är det som händer?

Agnes ryckte på axlarna. Hon hade ingen lust att bli inblandad. Ett visst tumult uppstod när de märkte att blodet rann från Josefines hand. Hon fördes ut därifrån för att plåstras om. Agnes rörde sig inte ur fläcken. Hon hade en förmåga att stänga av när bråk och konflikter uppstod på avdelningen. De berörde henne inte. När lugnet lagt sig sjönk hon tillbaka in i sina egna tankar. Återvände till minnena av sin korta modellkarriär som i själva verket tagit slut innan den ens på allvar hade börjat.

Hon hade aldrig känt sig tjock tidigare, utan varit ganska nöjd med hur hon såg ut. Nu var det en annan sak och hon började förakta sig själv. Alla suckar, miner och kommentarer om att hon var för stor äcklade henne. Hon började hårdbanta och gick snabbt ner i vikt. Till en början var reaktionerna undantagslöst positiva. Hon fick beröm från alla håll för sin slanka figur. Agenturen var äntligen nöjd, likaså Markus. Agnes gjorde alltfler modelljobb parallellt med skolarbetet och hennes pappa Rikard var både stolt och glad. Detta var ett ypperligt sätt för hans dotter att komma bort ifrån sorgen och fylla sitt liv med nytt innehåll. Även han själv började så smått öppna ögonen för omvärlden. Han träffade en kvinna i Stockholm, Katarina, och de började ses allt oftare. På sätt och vis var Agnes glad för sin pappas skull, även om hon inte hade den minsta lust att träffa den där Katarina. Samtidigt kändes det som om han var på väg bort från henne. Han ägnade henne inte lika mycket uppmärksamhet som förut. Om hon lyckades med sin modellkarriär skulle han säkert bry sig mera. Han skulle bli stoltare. Hon skulle bli lika betydelsefull som hon varit tidigare.

Tänk om mamma kunnat se dig nu, hade han sagt med tårar i ögonen när han beundrat ett modereportage hon gjort i en av de allra största damtidningarna. Agnes var så glad att hon kunnat göra sin stackars pappa glad.

Hon skulle aldrig glömma de där orden.

Det var på darriga ben som Jenny Levin på tisdagsmorgonen klev in genom entrén till Karolinska universitetssjukhuset i Solna. Hon var fylld av motstridiga känslor. Å ena sidan längtade hon efter att träffa Markus, å den andra var hon rädd för vad hon skulle möta. Hon anmälde sig i receptionen på avdelningen och en ung sköterska i brun hästsvans och vita trätofflor följde med henne. Jenny kände på sig att sköterskan visste vem hon var. Det märktes på hennes sätt att tilltala henne och hur hon kollade in Jennys klädsel.

Hon kände sig lätt illamående av de smutsgula väggarna, det gröna linoleumgolvet och sjukhuslukten. Hon hade aldrig varit på något annat sjukhus än Visby lasarett. Där var det ombonat och trevligt i jämförelse med denna sterila koloss. Dessutom kunde man njuta av en storslagen havsutsikt från de flesta fönster. Här vette fönstren mot kyrkogården på ena sidan och hårt trafikerade motorleder på den andra.

Markus låg i ett eget rum på en vårdavdelning. Samma morgon hade han flyttats från intensiven. Någon fara för hans liv förelåg inte längre.

– Han är fortfarande medtagen, förvarnade sköterskan. Och det ser otäckt ut nu, men det kommer att bli bättre.

– Minns han vad som har hänt? frågade Jenny.

– Det är för tidigt att säga, det är bara lite över ett dygn sedan han väcktes ur narkosen. Han kan inte prata. Han behöver lugn och ro och får inte oroas.

– Jag vill bara sitta hos honom en stund.

– Det är bra.

Sköterskan smålog när hon öppnade dörren.

Trots att hon försökt förbereda sig mentalt var anblicken av Markus chockartad. Hon snyftade till och handen flög upp över munnen. Det stora bandaget om huvudet, slangarna, det uppsvullna och vanställda ansiktet. Hon såg inte ens att det var han. Samtidigt tycktes kroppen så liten och tunn. Som om han krympt flera storlekar.

– Hej, sa hon och log mot honom. Ansträngde sig för att inte röja sin förfäran. Det är jag, Jenny, försökte hon medan hon kände hur leendet fastnade. När hon tänkt igenom allt och försökt förbereda sig för mötet hade hon inte räknat med att han skulle vara så pass vanställd och okontaktbar. Han ägnade henne inte en blick. Hon var nära att brista ut i gråt, men lyckades lägga band på sig.

Hon satte sig försiktigt på sängen och sträckte fram handen mot honom. Lade den mjukt ovanpå hans.

– Hur mår du?

Inte en tillstymmelse till reaktion. Huvudet bortvänt. Hon avvaktade en stund. Minuterna gick. Här satt de, som två främlingar som aldrig mötts. Bara en vecka tidigare hade de lagat mat i hans kök, gapskrattat åt den senaste Woody Allen-filmen och han hade tagit henne i sina armar, älskat vilt och passionerat med henne tills de var utpumpade båda

158

två. Just nu kändes tanken fullständigt surrealistisk.

– Känner du igen mig? frågade hon.

Han fortsatte att titta bort.

Jenny kände sig alltmer förtvivlad. Det var som om hon satt där med en fullkomlig främling. Han såg läskig ut i ansiktet. Det här var inte hennes fina Markus. Med ens kände hon sig illamående, rummet började snurra. Hon kunde inte förmå sig att stanna kvar.

– Tyvärr måste jag gå nu, sa hon och släppte påsen med vindruvor, tidningar och choklad på sängen. Men jag kommer tillbaka såklart.

Utan att se åt Markus lämnade hon rummet och skyndade bort i korridoren.

På tisdagsmorgonen hade Karin Jacobsson och Thomas Wittberg ett möte med kollegerna i Stockholm. De fick också en uppdatering av vad de förhör som hittills hållits i Stockholm hade gett. Ingen hade hört talas om att Markus Sandberg haft någon anknytning till Flemingsberg dit mobiltelefonen spårats. En omfattande kartläggning av hans liv hade genomförts och polisen hade pratat med många i hans närmaste familj, kolleger på jobbet och i bekantskapskretsen. Bilden av honom var ganska samstämmig. En lättsinnig flickjägare med aptit på god mat, alkohol och även en del droger, främst kokain, åtminstone i yngre dagar. Visst kunde han fortfarande röka en joint eller dra en lina på någon fest, men det rörde sig inte längre om ett missbruk som i ungdomsåren. Markus Sandberg var son till en av Sveriges främsta försvarsadvokater och uppvuxen i en stor våning på Östermalm där hans föräldrar fortfarande bodde. Han var van vid att röra sig i de fina kretsarna och hade alltid haft gott om pengar. Samtidigt var han den vilda fågeln i familjen. De övriga tre sönerna hade alla gått i pappas fotspår och vigt sina liv åt juridiken på olika sätt. De var alla gifta, bodde i villor i Stockholms finare förorter och hade fasta jobb, både inom bankväsendet och olika advokatbyråer. Att Markus valt att bli fotograf hade varit svårsmält för familjen och att han blev flickfotograf var etter värre. Gränsen för vad familjen tålde var definitivt nådd när den skandalomsusade TV-showen drog igång med Markus som utskälld programledare. I förhören med familjen hade det framgått tydligt att han ansågs som familjens *enfant terrible* – charmig och karismatisk, samtidigt en temperamentsfull vildhjärna som var omöjlig att styra över eller kontrollera. När han lämnade både TV-programmet och flickfotograferandet och blev en anständig fotograf, som hans far uttryckte saken, hade hela släkten dragit en suck av lättnad.

När Markus Sandbergs namn började bli alltmer välkänt i de finaste modekretsarna så var allt gammalt missnöje definitivt glömt. Markus blev istället den son som föräldrarna var mest stolta över. Han var inte bara framgångsrik i sitt yrke och tjänade stora pengar, han var en kändis också. En stjärna som frotterade sig med den absoluta eliten i Sverige. Och eliten var något som imponerade på Markus Sandbergs familj. Han var den ende av sönerna som kunde mäta sig med faderns berömmelse och det skulle han ha all heder av.

Därför var den brutala misshandeln och dess följder det värsta som kunde hända i familjen. Båda föräldrarna var helt ifrån sig och pappan hade bråkat med sjukhuset varje dag och krävt att alla möjliga experter kallades in. Bröderna verkade mer sansade, även om de också var ledsna och bestörta.

När det gällde arbetskamrater och vänner berättade alla ungefär samma historia. Markus Sandberg var en omtyckt och charmerande slarver, som ändå skötte sitt jobb galant. Trots att han närmade sig de fyrtio levde han fortfarande väldigt mycket för dagen, verkade inte vilja stadga sig, bekymrade sig föga om framtiden, tjänade mycket pengar, men spenderade dem lika fort. Ständigt var det nya resor, nya fester, nya flickvänner.

– Man kan undra var den där oron kommer ifrån, sa Karin slutligen när hon och Wittberg lämnade polishuset. Han verkar ha varit på jakt hela tiden, som om han antingen letade efter nåt eller flydde undan.

– Jag tycker det låter som ett helt normalt beteende, sa Wittberg. Om du har pengar och möjligheter och inte känner för att stadga dig än – så varför inte? I mina öron låter det som ett helt okej liv – jetsetfester i Cannes ena dagen, nattklubb i Milano andra och mingel med Hollywoodstjärnor. Jag skulle faktiskt kunna leva med det.

– Du ja, skrattade Karin. Du lever väl på ett liknande sätt, om än i något mer modest skala. Surfar på Tofta på sommaren, festar på Gutekällaren och spänner musklerna på Kallis. Och på vintern håller du liv i dina sommarromanser genom exotiska utflykter till Eva i Haparanda, Sanna i Skövde och Linda i Lund.

– Än du själv då? retades Wittberg. Du ska inte säga nåt. Du har ju själv inte direkt stadgat dig och du är, inte att förglömma, tio år äldre än jag.

Karin ignorerade honom och ökade på stegen. Wittberg gav sig inte.

– Du är alltid så jäkla hemlig. Berätta nu. Hur är det med den där fotografen du träffar – Janne Widén?

– Det är min ensak, sa Karin och kände till sin förargelse att hon rodnade.

De var väl inte direkt ett par, men umgicks en hel del.

I samma veva som hon tagit kontakt med sin dotter hade hon träffat Janne. Huvudstupa hade två nya människor kommit in samtidigt i hennes annars ganska ensamma liv. Sedan dess hade hon varit uppfylld av dem bägge två fast på diametralt olika sätt. Nu såg hon fram emot att Janne skulle komma hem. Men det var ingenting i jämförelse med hur mycket hon längtade efter Hanna.

Hon avbröts i tankarna av att telefonen ringde.

– Hej, jag heter Anna Markström och arbetar i receptionen på Grand Hôtel.

– Hej.

Ännu hade Karin och Wittberg inte hunnit med nåt besök där.

– Jo, jag fick veta av min chef att ni på polisen var intresserade av ett telefonsamtal härifrån den femtonde november, det var en man som ringde till Hotell Fabriken på Furillen.

– Ja?

– När jag hörde om det där så kom jag att tänka på att vi hade en stor modevisning den dan. Ja, i Vinterträdgården, och alla modeller kom från en och samma agentur, ingen mindre än just Fashion for life. Jenny Levin var en av modellerna.

– Är du säker? Var detta den femtonde november?

– Javisst, jag kollade upp det för säkerhets skull och det stämmer.

När Jenny kom ut från sjukhuset sjönk hon ner på en bänk utanför entrén och tände en cigarett. Drog djupa bloss och försökte komma ner i varv. Insåg snabbt att hon satt vid taxistationen eftersom nya bilar ideligen kom rullande med förare som tjänstvilligt frågade om hon skulle ha en bil. När den femte förfrågan kom så gav hon upp. Reste sig och gick därifrån. Hon måste gå en sväng, hämta sig och samla tankarna. Hon promenerade gångvägen under en av trafiklederna, genom en mörk tunnel och över till Brunnsviken och Hagaparken. Vandrade utefter vattnet och tänkte på Markus. Vad skulle hända om han inte återfick minnet? Tanken på hur han hade sett ut fyllde henne med förtvivlan. Hon intalade sig att det snart skulle bli bättre. Svullnaderna skulle gå ner, såren läka och det som inte försvann av sig själv borde de kunna operera. Det fick väl bli plastikoperationer i värsta fall. Hon rös inombords när hon tänkte på hur fåfäng Markus var och hur viktigt det var för honom hur han såg ut. Hon hoppades innerligt att personalen inte låtit honom se sig själv i spegeln.

Hon stannade till vid vattnet. Några änder gled fram på

den blanka ytan. Vintern stod för dörren, men ännu hade det inte snöat ordentligt och enstaka löv hängde sig envist kvar på träden. Det var fuktkallt och rått i luften, hon drog upp dragkedjan längre i jackan. Fortsatte att gå för att hålla värmen och skingra tankarna. Återigen såg hon Markus sargade och vanställda ansikte framför sig. Han måste bli bra. Hon lämnade Brunnsvikens vatten bakom sig och kom längre in i skogen. Träden stod höga och kala runt omkring henne. Det luktade våt jord och doften fick henne att längta hem igen. Till mamma och pappa och djuren, lammen, hästarna och hundarna. Hon skulle vilja borra in ansiktet i Mirandas tjocka päls och bara glömma alltihop. Miranda var hennes favorittacka, alla tackor hade namn och hennes föräldrar kände igen varenda en. Hon hade svårt att hålla koll eftersom hon var hemma så sällan numera, men Miranda skulle hon lätt kunna urskilja bland hundratals lamm. Hon hade en mörkgrå skimrande päls och ett så milt uttryck. De brett liggande ögonen utstrålade värme och klokhet. Hon kom alltid bräkande på sina ivriga stickiga ben när Jenny ropade på henne. Jenny hade varit med i lammhuset när Miranda föddes fem år tidigare. Hon hade legat fel och lamningen blev svår och utdragen. Ett tag tvivlade de på att hon skulle överleva.

Hon avbröts i tankarna av en gren som knakade till alldeles bakom. Vände sig om och tittade in bland träden men kunde inte upptäcka något. Hon insåg att hon inte sett en enda människa på ett bra tag. Borta vid vattnet var ganska många ute och gick. Några hade rastat sina hundar. Här fanns inte någon. Bara hon och de stora stumma ekarna. Hon bestämde sig för att gå tillbaka samma väg hon kommit. När hon promenerat ett stycke delade sig stigen. Hon blev osäker, mindes inte vilken väg hon kommit. Stannade upp och såg sig omkring. Detta var okända marker för henne. Hon hade bara hört talas om Hagaparken, hon hade inte haft en aning om hur stor den var. Återigen knakade det inne bland träden. Hon visste att det fanns både rådjur och hjortar alldeles nära Stockholms innerstad. Hon chansade och valde en av stigarna, ökade på stegen. Ville ut härifrån nu. Gråvädret gjorde dagsljuset dunkelt, trots att skymningen ännu låg flera timmar bort. Efter en stund insåg hon att hon valt fel väg, hon kom bara allt djupare in i skogen, allt längre ifrån de gängse gångstigarna. Herregud, tänkte hon, har jag gått vilse i en jäkla stadspark? Mitt på blanka dagen. Vilket skämt. Nervositeten blandades med irritation. Vad skulle hon ut hit att göra? Nu ville hon bara hem till värmen i lägenheten. Där fanns till och med öppen spis. Hon kunde göra en brasa, ringa till någon och de kunde fixa middag ihop. Hon behövde sällskap, ville inte vara ensam efter allt som hänt. Hon tänkte på mannen som verkat följa efter henne tidigare. Då, när hon kommit med taxi från flygplatsen och bara skulle gå en kort bit fram till porten. Så hade han dykt upp ur mörkret. Stirrat på henne. Hon hade frågat vad han ville och då vände han bara på klacken och gick. Det var ju inte säkert att han hade förföljt henne, hon kanske inbillade sig. Men det var otvivelaktigt något konstigt med honom.

Nu när hon gick här i sin ensamhet växte obehaget. Hon måste hitta fram till stigen som ledde tillbaka till den större vägen. Hur kunde man vara så ensam så nära Stockholms innerstad? Hon skyndade sig fram, marken var blöt och hon halkade till på de våta löven, var farligt nära att falla omkull. Återfick balansen och fortsatte. Med ens blev hon medveten om hur tyst det var omkring henne. Hon hörde inte trafiken längre. Förresten kan man inte kalla det här en park, tänkte hon. Det är ju som ett helt friluftsområde. Hjärtat höll på att stanna när en skriande fasanhona utan förvarning flaxade upp ur en buske alldeles intill henne. Hon ökade på stegen ytterligare. Nu fick hon lugna ner sig. Det var naturligtvis ingen fara.

Ingen fara alls.

Karin Jacobsson hade precis hunnit in på hotellrummet
när Knutas ringde.

– Dåliga nyheter, jag har pratat med sjukhuset och
Markus Sandberg har fått en ny blödning i hjärnan. Han har
hamnat i koma.

– Nej, säg inte det. Just som vi hade fått kontakt med ho-
nom. Helvete.

– Ja, det är för jäkligt, höll Knutas med. Den ansvariga
läkaren sa att just nu vet de ingenting om hur det kommer
att gå med honom. Det verkar som om han svävar mellan
liv och död igen. Om han trots allt överlever så måste han
opereras. Hur som helst så lär det ta tid innan han är kon-
taktbar.

– Vilken förbannad otur. Vi som var så nära.

Karin sjönk ner på sängkanten.

– Det är bara att ta nya tag.

– Jovisst.

– Hur är det annars?

– Jag har ju redan berättat allt som vi har gjort i dag?

– Jag menar med dig.

– Så där. Nu är vi tillbaka på ruta ett igen.
– Jag vet. Ta det lugnt nu. Vi hörs i morgon.

Karin avböjde middag med Wittberg och några poliskolleger. Hon ville vara ifred. Förutom att hon tyngdes av besvikelsen över Markus Sandbergs försämrade tillstånd tänkte hon på Hanna. Hon försökte bestämma sig för om hon skulle ringa eller inte. Tvekade eftersom hon inte visste om hon orkade med det hon var livrädd att få höra: *Nej, jag vill inte träffa dig.*

Håglöst tittade hon ut genom hotellfönstret, ut på de svarta plåttaken med sina skorstenar och vindskupor. Ett snöblandat regn föll från den blygrå himlen. På några ställen låg lite snö kvar, den bildade vita fläckar här och var. Rummet låg högst upp i hotellet i Gamla stan. Hon befann sig endast någon kilometer från dotterns hem. Det kröp i kroppen av oro. Hon tittade på klockan. Tio över sju på kvällen. Ännu hade hon inte ätit någon middag men hon var inte det minsta hungrig. Utan att ha bestämt sig för vad hon skulle göra gick hon in på toaletten, kissade, kammade håret, sminkade sig lätt. På med bootsen, skinnjackan, halsduken och handskarna och så lämnade hon hotellet.

Det var råkallt i luften, men inne på restaurangerna såg det ombonat och inbjudande ut med linnedukar, tända ljus, varma mattallrikar och fyllda vinglas. Hon lämnade Gamla stan bakom sig och gick upp mot Slussen, fortsatte vidare över Hornsgatspuckeln och beundrade de små gallerierna som låg vägg i vägg utefter Mariaberget. När hon kastade en blick in på en restaurang med stora glasfönster ut mot gatan tvärstannade hon.

Vid ett av borden längre in i lokalen satt Hanna tillsammans med en tjej. De drack vin och verkade fullt inbegripna

169

i ett samtal. Karins ögon tårades, hjärtat snördes ihop. Hon kunde inte sluta titta. Så reste sig kompisen från bordet och gick antagligen på toaletten. Hanna blev ensam. Hon tog en klunk av vinet och såg sig om och plötsligt möttes deras blickar. Karin stelnade till och visste inte hur hon skulle bete sig. Oförmögen att röra sig ur fläcken stod hon bara där och stirrade på sin dotter, den människa hon burit i sin kropp, den människa hon fött fram. Hon och ingen annan. Kompisen kom tillbaka från toaletten och Karin såg som i ett töcken hur Hanna lade en hand på hennes arm, böjde sig fram och sa något. I nästa sekund reste hon sig och närmade sig dörren. Karin kände marken försvinna under fötterna och lyckades gripa tag i en lyktstolpe för att inte falla omkull.

Hannas ansikte i restaurangens entré, ett kliv ut på gatan, en nyfiken blick.

Eftermiddagen segar sig fram. Mellanmålet är avklarat och några timmar återstår till middagen. Dagarna på kliniken är enahanda, den ena är den andra lik.

Pappa och Katarina hade tittat in på förmiddagen. Eller pappa, rättare sagt. Katarina pratar hon inte med. Hon fick hålla till i dagrummet och vänta som vanligt. Agnes vägrar låta henne vara med under besöken. Vill inte släppa in någon utomstående i sitt privata helvete. Ändå envisas Katarina med att följa med honom varje gång. Som om hon inte vågar släppa honom ur sikte. Pappa hade verkat lite stressad och bara stannat en kort stund.

Nu ligger Agnes och hennes rumskamrat Linda i varsin soffa i allrummet. Linda läser som vanligt, Agnes fattar inte hur hon klarar det, själv har hon ingen ro. Förmår inte ens läsa ett kapitel. Kan inte koncentrera sig på texten. Bokstäverna hoppar och dansar framför ögonen, orden byter plats. Hon kan läsa samma mening tjugo gånger utan att fatta vad den betyder. Det är skrämmande, hon som varit så duktig i skolan. Nu förstår hon hur en dyslektiker måste känna det. Hon tänker att hon säkert bara är trög och lat och att det är

171

därför hon inte kan läsa. Per läser inte heller böcker. De pratade om det i morse. Han orkar inte säger han, klarar inte av att koncentrera sig. Precis som hon. Det känns lite trösterikt. Som om de är två om någonting.

Istället skummar hon förstrött igenom ett gammalt nummer av Sköna Hem. Så absurt med alla dessa grosshandlarvillor och skånelängor varvat med originella små lusthus och idylliska sommartorp. Perfekt dukade bord i ombonade lantkök. Avancerade blomsterarrangemang, doftande kryddträdgårdar och syrenbersåer med hammock och hallonsaft. Som om det inte fanns några problem i världen.

För henne själv är tillvaron en kamp på liv och död. Varje dag är ett krig och hon utkämpar ständigt nya bataljer. Med en suck sjunker hennes händer, tidningen hamnar i knäet och tankarna vandrar iväg.

Just nu går allt ut på att behålla sjukdomen inom sig. Att inte gå upp i vikt. Precis så som hon resonerade i början av sin korta modellkarriär. Hon uppnådde faktiskt bekräftelse och framgång och allt berodde på att hon övervunnit kampen mot kilona. Detta sporrade henne att fortsätta. Hon skulle bli ännu smalare så att det gick ännu bättre. Ju magrare hon blev, desto mer lyckad var hon. Alla hade slutat att oja sig över hennes mått och till och med Markus visade sin uppskattning och beundran för hennes allt tunnare figur.

Men efter några månader började omgivningens uppskattande kommentarer ebba ut. Ingen nämnde längre något om hur vackert slank hon var. Agnes drog den enda självklara slutsatsen. Hon behövde gå ner ännu mer i vikt. Skillnaden måste bli så påtaglig att omgivningen inte kunde undgå att märka förändringen, då skulle de börja berömma henne igen. På så sätt skulle hon styra utvecklingen, skaffa sig kontroll över tillvaron.

Så småningom började olika personer på agenturen påpeka att hon var för smal, att hon måste äta mera. Agnes kunde för sitt liv inte begripa deras resonemang. Det hela slutade med att agenturen stängde av henne för att hon var anorektisk.

Besvikelsen var överväldigande. Vad hon än gjorde blev de inte nöjda. Själv tyckte hon fortfarande att hon kunde vara smalare.

Därefter gick det snabbt utför. Hon fortsatte att tappa i vikt. Så här i efterhand anklagade pappa sig själv för att han inte märkt hur sjuk hon var under den där tiden, hur hon motionerade och hur lite hon åt. Själv tycker inte Agnes att det är så konstigt.

Eftersom han arbetade som byggnadssnickare började han tidigt på morgonen och gick hemifrån klockan sex. Vad han inte visste var att dottern klev upp så fort han stängt ytterdörren och gick en tvåtimmarspromenad före skolan. Frukost struntade hon i. Vid lunchen i skolmatsalen lade hon alltid upp mycket mat på tallriken, men petade i själva verket bara i sig lite sallad och slängde resten. Middagen var allra svårast att slippa ifrån. Det började med att hon ställde krav på nyttigare mat hemma; lax och bulgur istället för pannkakor. Hon blev vegetarian och vägrade äta snabba kolhydrater. Inget bröd, pasta eller potatis. Allt oftare passade hon på att ta en långpromenad vid middagsdags.

Agnes gick i nian, men började få svårt att koncentrera sig i skolan, hon var ständigt trött. Hon skärmade av sig från vännerna och slöt sig mer och mer i sig själv. Ibland gick det så långt att hon steg upp ur sängen på nätterna och gymnastiserade eller stack ut och sprang i beckmörkret. Hon bar alltid bylsiga kläder och hennes pappa såg inte hur tunn hon faktiskt blivit.

Under sommaren efter nian blev hon klart sämre. Pappa passade på att extraknäcka mycket eftersom sommargotlänningarna ständigt renoverade sina stugor och hantverkare var en bristvara. Han jobbade jämt när han inte var i Stockholm för att träffa Katarina och Agnes lämnades ofta ensam. Hon ljög för honom och hittade på att hon gjorde olika saker med kompisar. I verkligheten var hon isolerad och övergiven.

På hösten började hon gymnasiet men hann bara gå i några veckor innan hon klappade ihop hemma. Hon fördes i ambulans till lasarettet, sedan vidare till fastlandet och anorexikliniken utanför Stockholm.

Nu har hon varit här i tre månader och personalen klagar över att viktuppgången går för långsamt. Sist varnade läkaren för att de överväger att öka på kostintaget, vilket är det värsta som kan hända.

Hennes mage är fortfarande för stor och höfterna för breda.

Det börjar skymma utanför fönstret. Agnes sträcker på sig för att tända lampan på bordet bredvid soffan. Hon märker hur det dallrar till i fettet på överarmen. Det har gått dåligt med fuskandet i dag. Hon har ätit allt som serverats. Vårdarna har varit som hökar.

I morgon måste hon skärpa sig.

Ute på catwalken som byggts upp på ett av Stockholms mest exklusiva varuhus visade sig modell efter modell. Den ena mer slående än den andra. Ljuset blinkade, musiken var tung och sensuell. Tempot var högt och mannekängerna flöt fram över scenen i en jämn takt. De rörde sig som suggestiva drömkvinnor, sköt fram bäckenet så att benen i de osannolikt höga klackarna nästan kom före resten av kroppen; höfter vickade, långsmala armar böljade utefter sidorna, örhängen dinglade, sugande blickar, fransar fladdrade. Läpparna var glänsande, knäna smala, nyckelbenen tydliga. Det var raka ryggar och raka axlar, slängande halsband, lysande naglar och glittrande sandaler. Bröst som ogenerat visades upp genom transparenta tyger. Allvarliga miner och mörka ögonbryn.

Framme vid första hörnet stod pressfotograferna hopträngda. Där stannade modellerna till, satte handen i midjan, några snurrade runt, poserade utmanande, ett småleende kunde skönjas hos vissa, ett förtjust glitter i blicken. De gillade det här. De visste sitt värde.

Publiken var hänförd, spontana applåder och tjoanden

175

trängde igenom musiken, journalisterna satt med block och pennor, betraktade vant granskande, antecknade febrilt.

De senaste två veckorna hade Jenny Levin återgått till arbetet fullt ut. Hon hade hunnit vara i fem länder på den korta tiden. Flugit kors och tvärs över världen: Stockholm–New York–Bahamas–Paris–München–Milano–Stockholm. Ibland glömde hon bort var hon befann sig, det var ständigt nya flygplatser, nya hotellrum, nya människor. Ofta fick hon bara tre, fyra timmars sömn per natt, hon fick passa på att sova på flyget. Hon hade kommit hem till Stockholm och övernattningslägenheten fullständigt utpumpad. Den vecka som nu återstod fram till jul skulle hon som tur var arbeta på hemmaplan.

Samtidigt som det inneburit mycket jobb hade det också varit skönt att vara bortrest ett tag. Komma iväg från Markus och allt som hänt. Och på något sätt var det som om hennes bortavaro hade gjort henne gott. Hon såg honom i ett nytt ljus. Han var inte samma människa som förut och skulle antagligen aldrig bli det heller. Han var tjugo år äldre än hon. Hans utseende var komplett annorlunda, även om hon inte ville erkänna för sig själv att det påverkade henne.

Och alla dessa rykten om andra kvinnor. Inte minst den där Diana.

Hon bävade lite inför att träffa henne på agenturens traditionella julfest som skulle hållas på kvällen. Hon hade hört att Diana var tillbaka i Stockholm. Samtidigt såg hon fram emot festen. Att få dricka champagne, dansa och ha kul. Hennes karriär gick strålande och hon visste att agenturen var stolt över att ha henne i sitt stall.

Sekunderna innan hon skulle beträda catwalken för sista gången släcktes ljuset och musiken tystnade. Anspänningen kändes i hela lokalen.

Hon var fullt medveten om att hon var strålande vacker i den vitglänsande klänningen med en urringning som var skuren ända ner till naveln. När hon i nästa ögonblick visade sig på scenen i en kaskad av stjärnglitter samtidigt som musiken dundrade igång var effekten omedelbar. Applåderna smattrade, en efter en reste sig och jublade. Jenny kände hur allas blickar vilade på henne, hur även de mest erfarna och luttrade gamla moderävar tittade beundrande.

Det här var hennes liv nu och det var precis det hon skulle ägna sig åt.

På fredagseftermiddagen snöade det ihållande och hade gjort så ända sedan morgonen. Gator och hus bäddades in i ett vitt täcke som bidrog till julstämningen. Knutas lämnade jobbet tidigt för att gå ut och handla julklappar. Han ville för en gångs skull inte vara ute i sista minuten och den här julen ville han köpa något särskilt fint till Line. Som ett tecken på hans kärlek. Hon hade visat honom ett par vackra örhängen på silversmedjan nere på Sankt Hansgatan. Dem tänkte han rikta in sig på i första hand. Men gärna något mer, kanske ett presentkort på massage. Hon klagade ofta på att hon hade ont i ryggen och kroppsvård var något hon sällan unnade sig.

Han passerade snabbt genom Östercentrum och fortsatte ner mot Österport. Innanför muren vilade en helt annan atmosfär. Mellan husen hängde juldekorationer i form av glittrande girlander med stjärnor i mitten. Vissa affärer hade frostat rutorna med konstgjord snö och lagt granris utanför portarna. Några hade ljusslingor uppsatta runt skyltfönstren och lyktor med levande ljus. Vid leksaksaffären brusade White Christmas ur högtalarna, i skyltfönstret hade man

178

byggt upp ett vinterlandskap där ett leksakståg tuffade omkring mellan vita bergstoppar. Nere vid Wallers plats sålde en skolklass pepparkakor och glögg. Han stannade till och småpratade en stund med några bekanta. På Stora torget tronade en enorm julgran och vid torgstånden var det full kommers. Där såldes lammskinn, polkagrisar, korvar, honung, mistlar och julkransar. Varm glögg serverades ur en djup kittel. Han köpte två varma korvar med bröd som han tuggade i sig medan han letade efter den finaste mistelen. En sådan hade de alltid, det var ett av julens alla måsten.

Medan han uträttade sina ärenden snurrade utredningen i huvudet. Nästan en månad hade gått sedan mordförsöket på Markus Sandberg. Fotografen låg fortfarande i koma och hans tillstånd var oförändrat kritiskt. Troligen skulle han inte kunna berätta någonting för polisen inom en överskådlig framtid. Enligt läkarna skulle fler operationer behöva göras. Vad gällde Sandbergs föräldrar och syskon visade det sig att de hade väldigt dålig insyn i hans förehavanden. Kontakten verkade sporadisk. De firade visserligen jul och födelsedagar ihop, men mycket mer verkade det inte vara. De hade aldrig hört honom nämna vare sig Diana Sierra eller Jenny Levin. Även Diana Sierra hade förhörts av polisen. Eftersom hon befunnit sig på en plåtning på Bahamas vid tiden för dådet ute på Furillen betraktades hon förstås inte som misstänkt. Men det hindrade i och för sig inte att hon kunde vara anstiftare.

En del provsvar hade kommit in från Statens Kriminaltekniska Laboratorium, SKL, och de visade att blodet som hittats både på båten och kläderna kom från Markus Sandberg men också från en annan, ännu oidentifierad person som inte fanns i brottsregistret. Att det var en man stod däremot bortom varje tvivel, det visade blodanalysen klart och tydligt.

179

Vad gällde örhänget så var dess historia höljd i dunkel. Spåret med telefonsamtalet till Grand Hôtel hade också följts upp. Det visade sig att uppgifterna från receptionisten stämde, det hade varit en modevisning den dagen och Jenny Levin var en av modellerna. Markus Sandberg hade också varit där och fotograferat. Förhör hade hållits med dem som deltog i visningen, men ingen hade lagt märke till något särskilt. Mycket längre hade de inte kommit.

Marita Ahonen var väl värd att prata med, tänkte Knutas. Ingen i Markus Sandbergs familj hade hört talas om henne heller. Men de som arbetade på agenturen kände mycket väl till deras relation och var medvetna om hur starkt den påverkat den unga Marita. Alla tyckte det var tragiskt och ömmade för finskan, men ingen hade behållit kontakten med henne efter det att hon återvänt till Finland ett år tidigare. Det var inte helt lätt att få tag på henne, hon saknade fast adress och hade brutit med sin mamma. Pappan fanns inte längre i livet och hon var enda barnet. Eftersökningarna fortsatte tills vidare.

När han gjort alla sina inköp och var på väg tillbaka mot Östercentrum lade han märke till ett par som var på väg mot honom från motsatt håll. De hade inte upptäckt honom, ännu. Kanske för att de bara hade ögon för varandra. Mannen var lång och smal och hade vax i håret. Han såg ut att vara i fyrtioårsåldern och sådär lite tufft klädd med gula manchesterbyxor och grön jacka. En halsduk virad i flera varv. Han höll armen om den lilla människan han hade bredvid sig. Hon tittade beundrande upp på sin följeslagare och de skrattade åt något. Med ens stannade de upp och mannen tog den spensliga kvinnans ansikte i sina båda händer och kysste henne. Sedan borrade hon in huvudet mot hans bröst och han slog armarna om henne så att hon nästan försvann.

Ingen av dem lade märke till Knutas som passerade på andra sidan gatan. Han visste inte vad han skulle ha gjort om Karin sett honom. Ögonen sved och han var knäsvag.

Visste varken ut eller in.

Färjan höll på att lägga ut från Visby hamn. Domkyrkans tre svarta torn kunde knappt skönjas i det ymniga snöfallet. Väderleksrapporterna talade om att kallare väder var på väg. Även i Stockholm hade det snöat i flera dagar och allt tydde på att det skulle bli en vit jul. Som vanligt var det många passagerare på båten. Den vidsträckta parkeringen på kajen hade varit full med personbilar, enstaka hästtransporter och flera långtradare. Johan kunde inte begripa hur det kom sig. Nästan som på sommaren.

De skyndade upp till restaurangen för att få en bra plats vid fönstret. Visserligen hade de som vanligt bokat vilstolar, men det var enklare att hålla till i restaurangdelen med barnen. Där fanns en lekhörna som var populär.

– Vill du ha mat på en gång? frågade Johan medan han knölade ner Anton i en barnstol som han ryckt tag i. De var hett eftertraktade på de här båtarna.

– Ja, det är väl lika bra. Det blir så mycket folk sen.

De hade haft tur när de körde ombord och hamnat bland de första.

– Kan du ställa dig i kön så länge?

182

Emma höll på att lassa ur tuschpennor, ritpapper, pysselböcker och diverse plastleksaker ur väskan så att Elin och Anton skulle hålla sig nöjda de få minuter som krävdes för att hon skulle kunna gå iväg och kolla vad som fanns på matsedeln. Utbudet brukade i och för sig inte vara så stort; spaghetti med köttfärssås, panerad fisk med kokt potatis och remouladsås eller dagens vegetariska. Kvaliteten var likvärdig med skolmaten. Den var hon hjärtligt trött på. Hon kunde lika gärna ta en räkmacka. Fast i och för sig erbjöd restaurangen numera ett gourmetalternativ. Det kanske kunde vara något.

Johan gick i förväg och inrättade sig fogligt i den ansenliga kö som redan bildats. Det här var ungefär som att vara på Ikea, tänkte han. Praktiskt, barnanpassat och inga överraskningar. Ungar var det överallt. Många barnfamiljer hade redan tagit plats och börjat packa upp medhavda smörgåsar, termosar och barnmatsburkar. Alla ville inte handla mat i restaurangen. Många gotlänningar åkte till Stockholm för att julhandla och valde att lägga pengarna på julklappar.

Johan såg fram emot att få komma hem. Så tänkte han fortfarande trots att han bott på Gotland i flera år och till och med hade egen familj där. I hjärtat var Stockholm hemma. De var på väg till Johans mamma i Stockholmsförorten Rönninge för att fira jul. Där skulle de stanna i en dryg vecka och han såg fram emot det. Inte bara att få träffa sin mamma som han hade ganska god kontakt med, utan även sina fyra bröder. Mer eller mindre motvilligt hade han intagit rollen som fadersfigur efter att hans egen pappa avlidit några år tidigare. Det var som om alla tydde sig till honom, kanske för att han var äldst i skaran. Samma morgon hade han pratat med sin bäste vän Andreas som var en av dem han saknade allra mest. De skulle ta en helkväll på stan, gå ut och käka och hänga runt på några av sina gamla favorithak på Södermalm. Johan kunde inte tänka sig något bättre. En del av honom skulle alltid längta tillbaka till Stockholm.

Han morsade på några vagt bekanta och såg Visby försvinna genom fönstret. Det var något med det här vattnet mellan fastlandet och Gotland. I själva verket var det inte alls långt, det tog bara drygt tre timmar med båten. Ändå kändes det som en lång resa, det fanns något exotiskt i själva överfarten, vägen över havet, som var svårt att förklara. Kanske var det därför så många fastlänningar älskade att åka till Gotland på sommaren. Det kändes verkligen som om man kom iväg, nästan som att åka till ett annat land.

Efter maten som inte innebar någon större kulinarisk upplevelse men gjorde alla mätta och belåtna tog Elin med sig Anton bort till lekhörnan där en tomte läste sagor för barnen. Johan kollade in pocketståndet, valde en deckare med titeln *Den du inte ser*. Det lät lagom spännande, den fick duga. Emma hämtade kaffe och köpte några tidningar. Omslaget till en av dem pryddes av Jenny Levin.

– Vad snygg hon är, fast väldigt olik sig på den här bilden, mumlade Emma.

– Vad tycker egentligen Tina och Fredrik om hennes modellkarriär? frågade Johan medan han skummade baksidestexten på boken.

– De är såklart jätteglada för hennes skull.

– Är de inte det minsta oroliga för att hon ska råka illa ut? Jag menar äckliga gubbar, droger och sånt.

– Jo, men Jenny är en stark tjej som har skinn på näsan. Hon kan ta vara på sig, hon har alltid varit självständig. Jag tror hon kan hantera det mesta.

– Som Markus Sandberg då? Han verkar bara ha utnyttjat henne.

– Okej, det var ett misstag. Men även hon måste begå såna nån gång. Herregud, tjejen är ju bara nitton år.

– Just precis.

– Vart vill du komma?

Johan rörde om i kaffet.

– Jag vet inte. Jag tänkte bara att det kan vara nåt mer med Jenny som vi inte vet om.

– Som vadå? Och varför sitter vi och pratar om det här nu? Vi ska ju vara lediga tillsammans för första gången på jag vet inte hur länge. Koppla bort det där, du är ingen polis.

– Är inte du intresserad av att få veta vad som har hänt? Det är ju din kompis dotter som har hamnat mitt i smeten.

– Jo, det är klart.

Emma sträckte fram sin hand över bordet, sökte hans.

– Men du tänker väl inte jobba nu i jul?

Johan avvaktade med att svara. Efter en ganska slitsam höst med sjuka barn och ett överskott av vardagstristess behövde de verkligen semester och att få koppla av. Han hade redan pratat med barnen om allt de skulle göra; åka pulka och spark, bygga en snögrotta, göra snögubbe och snölyktor. Åka skridskor och skidor i de fina spåren hos farmor.

– Det är klart jag inte tänker jobba, gumman, sa han. Självklart inte. Vi ska ha en lugn, skön jul och inte tänka på nåt annat än på oss själva.

– Bra, sa Emma och tryckte hans hand.

Agenturens traditionella julfest hölls i en privat festvåning mitt på Stureplan, hjärtat i Stockholms nattliv. Våningen låg precis ovanför en av stans hippaste klubbar och efter middagen var tanken att alla skulle förflytta sig ner dit. Jenny anlände i sällskap med agenturens chef, vilket fick flera att höja på ögonbrynen. Robert Ek var en gift man, men känd för att hoppa över skaklarna. Hans fru var bortrest för tillfället och kunde därför inte närvara. Var Jenny näst på tur i raden av unga modeller som han utnyttjat genom åren?

Nattklubben hade påpassligt lagt ut på sin hemsida att den stora modellagenturen Fashion for life just denna kväll hade fest i lokalerna. Modeller lockade alltid folk och gav cred till klubben. Agenturen hade flera hundra modeller i sitt stall, men bara det femtiotal som arbetade mest var inbjudna tillsammans med de viktigaste fotograferna, stylisterna, kunderna och andra inflytelserika människor inom Stockholms modevärld som designer, journalister och några av de mest framträdande modebloggarna.

Välkyld champagne serverades före middagen och Robert

Ek hälsade alla välkomna. Han klev upp på ett podium och talade till de elegant uppklädda gästerna.

– Vi kan se tillbaka på ett oerhört lyckosamt år både här i Sverige men även på den internationella arenan, började han förnöjt. Våra modeller har synts på omslag till några av världens mest prestigefyllda tidningar, de har öppnat de stora visningarna under Paris Haute Couture-vecka och varit först ut på catwalken på Victoria's Secrets stora visning i New York, bara för att nämna några exempel. Först och främst vill jag tacka alla modeller som är här och som på olika sätt har bidragit till agenturens fantastiska framgångar det gångna året. Tack också till alla stylister, fotografer, kunder och ni andra som arbetar inom mode i vår vackra stad – ni är alla oerhört viktiga för agenturen och det hoppas jag att ni känner. Jag vill gärna att vi också sänder en tanke till en av våra mest framstående fotografer, Markus Sandberg, som fortfarande vårdas på sjukhus efter attacken han utsattes för på Gotland för en månad sen. För alla er som undrar kan jag berätta att Markus tillstånd i stort sett är oförändrat, men han ska opereras igen och vi hoppas förstås att han ska bli helt frisk och kunna återvända till arbetet så småningom. Jag vill att vi utbringar en skål för Markus Sandberg.

Glasen höjdes. Allas blickar var riktade mot Robert Ek och det var tyst i lokalen förutom ett lätt klirr från baren. Efter att alla druckit en skål för Markus fortsatte han i en betydligt glättigare ton.

– I år vill jag särskilt lyfta fram en person som har gjort en utomordentlig succé som har få motstycken i agenturens historia. Bondflickan från den gotländska landsbygden som under ett besök i Stockholm hittades av vår modellscout Isabelle. Hon hade då ingen tanke på att pröva modellyrket, men nu under sin andra säsong har hon gått över sextio visningar, hon har öppnat Valentinos visning i Paris, prytt omslaget till italienska Vogue och jag kan avslöja att hon just har skrivit kontrakt med H&M för deras julkampanj nästa år och därmed kommer hon att pryda stortavlor världen över.

Ett sus gick genom publiken. Robert Ek gjorde en konstpaus.

– Därför vill jag utbringa en skål för Jenny Levin.

Han vinkade upp Jenny medan applåderna smattrade. Hon var helt oförberedd på uppvaktningen och hann knappt tänka innan hon stod i strålkastarljuset bredvid chefen som sköt fram henne mot mikrofonen.

Hon hasplade ur sig ett kort tacktal och tänkte att det säkert var illa formulerat, men alla log välvilligt och höjde glasen ännu en gång. I samma ögonblick upptäckte hon en person som hon aldrig träffat, men mycket väl kände igen. Markus tidigare flickvän Diana stod en bit bort, i en fantastisk kreation. Hennes ögon blixtrade ikapp med klänningens paljetter och med ens kände Jenny en iskyla svepa tvärs igenom den ombonade festlokalen. Hon klev ner från podiet och tog några snabba klunkar av champagnen. Längtade hett efter mer. Nappade tag i ett glas från en av servitörerna som passerade med en bricka. Flera av hennes modellvänner kom fram för att gratulera henne. Tursamt nog var inte alla avundsjuka.

Hon såg Roberts uppskattande blickar. Hon var glad över att han var så generös. Hans ord värmde och gav lindring åt allt elände den senaste tiden. Han stod och pratade med ett par designer men tittade ideligen åt hennes håll. Bara inte han blev intresserad nu också, tänkte hon. Hon kände till hans rykte, men än så länge hade han inte visat några sådana tendenser när det gällde henne. Inte på det viset. Han hade bara verkat genuint glad över hennes framgångar. Fast blickarna han gav henne tydde på en oförblommerad beundran. Hon suckade uppgivet och vände sig mot sina väninnor. Bestämde sig för att ignorera honom under kvällen. Hon orkade inte med mer problem, ville bara ha kul.

Festlokalen var fantastisk. En vacker sekelskiftesvåning med högt i tak, stuckaturer och kakelugnar med sprakande brasor i vartenda rum. Middagen intogs i en matsal med runda, elegant dukade bord med linnedukar, kristallglas och höga kandelabrar. Den var enbart upplyst av skenet från hundratals stearinljus och bjöd på en storslagen utsikt över Stureplan och neonskyltarna som glimmade i natten.

En av stans kändiskockar tillagade middagen som bestod av rökta pilgrimsmusslor, kalventrecote och limesorbet.

Jenny hade tur. Hon hamnade vid ett bord med enbart modeller och fotografer. Till bordet hade hon Tobias, en snygg, trevlig och mycket omtyckt fotograf. De hade bara jobbat tillsammans en gång hittills, men haft jättetrevligt. Hon slappnade av. Nu skulle hon ha kul, och hon skålade glatt med de andra kring bordet.

Någon timme senare behövde Jenny gå på toaletten. I dörren på väg ut hamnade hon öga mot öga med Diana. Hon måste erkänna för sig själv att kvinnan framför henne var ovanligt vacker. Hon hade kinesiskt påbrå, med ljus hy och sneda, bruna ögon. Håret var svart och tjockt och svallade ner över axlarna. Hon ställde sig mitt i vägen och tittade kallt på Jenny.

– Så det var dig, sa hon. Det var dig han låg med.

– Ursäkta? sa Jenny osäkert.

Hon var definitivt inte upplagd för några konfrontationer. Hon trängde sig förbi och flydde in på toaletten. När hon kom ut igen såg hon sig omkring, men Diana verkade vara försvunnen.

Hon behövde en cigarett och gick ut på balkongen.

Hon hann inte mer än tända förrän Diana dök upp i sällskap med två modeller hon inte kände. Jenny låtsades svara i mobilen för att sysselsätta sig med något. Nedanför bredde Stureplan ut sig med sina glittrande neonskyltar, taxibilar som gled förbi ute på gatan och uppklädda citymänniskor på väg till olika klubbar och restauranger.

I nästa ögonblick stod Diana alldeles intill henne. Ögonen var svarta.

– Vem fan tror du att du är? väste hon.

Jenny vände henne ryggen och fortsatte låtsasprata med klappande hjärta.

Plötsligt ryckte Diana mobilen ur hennes hand. Hon såg sin telefon fara över räcket och krossas mot gatan flera våningar nedanför.

– Du ska lyssna på mig när jag pratar med dig, röt Diana.

– Vad håller du på med? Är du inte riktigt klok?

I samma stund dök Robert Ek dök upp.

– Vad försiggår här?

– Ingenting, absolut ingenting, sa Jenny och skyndade tillbaka till sitt bord.

Hon försökte skaka av sig olustkänslan. Tobias fyllde på mera vin som hon tacksamt stjälpte i sig.

Kvällen kunde fortsätta.

Klockan tio är det läggdags på avdelningen och en timme senare ska det vara släckt. Trots att hon är slutkörd efter dagens vedermödor vill sömnen inte infinna sig. Istället ligger hon och tänker i mörkret, summerar dagen. Gör bokslut över hur mycket hon har lyckats motionera i förhållande till vad hon ätit. Hon går igenom alltihop, timme för timme, från det att hon vaknade fram tills nu.

Först hoppade hon så länge hon kunde på toaletten innan en vårdare knackade på dörren och undrade om hon var klar. Hon hann med tjugo hopp och skyllde på att hon var trög i magen. Ett misslyckande med andra ord, eftersom hon måste hinna med trettio för att känna sig nöjd.

Så var det frukosten. Sedan en tid tillbaka har Agnes fått börja äta ute i matsalen tillsammans med de andra.

Till frukosten används ingen Manick, utan personalen portionerar ut maten vilket bidrar till en viss frihetskänsla. Men det orsakar samtidigt oro och frustration bland patienterna. Det gäller att välja rätt, att inte ta för mycket av något, att inte få mer än någon annan på sin tallrik.

Denna morgon serverades havregrynsgröt med tillbehör:

antingen en halv banan, ett päron eller en plastmugg med katrinplommon. Päronen var gigantiska, banan var uteslutet så Agnes valde katrinplommonen. På en bricka stod ett tiotal muggar på rad med varsin dos – sex katrinplommon i varje. Hon valde omsorgsfullt och bestämde sig först när hon fick en tillsägelse att skynda på av den övervakande vårdaren. Hon är i alla fall nästan säker på att hon lyckades välja glaset med de minsta plommonen.

När gröten slevades upp bävade hon inför mängden och protesterade: *Så där mycket ska det ju inte vara, hon fick mycket mindre,* hade hon sagt och pekat på Erika som stod framför. Vårdaren hade ignorerat hennes invändningar. När mjölken till gröten skulle hällas upp kom nästa utmaning. Det gällde att få så lite mjölk som möjligt att se så mycket ut som det bara gick. Agnes skvätte ut mjölk på olika sidor av gröten, det gav bäst effekt. Men så hände det som inte fick hända. När hon vid portioneringen rört runt gröten för att få det att se mycket ut hade luftfickor bildats inunder så all mjölk försvann i ett nafs. Bara rann undan och gömde sig under själva gröten. Hon hade fått panik och med gråten i halsen hävdat att hon redan hällt upp minst en deciliter, men vårdaren var orubblig och hänvisade till att ingen mjölk syntes, så hon måste hälla på mer.

När hon äntligen sjönk ner på sin plats vid bordet höll plågan på att kväva henne. En vårdare satt alltid med vid varje bord och höll ögonen på patienterna. Sedan hade hon i alla fall lyckats smuggla undan ena smörgåsens pålägg, två ostskivor, som hon låtit glida ner i fickan och gröten hade hon spillt flera matskedar av. Sammanlagt kunde man nog säga att det hon lyckats gömma undan vid frukosten kompenserade för de tio uteblivna hoppen och den överdrivna mängden mjölk. Med andra ord gick frukosten och morgonens motion jämnt upp. En svag lättnad innan hon fortsatte gå igenom dagen.

Efter frukosten var det som alltid trettio minuters obligatorisk vila, men då behövde man inte ligga i värmerum, det räckte att man satt stilla ute i allrummet eller i någon av sofforna längs korridoren. Hon hade lyckats traska omkring åtminstone halva den tiden. När det var dags för mellanmål låg hon alltså ganska bra till.

En tetra med tre deciliter näringsdryck skulle intas på femton minuter. Samma för alla. Nu infann sig alltid en intressant stund. Så fort alla femton patienter i rummet intagit sina platser runt borden så satte skakandet igång. Tystnad rådde i rummet, det enda som hördes var hur femton tetror med näringsdryck skakades frenetiskt. Spända muskler, bestämda miner, koncentration. Nu gällde det att ruska förpackningen så länge som möjligt. Omskakningen gjorde nämligen att skum från drycken satte sig i förpackningens innerväggar vilket bidrog till att man fick i sig mindre. Agnes hade dessutom lyckats hälla ut dryck i skruvkorken, skummet satt kvar där när hon skruvade på korken igen och därigenom slapp hon en del. Förpackningarna måste lämnas in med skruvkorken på, men lite kunde man fuska. Vårdaren kände efter att de var tomma, men skummet på insidan var omöjligt att upptäcka. Ännu en liten seger.

Före lunch var det dags för luftningen. Dagens obestridliga höjdpunkt. Alla intagna fick komma ut och luftas, men det handlade inte om någon längre promenad. I sällskap med två vårdare tog de hissen ner till gatuplanet. Bara att se Pressbyrån, sjukhusets entré och andra människor var upplyftande. Sedan tog de direkt till vänster, ut på den asfalterade gångvägen, förbi rökkuren och kanske tvåhundra meter bort i lugn takt. Vid en träddunge vände de och gick tillbaka. De paraderade på rad på gångstigen, som efter en osynlig linje, följde samma spricka i asfalten. Ett tiotal unga flickor som mest liknade benrangel, klädda i mjukisbyxor, jackor, fleecetröjor, benvärmare, stortröjor och stickade mössor. Ständigt frusna. Bleka, allvarliga och tysta promenerade de långsamt framåt. Som ett levande liktåg. Ingen talade med någon annan. Vissa tog små omvägar, valde att gå runt en pelare nere i entrén istället för rakt fram som borde vara naturligt. Någon gick ute på gräskanten istället för på asfalten, det kostade mer energi, en annan tog överdrivna omvägar runt vattenpölar. Ständigt detta tvång. Vartenda litet steg som blev ett extra räknades. Bara att komma ut och få en nypa frisk luft var en välsignelse. Missade någon luftningen blev det hysteri. Om det spöregnade, blåste kraftigt eller snöade ymnigt ställdes luftningen in. Det var det värsta som kunde hända. Ett sådant beslut orsakade ofta högljudda gräl inne på avdelningen. *Det regnar inte alls, det blåser bara lite, snälla, snälla.*

På eftermiddagen hade pappa kommit på besök med Katarina i släptåg, men hon fick som vanligt vänta i dagrummet. När Agnes och pappa åkte ner till cafeterian på gatuplanet satt Katarina där och fikade med Per. Så han hade förbarmat sig över henne. Agnes låtsades inte om dem.

Hon hade åtminstone sluppit mellis eftersom hon var med pappa och till honom sa hon att hon just ätit. Pluspoäng.

Middagen hade varit en plåga, men efter den hade hon lyckats smita undan till konferensrummet och hoppat i nästan tjugo minuter. Hon hade sett sin spegelbild i fönstret och gråtit under tiden. Värken i bröstet hade varit nästan outhärdlig. Ingen hade märkt vad hon höll på med.

Efteråt släppte ångesten lite. Hon hade gjort mycket mer än vad hon räknat med.

Först när den slutsatsen är dragen kan hon slappna av tillräckligt för att falla i sömn.

Ska vi ses sen och ha det lite mysigt, bara du och jag?

Brunetten lade sin ena hand på hans axel medan hon viskade i hans öra. Han såg rätt ner i hennes djupa urringning. Sedan gled hon vidare genom trängseln, vände sig om och log flirtigt mot honom. Hon var så kurvig att han blev knäsvag. Klockan hade passerat midnatt och vid det här laget hade Robert Ek hunnit dricka en hel del. Han hade ägnat den senaste timmen åt att hänga i baren med olika modeller och kolleger medan han kastat lystna blickar på den aldrig sinande strömmen av unga kvinnor som passerade. Bara axlar, välsvarvade kroppar i tajta klänningar, långa, smidiga ben, gungande bröst under flortunna tyger, förföriska blickar.

I egenskap av chef på landets största modellagentur var Robert Ek behagligt medveten om att han stod högt i kurs bland många kvinnor, även om han var gift. Han var rik, besatt en inte obetydlig maktposition och hade en självklar plats bland kändiseliten. Han såg också bra ut för sin ålder. Ansiktet var rent med höga kindkotor och gröna ögon med täta, mörka ögonfransar och en vackert krökt mun med markerad amorbåge. Robert Ek var noga med träning och aktade sig för övervikt. Därtill hade han i mångas ögon en utsökt och något raffinerad klädsmak.

Och alla dessa kvinnor. Problemet var löftet som han nyligen gett till sin hustru. Löftet som satte stopp för alla drömmar. Han hade verkligen planerat att hålla sig i skinnet i kväll. Erna hade gett honom ett ultimatum. Kom hon på honom med att vara otrogen en enda gång till skulle hon lämna honom för gott. Och den här gången menade hon allvar. Dessutom skulle hon ta barnen med sig. De var så stora nu att de kunde välja själva hos vilken förälder de ville bo. Hos dem fanns ingen tvekan, det visste han lika väl som hon. Alla fyra ville bo hos sin mamma som tagit hand om dem i alla år, som alltid funnits där, lagat mat, hjälpt till med läxor, visat dem kärlek, gett dem stöd och uppmuntran. Robert Ek hade alltid prioriterat jobbet före familjen. Och det kostade. Priset skulle han få betala vid en eventuell skilsmässa. Vore det inte så att Erna Linton älskade sin make djupt och innerligt så hade de varit skilda för länge sedan. Men kärleken uthärdade mycket. Till sist hade dock gränsen nåtts även för henne och Robert Ek förstod att tiden då hans hustru förlät honom för hans snedsteg eller såg mellan fingrarna var förbi. *Herregud, vi närmar oss femtio*, hade hon sagt. *Jag orkar inte längre. Nu vill jag ha lugn och ro, harmoni, skörda frukterna av allt arbete med barnen, resa, njuta av teater, film och goda middagar. Jag vill helt enkelt må bra. Och kan inte du leva med det så får vi skiljas och så får jag göra det själv. Jag vill inte vara med om att bli ledsen, sårad och besviken längre.*

Om festen bara varit ett par veckor tidigare hade dörrarna till ett äventyr vid sidan om följaktligen stått vidöppna. Läget, med agenturens årliga julfest som sammanföll med

197

mormors åttioårsfirande uppe i Leksand, kunde inte varit bättre. Hela familjen hade rest till Dalarna över helgen och han hade huset för sig själv. Eftersom villan låg så nära stan var det enkelt att ta dit folk. Dessutom låg den tillräckligt skyddad för att grannarna inte skulle märka vilka som gick in och ut – något som underlättade hans eskapader betydligt. Han lockades inte av att ta in på hotell, det kändes för billigt. Att han levde ut sina sexuella lustar i familjens hägn bekom honom inte det minsta. Det man inte vet om har man inte ont av, var Robert Eks filosofi. Dessutom var villan faktiskt hans. Han hade betalt inte bara för den utan även för i princip varenda pinal där inne.

Men nu var det alltså tänkt att förlustelsernas tid skulle vara förbi. Han visste inte om han vågade ta risken. Tanken på att bli en ensam gammal ungkarl skrämde honom och innerst inne måste han, om än motvilligt, ge Erna rätt. Hur länge skulle han orka och framför allt vilja vara otrogen? I hur många år till skulle det kännas spännande? Tanken på att han skulle bli sittande ensam i en lägenhet någonstans utan vare sig familj eller sexlust skrämde slag på honom. Alltså återstod bara en sak – att avstå från vänsterprassel. Även om det kändes närapå omöjligt i det här läget.

Och det var verkligen inte så att han och Erna inte hade något sexliv, de hade det riktigt bra när de fick till det. Det var bara den där spänningen som saknades, kittlingen av att älska med någon ny som man inte kände. Han visste inte om han skulle klara det. Kände att alkoholen och utbudet runt omkring honom fick honom att ge vika.

Han smet in på toaletten. När han uträttat sina behov, sköljde han av ansiktet med kallt vatten i handfatet och blev stående framför spegeln. Ska jag eller ska jag inte? Hon skulle ändå inte märka något. Tanken på att befinna sig i armarna

198

på brunetten tycktes alltmer lockande. Han avbröts i sina tankar av att mobiltelefonen pep i kavajfickan. Skulle inte förvåna mig om det är Erna, tänkte han. Hon känner väl på sig. Han plockade fram mobilen. När han såg displayen stelnade han till. Meddelandet var inte från hustrun.

Det kom från ett nummer han inte använt på länge. Nämligen Markus Sandbergs.

Att gå till agenturen från klubben tog bara några minuter. Robert Ek slog in portkoden och klev in i trappuppgången. Han var inte förtjust i att åka hiss, så han tog trapporna. När han passerade utgången till gården upptäckte han att dörren stod på glänt. Slarv, tänkte han och stängde den omsorgsfullt. Kände efter flera gånger att den var låst. Uteliggare och fyllon var inget de önskade i fastigheten.

Han låste upp dörren till agenturen och tände lampan i hallen och köket. Flera flaskor champagne stod framme tillsammans med urdruckna glas. De anställda hade samlats där och tagit en drink före festen tillsammans med några av modellerna, Jenny hade varit med. Och nu när han tänkte efter så hade hon varit ovanligt uppsluppen, nästan flirtig. Längtan brann i hans kropp. Efter ett ögonblicks förvirring när han läst hennes meddelande hade han messat tillbaka att han väntade på henne där. Alla dubier om att vara otrogen var som bortblåsta. Detta var en chans han inte kunde gå miste om. Han skulle aldrig förlåta sig själv. Han såg på klockan. Tio minuter tills hon skulle komma. Han borde hinna. Ivrigt knäppte han upp skjortan och skyndade in i personalens duschrum. Tankarna snurrade i huvudet medan han tvålade in sig. Jenny av alla. Tanken på att få röra vid hennes kropp, smeka och kyssa henne gjorde honom yr. Meddelandet hade överrumplat honom. Det löd: *Möt mig på agenturen om en halvtimme. Kram Jenny.*

Att det hade skickats från Markus mobiltelefon hade först gjort honom konfunderad. Men sedan kom han på att hon måste ha lagt beslag på telefonen när hon hittade Markus i stugan ute på Furillen. Hade väl haft den hemma på laddning sedan dess. Lite vrickat, men vad fan? Kvinnor kunde få de mest underliga idéer. Och Jennys egen mobil hade ju Diana kastat i backen.

Frågan om varför Jenny skulle ta med sig Markus telefon på julfesten slog honom aldrig. Hans tankar var upptagna med annat.

Han torkade sig snabbt och slarvigt, stänkte på sig nytt rakvatten. Samtidigt intalade han sig själv att det här verkligen skulle vara allra sista gången han bedrog Erna. När han var färdig kollade han att ytterdörren var upplåst så att Jenny kunde komma in obehindrat. Sedan gick han in i personalrummet. Tände några ljus, tog fram en flaska champagne som stod kvar i kylen och diskade snabbt två glas. Kollade klockan. Hon kunde dyka upp vilket ögonblick som helst. Han fyllde upp glasen, släckte den vanliga belysningen och satte sig tillrätta i soffan. Varsågod, tänkte han förväntansfullt. Nu är det bara att komma.

Minuterna gick utan att hon dök upp. Han smuttade på champagnen. När nästan en timme passerat skickade han ännu ett sms.

Jag är här. Jag väntar på dig.

Under tiden gick han in i sitt arbetsrum och slog sig ner

vid skrivbordet, tände lampan. Han kunde lika gärna passa på att plocka ihop lite papper han ändå planerat att ta hem över julen. Blicken föll på klockan på väggen. Kvart i tre redan. Han hade stannat på festen längre än han tänkt sig. Gamla vanor var svåra att bryta, han hade alltid varit en nattsuddare.

Robert Ek var så gott som färdig när han hörde ett ljud. Ytterdörren öppnades och stängdes igen. Äntligen. Han bestämde sig för att sitta kvar på sin plats. Låta henne komma till honom. Hjärtat slog hårt. Någon minut passerade utan att hon gav sig tillkänna. För ett ögonblick blev han brydd. Inga fotsteg hördes. Skojade hon med honom? Hon kanske gömde sig någonstans. Kanske hade hon lagt sig i soffan och väntade på honom där?

Han reste sig och tassade över golvet. Kikade in i personalrummet. Där var hon inte. Kontoret var inte så stort att man kunde gömma sig hur som helst. Och han borde höra henne.

– Jenny, ropade han förväntansfullt. Jag är här i personalrummet.

Inget svar. Han blev stående i dörröppningen i någon minut. Stel med halvöppen mun, öronen vidöppna. Förväntansfulla och förvirrade tankar. Långsamt började ett tvivel ta form i hans lätt omtöcknade hjärna. Han lyssnade spänt. Det hade verkligen låtit som om handtaget tryckts ner. Nu var det helt tyst. Snabbt återvände han till skrivbordet, sjönk ner på stolen, sträckte ut armen och släckte skrivbordslampan. Rummet lades i mörker. Han avvaktade. När ett par minuter passerat och ingen Jenny gett sig tillkänna insåg han att han måste ha blivit lurad. Långsamt reste han sig från sin knarrande skinnfåtölj medan det gick upp för honom att det naturligtvis inte rörde sig om en vanlig inbrottstjuv. Vem hade

202

utgett sig för att vara Jenny och varför? Och hur kom det sig att personen i fråga hade Markus mobiltelefon i sin ägo? Det kunde bara betyda en sak.

Han vågade inte annat än att röra sig så ljudlöst han förmådde. Han smög genom köket på väg till de boknings-ansvarigas rum som låg precis innanför receptionen. Då hörde han det. Ett knarrande. Det fanns ingen som helst tvekan. Det kom inifrån kontoret. Alltså åt andra hållet. Han anade möblerna, diskbänken. Han skyndade så fort han vågade ut i hallen.

Kände på dörren. Paniken slog klorna i honom när han insåg att den inte bara var låst, utan att nyckeln också saknades. Han vände sig om. Längre kom han inte i sina funderingar. Någon tryckte på strömbrytaren och med ens badade hallen i ljus. Robert Ek kunde omedelbart konstatera att han hade haft rätt i sina aningar. Den som brutit sig in på agenturen var ingen ordinär inbrottstjuv.

Inte alls.

När Jenny vaknade upp hade hon inte en aning om var hon befann sig. Det första hon lade märke till var att täcket kändes annorlunda. Det var tyngre än hennes eget, påslakanet var av silke, likaså lakanet hon låg på. Sängen var stor och mjuk. Hemma hade hon sängkläder i bomull. Försiktigt öppnade hon sina grusiga ögon, de var som hopklistrade, fransarna hade fastnat i varandra. Hon kisade mot fönstret som var täckt av en tung gardin, ett dovt ljud av trafik långt borta. Försiktigt vände hon sig om och upptäckte en kraftfull axel med en tatuering hon inte kände igen. Ett blont spretigt hår. Blicken vandrade vidare. Längre bort stack ett ben fram ur täcket. Sakta gick det upp för henne att benet hon såg omöjligen kunde tillhöra personen med det spretiga håret. Det låg liksom i fel vinkel. Hjärnan var slö, tankarna gick trögt. Hon såg på benet igen och konstaterade att det var slankt och välformat och helt saknade behåring. Tånaglarna var svartmålade. Benet tillhörde alltså en kvinna. Hon stirrade på benet, försökte samla tankarna. När hon rörde på kroppen insåg hon att hon låg i en vattensäng. Herregud. Vem hade en sådan? Var befann hon sig och hur hade hon hamnat här? Hon försökte resa sig, men rörelsen orsakade omedelbart en blixtrande huvudvärk. Mödosamt sjönk hon tillbaka mot kudden. Försökte förtvivlat erinra sig vad som hänt kvällen före. Enstaka fragment dök upp i huvudet. Konfrontationen med Diana, Tobias varma ögon, vild dans nere på klubben, drinkar i baren, ett vitt piller i en hand, hade hon tagit det? Det måste hon ha gjort, hon kände sig luddig i huvudet. Vad i hela världen hade hänt? Nere på klubben hade hon träffat folk hon inte kände, de hade varit ett stort gäng, druckit champagne i VIP-rummet, skrattat hejdlöst, haft kul. Hon hade dansat, hennes kompisar hade försvunnit, hon visste inte heller vart Tobias hade tagit vägen. Hon hade tänkt att de kanske skulle gå hem tillsammans men han hade börjat dansa med någon blondin. Diffust minne av hur gänget framåt småtimmarna lämnade klubben. De var några tjejer och killar som trängde ihop sig i en stor taxi, eller var det en limousine? Hon mindes händer innanför tröjan, hon visste inte vem de tillhörde, men lät dem hållas. Bryddе sig inte längre, hon var alldeles för packad. Följde bara med, viljelöst. Lät saker och ting hända. Det spelade ingen roll längre. Hon var bortom tankar på konsekvenser, på att hon riskerade att försätta sig i fara, i vanmakt. Hon mindes en trappa, musik, en barbröstad tjej, händer på hennes kropp. Sedan var allt svart. Hur hon än ansträngde sig kunde hon inte komma ihåg. Allt hon hade kvar var värken i huvudet och mellan benen. Den talade sitt tydliga språk. Sakta kom paniken krypande. Hon måste bort, bort härifrån. Från de här främmande människorna. Vad hade de gjort med henne? Hon snyftade till, satte sig upp, sängen gungade igen. Stapplade upp, lyckades hitta sina kläder i dunklet. Nu såg hon att det fanns en gigantisk hörnsoffa längst bort i rummet. Där låg två män och en kvinna spritt språngande nakna i en enda

205

hög och sov. När hon tagit trappan ner till undervåningen insåg hon att det var fullt dagsljus, så mycket det nu blev i december. Hon tittade ut över en väl tilltagen trädgård och vatten skymtade längre bort. Hon befann sig i rena lyxvillan. I det exklusiva köket med panoramafönster fann hon sin jacka och stövlar och ovanpå diskmaskinen låg handväskan. Till sin lättnad hittade hon ett paket värktabletter på toan och en oöppnad Proviva Active i kylen.

Den tog hon med sig, fumlade upp låset, och den friska förortsluften slog emot henne när hon öppnade dörren.

Två dagar hann passera innan någon upptäckte vad som hänt Robert Ek. Hans hustru och de fyra barnen befann sig i Dalarna hela helgen och vännerna som tillbringat natten efter festen i hans villa dröp av när de kvicknat till på lördagseftermiddagen. Dörrnyckeln lämnade de enligt överenskommelse i en kruka under verandatrappan på baksidan.

När familjen återvände till hemmet på söndagen fanns tydliga tecken på att det hade festats rejält i huset. Och ingen hade brytt sig om att röja undan spåren.

Någon hade sovit i barnens sängar, någon eller snarare några hade använt den äktenskapliga sängen där sängkläderna låg i en enda röra och flera halvt urdruckna vinglas stod på nattduksborden. Droppen var när Erna Linton hittade ett par stringtrosor bland klabbarna i vedtraven vid öppna spisen. Då vände hon på klacken, tog med barn och hund ut ur huset och ringde sin syster som också tillbringat helgen hos föräldrarna i Dalarna och som bodde i närheten. Där lämnade hon hunden och barnen som glatt överraskade insåg att de skulle få leka ännu mer med kusinerna som de nyss sagt hejdå till på rastplasten där de stannat och fikat på vägen hem från Leksand.

Erna Linton fortsatte sedan till agenturen. Hon kokade av ilska. Robert hade lovat att aldrig göra om det. Löftet hade han hållit i två veckor, kanske ännu kortare tid. Under helgen hade hon försökt nå honom flera gånger både på hemtelefonen och på mobilen utan att få svar. Nu förstod hon att han varit upptagen med annat.

Sammanbitet styrde hon stadsjeepen ner i Söderledstunneln, in mot Stockholm city. Eftersom det var söndagskväll och jullovet hade börjat var det lättare än vanligt att hitta en parkeringsplats på det annars så igenkorkade Östermalm där de flesta gator var enkelriktade.

Hon hittade en plats som var tillräckligt stor på Riddargatan bara ett kvarter från agenturen. Hon erfor en stark obehagskänsla när hon promenerade gatan fram och vek av in på den nedre delen av Grev Turegatan.

Hon tryckte in koden och den tunga, välpolerade porten gick upp med ett svagt surrande ljud. Dörren till agenturen var dekorerad med en tjock krans med lingonris och röda band. Hon ringde på dörrklockan. Väntade någon minut. Inget svar. Höll andan när hon tryckte ner handtaget. Dörren gled upp, golvet i hallen knarrade under hennes fötter. En snabb blick i spegeln. Hon såg trött och glåmig ut.

Hon såg sig omkring på hallgolvet. Inga skor stod där, inte heller några ytterkläder låg slängda någonstans. Hon kikade in i rummet varifrån bokningarna sköttes, där var städat och hopplockat. Hon fortsatte in i köket. På bänken stod ett tiotal urdruckna champagneflaskor uppradade tillsammans med ett antal glas varav flera med läppstiftsmärken. En skål med några cashewnötter kvar på botten. Det luktade lite surt.

I det vackraste rummet fanns en kakelugn och en soffhörna. På soffbordet stod två fyllda champagneglas och en flaska i en ishink. Stearinljus var framställda på bordet.

Dörren till hennes mans arbetsrum stod halvöppen. Blicken fastnade på golvet och de intorkade blodfläckarna som avtecknade sig mot ekparketten.

Synen som mötte henne hade hon helst velat slippa.

Knutas var hemma och hade somnat i soffan framför en film när telefonen ringde sent på söndagskvällen. Line hade nattskiftet på lasarettet och barnen hade gått och lagt sig tidigt för en gångs skull.

Yrvaket kände han igen Martin Kihlgårds röst, kollegan på Rikskriminalen i Stockholm som han arbetat med många gånger.

– Tjänare Knutte, ledsen att störa dig så här sent, men det har hänt en del.

Knutas valde att ignorera det faktum att han avskydde att bli kallad Knutte. Kihlgård var lyckligtvis den ende som använde det erbarmliga smeknamnet.

– Vad är det fråga om?

– Jo, det är modellagenturen, Fashion for life heter den väl, deras chef Robert Ek hittades mördad nu i kväll i sitt arbetsrum på agenturen. Det var frugan som fann honom.

Knutas reste sig tvärt. Med ens var han klarvaken.

– Det var som tusan. Hur?

– Med en yxa. Han har tydligen fått ta emot hugg både mot huvudet och mot kroppen. Det var Kurt som bad mig ringa dig, själv har han fullt upp. Vi på Rikskrim är redan inkopplade på fallet.

– Okej. Vad har ni fått reda på än så länge?

– Inte mycket. Enligt den preliminära bedömningen som rättsläkaren gjorde på plats så har han legat död i minst ett dygn. Agenturen hade en fest i fredags kväll och vad vi vet så har ingen sett honom efter den. Troligen mördades han i samband med den.

– Var hölls festen?

– I en festvåning på Stureplan, bara några minuters promenad från agenturen. Kroppen transporterades alldeles nyss till Rättsmedicinska. Det kryllar förstås av journalister kring fastigheten redan och de kommer säkert att ringa dig också. Skickar du över nån?

– Absolut. Jacobsson och Wittberg får åka med första bästa plan i morgon bitti.

Knutas kunde se framför sig hur Kihlgård sken upp. Han var mycket förtjust i Karin Jacobsson.

– Bravo. Be dem ringa mig. Jag måste fortsätta här. Nu vet du i alla fall. Hej så länge.

Knutas informerade sina närmaste kolleger i spaningsledningen och kollade sedan vad medierna hittills hade gått ut med. Alla rapporterade i stort sett samma sak. Att en man hittats död på ett kontor i centrala Stockholm. Att polisen misstänkte mord. Mer sades inte i detta första skede, något Knutas var tacksam för. Kanske visste inte ens Robert Eks barn och föräldrar vad som hänt ännu.

En timme senare satt Karin Jacobsson och Thomas Wittberg på Knutas tjänsterum. Han hade bryggt riktigt kaffe och plockat fram pepparkakor. Något annat fanns inte att tillgå så här mitt i natten. Automaten med smörgåsar hade tömts före helgen.

– Det här ställer ju fallet med Markus Sandberg i en helt ny dager, sa Karin. Vi behöver väl knappast tvivla på att det är samma gärningsman, eller åtminstone inte på att de båda dåden hör ihop.

– Nej visst, höll Wittberg med. Första tanken är förstås att motivet har med deras jobb att göra, agenturen på nåt sätt.

– Skillnaden är bara att han lyckades hela vägen den här gången, sa Knutas bistert.

– Uppsåtet var säkert detsamma i stugan på Furillen, insköt Karin. Han trodde säkert att Sandberg var död när han gick därifrån.

– Men vem har motiv att mörda de här personerna? Knutas gned sig om hakan. Nån inom modebranschen, eller kan motivet ligga längre tillbaka i tiden?

– Så klart det kan, sa Wittberg. Båda verkar ha haft ett rätt livligt sexliv till exempel. Robert Ek var ju tydligen notoriskt otrogen mot sin fru. Och Sandberg har varit en hel del ute i svängen.

– Har ni hört nånting om att de skulle ha varit inblandade i några oegentligheter? Jag menar, om de har haft nåt samröre med kriminella till exempel?

Karin skakade på huvudet.

– Nej, man kan i och för sig tycka vad man vill om Sandbergs karriär med flickfotograferandet eller tutt-TV, men kriminellt är det ju inte.

– Nej, inte än så länge, muttrade Wittberg. Men det skulle knappast förvåna mig...

– Sa du nåt? frågade Karin stelt.

– Nejdå, ingenting.

Wittberg höll upp händerna i en avvärjande gest och tog några pepparkakor från brödkorgen på bordet. Egentligen var han för trött för det vanliga tjafsandet med Karin. Han hade träffat en ny tjej på fredagskvällen och de hade tillbringat hela gårdagen i sängen. Vilket betytt allt annat än vila.

– Vem var det som ringde från Stockholm? frågade Karin för att byta ämne.

– Kihlgård, han hälsade så mycket, till er båda.

Karin sken upp.

– Martin, vad kul – hur kommer det sig att det var han som ringde om det här? Är Rikskrim redan inkopplat?

– Tydligen. Han vill gärna att ni hör av er när ni kommer dit. Ja, ni får åka direkt i morgon bitti.

Karin och Wittberg växlade blickar. Det var tre dagar kvar till julafton.

– För mig går det jättebra, sa Karin. Jag hade ändå tänkt åka till Stockholm över jul. Hanna har bjudit hem mig på julafton.

Hennes ansikte sprack upp i ett leende.

– Vad kul, sa Knutas med värme.

– Ja, jätte, höll Wittberg med. Jag kan däremot inte påstå att ett Stockholmsbesök ingick i mina planer. Men visst, jag slipper farmors sylta och det är ju alltid positivt. Sen finns det en donna eller två i huvudstan jag skulle kunna ringa.

– Det är inte säkert att ni behöver stanna över julen, sa Knutas. Men jag tycker det är viktigt att ni snabbt kommer på plats och kan skaffa er egen bild av läget. Gärningsmannen kan vara en gotlänning, det vet vi ingenting om.

Jenny satt i soffan i lägenheten på Kungsholmen och tittade ut i mörkret. Morgonen nalkades, men hon hade inte sovit under natten. Oron höll henne vaken. Fortfarande hade hon ingen klar bild av vad som hänt efter julfesten. De diffusa minnesbilder hon hade haft när hon vaknade upp i vattensängen i det främmande sovrummet återkom, men mer än så hade inte dykt upp, trots att hon ansträngt sig för att komma ihåg. Värken i underlivet hade gått över, men den oangenäma känslan av att bara ha fragmentariska bilder av hur kvällen slutade satt kvar. Vad hade hon råkat ut för och var hade hon varit?

Villan hade legat avsides i området och det fanns inga hus precis intill. Utan sin mobil hade hon inte ens kunnat ringa efter en taxi. Efter någon kilometers promenad längs vägen hade hon kommit in i ett mer tättbebyggt bostadsområde.

Vid ett vägskäl stannade hon till och funderade ett slag på åt vilket håll hon skulle gå. Uppenbarligen hade hennes villrådighet synts tydligt för en kvinnlig bilist hade saktat in och hissat ner rutan. Jenny frågade var närmaste busshållplats låg och då erbjöd kvinnan henne lift. Jenny tyckte situationen var så pinsam att hon inte kom sig för att fråga var hon befann sig, utan hade bara tacksamt tagit emot erbjudandet. Kvinnan skulle själv in till stan och var så vänlig att hon körde Jenny ända fram till porten.

Som tur var hade de andra modellerna som tillbringat natten i lägenheten gett sig av. Hon hade köpt hämtpizza och hyrt en film på lördagskvällen och försökt skaka av sig föregående natts oönskade äventyr.

På söndagen hade hon vaknat först klockan ett och hållit sig inne hela dagen. Orkade knappt röra sig. Hon var glad över att hon inte hade någon mobiltelefon så hon slapp prata med någon. Hon väntade bara på att det skulle bli måndag så hon fick åka hem. Hon skulle tillbringa julhelgen hemma hos sina föräldrar på Gotland och åka tillbaka till Stockholm först på annandagen. Hon längtade hem till föräldrarna och tryggheten på gården så att det värkte i kroppen.

Hon hade gått och lagt sig tidigt, men kunde inte somna. Till sist hade hon gett upp och satt sig i soffan i vardagsrummet. Hon kunde sova när hon kom hem till Gotland nästa dag. Planet skulle avgå halv elva på förmiddagen. Packat och städat lägenheten hade hon redan gjort. Hon såg ut genom fönstret, anade kanalen där nedanför. Vattnet glimmade i ljuset från enstaka gatlyktor i det annars omslutande nattmörkret. Inga människor syntes till på den lilla gångvägen. Med en rysning erinrade hon sig när hon senast gick där. Mannen som uppenbarat sig i mörkret, men som varken gjort eller sagt något. Därför avstod hon från att berätta om händelserna för någon. Ville inte oroa sin mamma i onödan, hon var tillräckligt neurotisk som det var. Men visst hade Jenny upplevt det hela som obehagligt. Rastlösheten kröp i henne och hon bestämde sig för att åka ut till Bromma flygplats så fort som möjligt. Hon kunde lika gärna sitta där och vänta, dricka kaffe och läsa morgontidningarna. Hon ville ut från lägenheten. Bort från hela den här skiten. Klockan på väggen visade på halv fem, hon kunde väl knappast komma dit före sex?

Hon gick in i duschen och tvättade håret omsorgsfullt. Ägnade en lång stund åt att smörja in sig och lägga en lätt makeup så att hon kände sig piggare. Knäppte på radion i köket och gnolade med i nattmusiken. Klockan fem avbröts musiken av Ekots nyheter. Då hade hon just slagit sig ner vid bordet med en tallrik filmjölk. När hon hörde nyhetsuppläsaren tappade hon aptiten.

En man i fyrtioårsåldern hittades på söndagskvällen död inne på ett kontor i centrala Stockholm. Polisen misstänker att mannen utsatts för brott. Kontoret tillhör en av Sveriges största modellagenturer, Fashion for life, samma agentur som i slutet av november drabbades av ett vansinnesdåd på Gotland då den rikskände modefotografen Markus Sandberg misshandlades svårt. Polisen vill inte säga om man har hittat några direkta kopplingar mellan de båda dåden, men utesluter inte samband.

Sedan intervjuades en knastertorr polis som kommenterade spaningsarbetet.

Jenny reste sig tvärt. Det kunde inte vara sant, hon ville inte tro det. Hon skyndade ut i vardagsrummet och knäppte på TV:n. De tidiga TV-nyheterna var utförligare än radion så inslaget om mordet på agenturen pågick fortfarande. Här berättade en reporter som syntes i bild utanför agenturens fastighet att det var hustrun som hittat sin man död inne på sitt kontor. Det kunde bara vara en person. Robert Ek.

När reportern ersattes av en annan bild trodde hon knappt sina ögon. En exklusiv villa med polisbilar framför. Trots att

det var mörkt syntes delar av fasaden och den mycket speci-
ella entrén med två lejonskulpturer på var sida. I bakgrunden
kunde man ana vatten. Reporterns spökröst ekade ihåligt:

*Huset i Nacka utanför Stockholm som den mördade man-
nen bor i har sökts igenom av polisen och flera spår tyder på
att ett okänt antal personer befunnit sig där under helgen då
mannens familj var bortrest. Polisen tar tacksamt emot alla
tips från allmänheten om personer som har synts intill villan
de senaste dagarna.*

Jenny kände omedelbart igen det främmande hus hon vaknat
upp i. Långsamt snördes hennes strupe samman.

Hej gumman.

Pappa ser som vanligt glad ut, men hon uppfattar oron i ögonen och hur hans blick forskande far över hennes tunna gestalt för att se om hon gått upp något endaste litet hekto. Han ger henne en försiktig kram. Katarina gör inget försök att krama om henne, hon vet att Agnes inte skulle ta emot den. Istället småler hon snabbt och osäkert och viskar fram ett hej. Hon är så patetisk.

Agnes tar pappa under armen och gör en ansats att börja gå tillbaka in mot avdelningen. Hon har längtat efter att han ska komma. I natt sov hon dåligt, hon låg och tänkte på mordet på modellagenturens chef Robert Ek som de berättat om på nyheterna på kvällen. Hon har träffat honom flera gånger. Hon vill prata med pappa, höra efter vad han vet. Säkert mer än hon.

Hon förväntar sig att Katarina ska loma in i dagrummet som hon alltid gör. Men hon märker genast att pappa inte är med på noterna. Han står med fötterna som cementerade i golvet.

– Jo, Agnes, börjar han. Det är så att jag tänkte, eller ja...

han kastar en snabb blick på Katarina, vi tänkte att Katarina skulle få vara med oss i dag. Dig och mig. Är det okej?

Agnes är totalt oförberedd på frågan. Varför skulle hon vilja umgås med den där människan? Hon är inte det minsta intresserad. Mäktar knappt ens se på henne. Det blir tyst och Agnes stirrar på sin pappa medan hon tampas med sig själv. De bägge vuxna avvaktar. Blickar flyttas mellan varandra. Hon kan känna deras nervösa förväntan andas genom ytterkläderna.

Samtidigt vill hon inte uppträda som en tjurig barnunge, det skulle bara bekräfta Katarinas säkert redan förutfattade meningar om henne. Innan hon hinner säga något dyker Per upp som en räddande ängel.

– Hej. Kom in.

Som om han förstår det besvärliga i situationen går han före in i korridoren och de andra följer efter. Agnes kinder hettar av skam. Hittills har hon bara undvikit Katarina, inte låtsats om henne. Det blir svårare att göra nu. På samma gång är hon besviken, den här dagen kommer hon att gå miste om hennes och pappas privata stund.

De slår sig ner i allrummet. Per försvinner ut i köket för att hämta kaffe. Pappa sätter sig bredvid Agnes i soffan och Katarina sjunker ner i en fåtölj.

– Här är det ju riktigt mysigt, berömmer hon och tittar sig uppskattande omkring.

Agnes ger henne en kall blick, men säger inget. Pappa skruvar på sig.

– Hur mår du? frågar han med mjuk röst och lägger sin stora torra hand på hennes.

– Jag hatar det här stället, det vet du mycket väl, fräser hon och drar bort handen. Jag mår piss om du undrar.

Han ignorerar hennes ton.

– Farmor och farfar hälsar.

– Jaha.

Hon ångrar sig redan, vill inte visa sig svag inför Katarina. Som att hon bryr sig om hennes närvaro. Ger henne ett förstulet ögonkast. Hon är ganska söt vid närmare eftertanke. Mörkhårig med basker som hon behållit på. Bruna ögon och frisk hy med rosiga kinder. Markerade drag. Svagt rosa läppar. Blicken glider över till pappa och hon grips av en plötslig ömhet. Han ser trött ut, plockar med sina valkiga nävar, hon känner en svag doft av hans rakvatten.

Per kommer med kaffet. Porslinet klirrar, han darrar till när han fyller kopparna, en efter en. Det tar en evinnerlig tid.

– Du kan väl sitta med, föreslår Agnes. Lätta lite på stämningen. Den är ju något ansträngd som du kanske märker.

Blixtsnabbt reser sig Katarina. Munnen är liten och hård.

– Det var nog inte en så bra idé det här. Jag tror inte att Agnes är tillräckligt mogen.

– Men vänta, vädjar Rikard.

– Det är lugnt, säger Per. Jag tar hand om henne.

Han skyndar efter Katarina som ilsket stolpar iväg längs korridoren.

– Var det där verkligen nödvändigt? Agnes pappa tittar förebrående på henne. Kan du inte försöka åtminstone?

– Hon är ju helt knäpp i huvudet, försvarar sig Agnes. Lite får hon väl tåla.

– Det är inte så lätt för henne heller. Hon har suttit i det där dagrummet i tre månader nu, tycker inte du själv att det kunde vara dags att släppa in henne litegrann?

– Varför skulle jag göra det?

– Därför att Katarina och jag är tillsammans och vi har va-

220

rit det så pass länge nu. Hur tror du att det känns för mig när du bara struntar i henne och låtsas som att hon inte finns?

– Men jag då? Vad betyder jag?

– Men Agnes, du betyder allt. Men jag måste också få fortsätta leva. Jag har mitt jobb, men sen då? Alla andra har familjer som de går hem till. Jag vill inte sitta ensam varje kväll, varje helg. Och du är ju här. Och inte verkar du bli bättre heller. Vill du inte bli frisk?

– Det är klart att jag vill, men det är inte så lätt.

– Jag har pratat med enhetschefen och hon säger att du motarbetar behandlingen, att du inte hjälper till.

– Jaså.

Pappa ser henne djupt i ögonen, stryker henne varsamt över kinden. Hon känner gråten komma, men kämpar emot.

– Min fina flicka, säger han ömt. Min lilla, fina flicka. Det är bara du själv som kan göra dig frisk, ingen annan kan göra det åt dig. Vad är det som är så farligt med att gå upp i vikt? Vad är du rädd för?

Hon rycker på axlarna. Orden stockar sig i halsen.

– Jag vet inte hur man gör när man inte har anorexia. Jag minns knappt hur jag var innan.

– Innan allt det här hände var du en glad och gullig tjej som hade kompisar och gillade att gå i skolan. Innan de där förbannade modemänniskorna kom in i bilden. Katarina säger också det att det inte är okej att de förstörde ditt liv och jag hatar dem för det. Ja, det gör hon också. Hon tycker det är fruktansvärt hur de har behandlat dig. Du ska veta att Katarina bryr sig om dig, även fast du inte tror det. Men du kan ta tillbaka ditt liv och allt kan bli som förut. Låt inte de där kalla, beräknande människorna vinna. De har gjort tillräckligt mycket ont.

Johan Berg höll på att sätta kaffet i halsen när han i vanlig ordning knäppte på morgonnyheterna på TV:n på måndagsmorgonen. Det spelade ingen roll att han var ledig och befann sig hemma hos sin mamma i Rönninge. Nyheterna måste han alltid se. Det satt i ryggmärgen.

– Vad i helsike!

Han sträckte sig efter fjärrkontrollen och höjde volymen. Hans kollega på Stockholmsredaktionen, Madeleine Haga, syntes i bild. Hon stod i mörkret framför en fastighet i city.

– *Just nu spekuleras det om mordet skedde i samband med den julfest för de anställda som agenturen hade i fredags kväll på en klubb vid Stureplan, bara ett stenkast från kontoret. Robert Ek kan ha legat död inne på sitt tjänsterum hela helgen. Samtidigt ställer sig också polisen frågan...*

Emma kom ut i vardagsrummet med en kaffemugg i handen. Barnen sov fortfarande i ett av gästrummen på övervåningen. Deras farmor hade inte heller vaknat.

– Vad är det? frågade hon och satte sig bredvid honom i soffan.

– Chefen för Fashion for life är död. Han har hittats mördad inne på agenturen.

– Säkert? Herregud, det här är ju bara för mycket.

– Ja, han hittades i går kväll. Och gärningsmannen är på fri fot.

– Det låter inte klokt. Vad är det med den där agenturen? Och Jenny som jobbar för dem och allt. Nu tycker jag att det här börjar bli riktigt läskigt. Jag måste ringa Tina.

Hon reste sig och försvann ut ur rummet.

Johan ringde själv upp redaktionschefen i Stockholm, Max Grenfors. Han lät andfådd på rösten. Johan kunde se framför sig hur han rände fram i korridorerna på det stora TV-huset.

– Vilken jäkla grej! Vi har morgonmöte om några minuter och efter det får vi se hur vi tacklar alltihop. Just nu är Madeleine nere på plats och två reportrar jobbar från redaktionen. Jag ringer dig direkt efter mötet så får vi se hur vi gör med Gotlandsvinkeln.

– Hur går snacket?

– Det spekuleras om det är en personlig vendetta mot just de här två personerna – att de gjort nåt jävelskap ihop som har utlöst dåden. De har en historia långt tillbaka i tiden.

– Jaså? Det var mer än jag visste.

– Jag briefar dig senare, hinner inte snacka mer nu. Förresten, du är ju i Stockholm, kan du inte titta upp på redaktionen? Man vet inte hur stort det här blir.

Ivriga röster hade hörts i bakgrunden under samtalet. Uppenbarligen var det fler som slet och drog i Grenfors. Johan kände hur han längtade dit. Ville också vara där, i hetluften. Han undrade vad Emma skulle tycka om Grenfors idé.

Han återvände till sin mammas överdådigt julpyntade kök med röda gardiner, adventsstjärna och tomtegubbar och pepparkakshjärtan som hängde i köksfönstret. Det luktade fortfarande pepparkakor efter det stora söndagsbaket de hade haft dagen före.

Två dagar återstod till julafton.

Karin Jacobsson och Thomas Wittberg satt i ett konfe-
rensrum i Stockholms polishus tillsammans med Riks-
kriminalens kommissarie Martin Kihlgård. De hade
just anlänt från Visby och skulle få en första lägesrapport.
Utanför fönstret var dagsljuset svagt, trots att klockan bara
var elva på förmiddagen. Små, ettriga snöflingor föll från den
dystra himlen. I de stora fönstren ut mot parken hade man
placerat elljusstakar som lyste varmt i det omgivande töck-
net. Stockholmarna hukade i snöyran och skyndade fram på
gatan. Ingen iddes stanna upp, se åt sidorna eller möta med-
människornas blickar. Till det var det för kallt. Så här inför
julen dövade människorna sina sinnen genom att förköpa sig
på julklappar och pynta sina hem i krampaktiga försök att
stå ut med mörkret.

Martin Kihlgård sträckte sig efter en saffransbulle från
korgen med kaffebröd på konferensbordet. Hans aptit var
omtalad, Kihlgård mumsade nästan jämt på något. Han hade
en bastant kroppshydda men var inte direkt överviktig, sna-
rare gav hans rondör honom pondus, tänkte Karin. Den in-
gav också en känsla av trygghet. Hon hade tyckt om honom

från första dagen de möttes flera år tidigare då han kom till Gotland för att hjälpa till i jakten på en seriemördare.

– Vad vet ni? frågade hon.

– Robert Ek hittades på sitt tjänsterum inne på agenturen Fashion for life, ihjälslagen med en yxa. Ett brutalt övervåld har använts, han hade flera hugg, både i huvudet och på kroppen. Skallen var kluven ner till ögonen. Det var bland det värsta jag sett.

Kihlgård skakade på huvudet så att kinderna dallrade.

– Och gärningsmannen?

– Ingen gripen än. Men vi hittade väldigt intressanta saker i sopnedkastet i natt – det som ser ut att vara mordvapnet, en blodig yxa.

Wittberg visslade till.

– Det var som fan. Är det samma som användes på Furillen?

– Det vet vi inte än. Den har skickats till SKL för undersökning. Teknikerna hittade också Robert Eks mobiltelefon. Och det visade sig att han fått sms från en annan mobil under festkvällen. Och inte vilken som helst. Han hade tagit emot ett meddelande från ingen mindre än Markus Sandbergs telefon! Närmare bestämt klockan tio över ett på fredagsnatten.

Wittberg och Jacobsson stirrade förbluffade på sin kollega.

Kihlgård gjorde en effektfull konstpaus innan han fortsatte:

– Meddelandet löd som följer: *Möt mig på agenturen om en halvtimme. Kram Jenny.*

– Det menar du inte? utbrast Karin.

– Jo, så stod det. Ordagrant. Jag har avskriften här.

– Robert Ek har också svarat efter nån minut, att han vän-

226

tar på henne. Femtioen minuter senare, kl 02:01, skrev han återigen: *Jag är här. Jag väntar på dig.*

– Dåden hör alltså ihop och meddelandet tyder på att det är samma gärningsman, sa Karin. Frågan är om det är Jenny Levin som har skrivit det eller om gärningsmannen har utgett sig för att vara Jenny för att locka Robert Ek till agenturen. Mobiltelefonen har ju legat påslagen i Flemingsberg hela tiden sen mordförsöket på Markus och där har hon inte varit, i alla fall enligt henne själv. Vad säger hon om det här?

– Problemet är att hon inte har gått att nå, men nyss fick jag veta av föräldrarna att hon sitter på planet till Visby just nu, sa Kihlgård och slängde en blick på sitt armbandsur. Hon landar väl vilken sekund som helst. Jag har bett våra kolleger i Visby att söka upp henne så fort som möjligt. Hon var en av de sista som såg Robert Ek i livet vad jag förstår. Vittnen har uppgett att de två stod och pratade med varandra i baren på festen vid tolvtiden på natten. Alltså en timme innan han gick därifrån.

– Hur såg det ut på brottsplatsen? frågade Wittberg.

– En jäkla massa blod förstås. Teknikerna har hittat skospår, men inga fingeravtryck, inga tecken på strid, inte heller några brytmärken på dörren så antingen hade Ek lämnat dörren olåst eller så hade gärningsmannen nyckel.

Wittberg höjde på ögonbrynen.

– Finns det nåt som tyder på att mördaren finns bland de anställda?

– Det är alldeles för tidigt att säga. Vi måste hinna höra fler människor och sammanställa de förhör som gjorts, det arbetet har just påbörjats.

– Och skospåren? frågade Karin. Vad kan du säga om dem?

– De kommer från en kraftigare känga med gummisula. Rätt liten storlek var det, fyrtioett.

Karin och Wittberg utbytte blickar.

– Samma som på Furillen, där hittade vi skospår i den storleken.

– Intressant, hummade Kihlgård och bet i sin bulle. En sak till, sa han mellan tuggorna. Två fyllda champagneglas och en flaska Taittinger i en ishink stod på bordet i personalrummet. Det syntes att han gjort fint med stearinljus och grejer.

– Taittinger? undrade Wittberg.

– Champagne, alltså, förtydligade Kihlgård.

– Vet man vilken tid han lämnade festen? frågade Karin. Och gjorde han det ensam?

– Vakten och garderobiären säger samma sak. Han lämnade klubben vid ettiden och de uppfattade det som att han var ensam. Det var i och för sig en del spring i dörren, många går ju ut för att röka så de var inte helt säkra, men han hämtade i alla fall sin rock själv.

– Var han berusad?

– Lite på kanelen, men inte så farligt.

– Ifall han nu var en sån kvinnokarl så hade han alla möjligheter att ta med sig nån hem den här kvällen. Frun och barnen var bortresta och han hade hela huset för sig själv. Varför föreslog han inte Jenny att de skulle åka hem till honom?

– Jo, det kan man undra, höll Kihlgård med. Fast han hade bjudit hem folk över natten, kanske ville han inte att de skulle träffa henne? Robert Ek planerade alltså inte att vara ensam i huset. Han hade bjudit in ett par manliga vänner som fått låna nyckeln och som tog med sig några tjejer från klubben.

– Hur vet ni det?

– Hans fru Erna såg att det hade varit fest i villan. Hon gav oss numret till några av hans närmaste vänner och det gav napp direkt. En av dem, som för övrigt också var med på julfesten, hade fått låna nyckeln till huset. Honom förhörde vi i natt. Han berättade att de var ett gäng som hade efterfest i villan och de antog att Robert Ek skulle dyka upp under natten. När han inte gjorde det tog de för givet att han sovit över hos nån tjej istället. Han lämnade villan på lördagseftermiddagen och lade nyckeln i en kruka på baksidan som han kommit överens med Robert om. Sen tänkte han inte mer på det.

– Hur många var där och vilka? fortsatte Karin.

– Det är väldigt luddigt. Den här killen verkar inte helt tillförlitlig. Han påstår att han var väldigt berusad och kan bara namnge en av tjejerna som var med, nämligen hans flickvän. Resten visste han inte vilka de var, det var människor han träffade på klubben och som han aldrig sett förut. Han minns inte exakt hur många som sov över, men tror att det var fyra, fem stycken. När han och tjejen vaknade på lördagen var alla borta.

– Och vem är hans flickvän? insköt Wittberg.

– Hon heter Katinka Johansson och bor i Bagarmossen. Tjugosju år. Jobbar på Seven Eleven på Grev Turegatan.

– Har nån förhört henne?

– Ja, men hon hade inget vettigt att säga. Visste knappt var hon hade tillbringat natten och kunde inte heller namnge en enda av dem som varit där, förutom pojkvännen.

Wittberg vände sig mot Kihlgård.

– Hur är det med övervakningskameror? Vid klubbens entré eller nånstans på vägen mellan klubben och agenturen? Det är ju ändå mitt i smeten på Stureplan.

– Det har vi redan tänkt på. Klubbens entré har övervakningskameror, men där syns ingenting av intresse. Vi håller på att kolla av området och lär få information om detta under dan. Sen är det bara att hoppas.

– Och grannar i fastigheten? frågade Karin. Har nån sett eller hört nåt?

Nu började Kihlgård se irriterad ut.

– Det vet vi inte än. Robert Ek hittades i går kväll, för bövelen. Dörrknackning och förhör med grannar pågår naturligtvis.

– Okej, okej.

Karin viftande avvärjande med handen.

Kihlgård tog en klunk kaffe och lutade sig tillbaka i stolen.

– Första tanken är förstås att mordet på Robert Ek och mordförsöket på Markus Sandberg har med modevärlden att göra, sa Wittberg.

– Ja, och Jenny Levin figurerar både här och vid dådet på Furillen, insköt Karin. Man undrar över hennes roll i det hela.

– Jovisst, men det kan också vara en slump. De här människorna jobbar faktiskt tillsammans. Dåden kanske inte alls har med modeindustrin att göra. Motivet kan lika gärna ligga i nåt med de här kvinnorna, Robert Ek har ett rykte om sig att vara kvinnokarl, precis som Markus Sandberg. Och hur är det med Robert Eks fru, Erna Linton? Hon är också före detta fotomodell, vad har hon för relation till Markus Sandberg egentligen? Att hon hade motiv att mörda sin man har vi fattat. Åtminstone lust – om hon nu kände till hans eskapader.

– Är det nån som vet hur han mår just nu förresten? insköt Karin. Markus menar jag.

– Jag pratade med sjukhuset i morse, sa Kihlgård. Läget är oförändrat, han är fullkomligt okontaktbar. Och ingen ljusning verkar vara i sikte, om man säger så. Tyvärr. När det gäller Erna Linton så har vi bara hållit ett kortare förhör med henne än så länge. Faktum är att vi ska träffa henne efter lunch. Ni kan sitta med som vittnen om ni vill. Men hon har alibi för mordet. Hon befann sig hos sina föräldrar i Leksand hela helgen.

– Mordet inträffade ju nattetid, kontrade Wittberg. Hur lång tid tar det att köra från Leksand mitt i natten när det inte är nån trafik? Tre timmar, kanske? Ponera att hon gav sig iväg vid elva, tolv på fredagskvällen. Kom till Stockholm vid två, tretiden. Stämde träff med sin man på agenturen och utgav sig för att vara nån annan och begick dådet. Körde tillbaka, säg halv fyra, och kom till Leksand vid halv sju. Det skulle kunna funka.

– Visst, medgav Kihlgård. Vi får kolla hennes alibi närmare. Var hon befann sig när dådet mot Markus Sandberg inträffade har jag ingen aning om.

Han samlade ihop sina papper på bordet.

– Nej, nu börjar vi bli hungriga, va? Det finns ett nyöppnat ställe nere på Kungsholmstorg som serverar en helt fantastisk husmanskost.

– Ett ögonblick, sa Karin. Bara en sak. Jag tänkte på den där finska modellen, Marita Ahonen, som Markus gjorde gravid – har du material från agenturen här, med katalog över modellerna och uppgifter om dem? Jag tänker framför allt på skostorleken.

– Ja, allt material, datorer och sånt, beslagtogs i går och finns inne på tekniska, sa Kihlgård, uppenbart besvärad över att lunchen riskerade att bli fördröjd ännu en stund. Vänta.

Han försvann ut ur rummet och nöp åt sig ännu en saffransbulle på vägen. En stund senare var han tillbaka. Färgen hade stigit i ansiktet.

– Jag fick uppgifterna på den där Marita Ahonen. Hon har storlek fyrtioett i skor.

Karin svettades i hissen på väg upp till femte våningen. För första gången var hon hembjuden till sin dotter. Bara porten gjorde henne osäker. Fastigheten måste tillhöra en av Södermalms pampigaste med sina stuckaturer och krusiduller. På den enorma marmortrappan i porten låg en tjock röd matta utrullad och i ett hörn ståtade en högrest gran som var dekorerad med glitter och ljus. I nischer stod marmorskulpturer och i taket hängde en kristallkrona. Hon hade aldrig sett något liknande. Hade hon inte vetat att Hanna var en ytterst enkel person hade hon varit skräckslagen.

På översta våningen i huset fanns bara två lägenheter i varsin ände. Den ena var Hannas.

Karin rättade till håret, tog ett djupt andetag och ringde på. Höll krampaktigt buketten med vita tulpaner framför sig.

Den gedigna dörren öppnades nästan direkt.

– Hej, Karin. Vad kul. Kom in!

Hannas soliga leende lugnade henne, den varma kramen hjälpte ytterligare. Hunden kom och viftade på svansen. Blev

232

alldeles till sig över besöket och skuttade klumpigt omkring på sina långa ben.

– Såja, Nelson. Det räcker nu.

Karin räckte fram buketten.

– Tack. Kom.

Hanna gick före in i lägenhetens kök som vette åt Maria-torget. Karin var tvungen att stanna till på tröskeln. Det var så långt ifrån ett traditionellt kök man kunde komma. En lång bardisk i svart marmor mot en knallgul vägg i mosaik, en uppochnervänd tvättbalja i zink som taklampa och väggarna var prydda med gammaldags svenska emaljskyltar som trumpetade ut olika reklambudskap för Mazetti ögonkakao, apelsinläsken Loranga, havregryn från AXA och Tre Ess margarin. Varken kylskåp, frys eller köksskåp syntes till.

Hanna tog tag i ett handtag som hade samma färg som mosaiken och genast öppnade sig ett rymligt, toppmodernt kylskåp. Karin insåg att alla köksmaskiner och skåp var inbyggda i väggen. Hanna plockade ur en flaska vitt.

– Vill du ha ett glas vin?

Karin nickade.

– Vilket läckert kök. Och jag som trodde att du hade en enkel smak.

– Skenet bedrar, skrattade Hanna.

De gick genom rum efter rum. Karin insåg att lägenheten var ännu större än vad hon trott. Längs hela första planet löpte den kungsbalkong hon hade sett från gatan. De vandrade igenom matsal, vardagsrum, arbetsrum, gästrum och ett badrum. En vacker ektrappa ledde till ännu en våning. Där låg två stora sovrum, ett gigantiskt badrum med bastu och egen liten balkong och ännu ett vardagsrum som mera liknade ett bibliotek med öppen spis och hyllmetrar med böcker och filmer.

– Det här är ju helt otroligt, suckade Karin. Hur stor är lägenheten?

– Tvåhundrafemtio kvadrat, sa Hanna. Jag har fått ärva den av min morbror. Han dog i cancer för tre år sen och han ville bestämt att just jag skulle ha den. Vi stod varandra väldigt nära. Villkoret var att jag tog hand om hans hund och bor här så länge Nelson lever. Jag fick alltså inte sälja lägenheten. Han ville inte att Nelson skulle behöva flytta, han tyckte det var tillräckligt traumatiskt för hunden att husse gick bort. Ja, han var ganska excentrisk, min morbror. Men han hade ett hjärta av guld. Dessutom lämnade han pengar på ett konto som var avsett för bara ett enda syfte, att jag skulle kunna renovera och göra om hela lägenheten efter min smak, för det förstod han att jag ville. Själv hade han inte gjort ett smack på trettio år så den var ganska nergången och sunkig. Och så har han sett till att bostadsrättsavgiften är betald i tjugo år framåt. Ja, han tog i lite. Det fattade han väl att Nelson omöjligen kan bli så långlivad.

– Vilken grej. Och dina föräldrar – hur är det med dem? Om det är okej att jag frågar alltså, skyndade hon sig att tillägga.

– Självklart. De bor kvar i vårt hus i Djursholm där jag är uppvuxen tillsammans med min lillebror, Alexander, som är två år yngre än jag. Ja, de hade försökt få barn i många år när de adopterade mig, men när jag kommit in i huset så blev mamma gravid ganska snabbt. Mamma och pappa är fortfarande gifta.

– Vad jobbar de med?

– Pappa har ett eget företag i byggbranschen och mamma är chef på en reklambyrå. Vi har en väldigt bra kontakt, särskilt jag och pappa. Att jag blev byggnadsingenjör har nog mycket med honom att göra. Ja, jag har väl alltid varit pappas flicka. Nu är nog maten klar, förresten.

De återvände till köket. Hanna pysslade vid spisen medan Karin slog sig ner vid bardisken.

– Det blir vegetarisk lasagne. Jag har inte ätit kött på tio år.

– Okej. Varför inte?

– Jag tänker på hur djuren behandlas, det funkar inte. Jag äter ingenting som har en mamma eller pappa.

– Men var drar du gränsen? Äter du till exempel ägg?

– Nej. Inte räkor heller. De har ju föräldrar.

– Jo.

Karin smuttade på vinet. Så mycket de inte visste om varandra. De var främlingar. Trots det kände hon en märklig samhörighet. Kanske var det inbillning, men hon ville ändå stanna i känslan. Njuta av att hon satt där, hemma i Hannas kök. Hon kunde sitta där i en evighet och bara betrakta sin dotter. Vila ögonen på henne.

Hur länge som helst.

Erna Linton var en snygg kvinna, lång och elegant i en knallrosa ribbstickad kofta som nästan räckte ner till knäna och turkosgröna tjocka strumpbyxor som man bara såg en glipa av ovanför de svarta, högklackade stövlarna. Lika färgstark och iögonfallande klädsmak som sin make, tänkte Karin. Hon slog sig ner på stolen i förhörsrummet som påminde om de i Visbys polishus, fast det här var större och hade ett fönster ut mot Agnegatan. Wittberg och Karin satt i ena hörnet av rummet och deltog bara som vittnen. Förhöret sköttes av kommissarie Martin Kihlgård. Han hade ordnat med kaffe och vatten och ett fat med pepparkakor. Typiskt Kihlgård, tänkte Karin. Alltid lika omtänksam.

Trots att de arbetat tillsammans så många gånger hade hon aldrig suttit med under ett förhör med Kihlgård och hon tyckte nästan att det skulle bli lika spännande som att få höra det Erna Linton hade att säga.

– Vill du ha mjölk eller socker? frågade kommissarien.

– Gärna mjölk, tack.

Erna Linton lade sitt ena ben över det andra och rörde runt med en sked i koppen. Blåste lätt på kaffet innan hon försiktigt förde koppen till munnen. Först då såg hon Kihlgård i ögonen. Blicken ändrades från vaksam till lätt förskräckt när Kihlgård frejdigt doppade en pepparkaka i kaffet och mumsade i sig den blöta, sladdriga biten. Han betraktade vänligt kvinnan på andra sidan bordet.

– Berätta om Robert. Hur var han?

Erna Lintons smala, vita hand darrade till när hon fick frågan.

– Hur menar du?

– Vad hade han för intressen, vad tyckte han om att göra på fritiden? Vad brukade ni göra tillsammans när ni gjorde nåt kul?

– Ja, jag vet inte riktigt, svarade hon tvekande. Han jobbade ju väldigt mycket med agenturen. Sen så har vi fyra barn, de tar mycket tid. Det blir inte så mycket över till annat.

– På så vis.

Kihlgård satt tyst i någon minut. Erna Linton pillade på sina nagelband. Ändrade ställning.

– Ta en kaka.

– Nej tack.

– Lite sött lugnar.

– Okej.

Hon bet i kakan och hade strax ätit upp hela.

– Hur mår du? frågade han och såg vänligt på henne.

– Inte så bra.

– Jag förstår.

Det blev tyst igen.

Erna Lintons ögon smalnade.

– Vad väntar vi på?

Kihlgård ryckte på axlarna utan att säga något. Karin och Wittberg sneglade på varandra. Vad höll han på med? Framför honom satt en anhörig som förlorat sin make på

237

det mest brutala och fruktansvärda sätt.

Erna Linton smackade lätt med tungan mot gommen innan hon öppnade munnen.

– Du kanske tror att det var jag som gjorde det? sa hon stridslystet. Är det därför du kör den här tysta taktiken? Vänta ut henne, få henne att erkänna – eller vad i helsike sysslar du med? Jag har fyra förtvivlade barn att ta hand om hemma, jag har inte tid att sitta här och stirra på väggarna. Ut med språket, vad vill du? Vad vill du att jag ska säga?

Hon slog ut med armarna och reste sig till hälften ur stolen. Kihlgård vek inte undan med blicken. Han sa fortfarande ingenting. Sekunderna gick.

– Ja, jag var förbannad på honom, han bedrog mig, men det vet ni väl redan? Hon vände sig mot Karin och Wittberg som hukade i sitt hörn. Jag är så in i märgen förbannad på honom! Vår minsta är för i helvete bara nio år gammal! Inte brydde han sig om det heller, när han körde kuken i den ena efter den andra helt utan urskillning, helt utan tanke på mig eller barnen. Sin familj! Sen gick det minsann bra att komma hem och sätta sig vid middagsbordet och spela gulliga pappan. Och vad gör han det sista han gör? Det allra sista. Han går och blir mördad och vad är det han lämnar efter sig? Jo, gruppsexparty i vårt hem och förberedelser för en romantisk tête-à-tête, medan jag befinner mig med barnen på släktkalas. Det är vad han lämnar efter sig till mig. Det är det sista minne jag ska ha av honom.

Erna Linton sjönk tillbaka ner på stolen. Tårarna rann nerför kinderna. Kihlgård sträckte sig fram och lade sin hand på hennes.

– Såja.

– Han var otrogen, snyftade hon. Hela tiden. Det var ständigt nya kvinnor.

238

– Hur vet du det?

– Jag har vetat det länge. Annars hade jag väl varit både blind och döv. Han sov över på kontoret, luktade parfym, det var orimligt ofta sena affärsmiddagar eller galafester han bara måste gå på. Nya modeller som måste tas om hand gubevars. Jag har själv varit i branschen i tio år så jag vet hur den fungerar.

– Hur då menar du?

– Men snälla rara, är ni helt blåögda här? Det handlar om konkurrens, att slå sig fram, att träffa de rätta människorna, få de bästa kontakterna, få mäktiga män på sin sida, att de ska tycka om en och uppskatta en så att man får de mest eftertraktade jobben. De som kan leda en vidare i karriären. Och ständigt denna hunger som kan driva den klokaste och mest sansade människa till vanvett. Vill du vara modell så var beredd på att vara ständigt hungrig i tio år eller så länge karriären nu varar. Ska man följa idealet hos världens största modeskapare ska man ha ett höftmått som en tolvåring. Hur tror ni att modellerna åstadkommer det? Inte genom att äta sig mätta varje dag. Hungern är blind och döv och driver en människa till att göra de mest hårresande saker. Varför tror ni att min nästan femtioårige man fick modeller i säng som var arton, nitton år? Tror ni det berodde på hans fantastiska personlighet? Knappast!

Här gjorde Erna Linton en paus och snöt sig ljudligt i en servett hon plockat upp ur väskan. Kanonaden hon avfyrat och som ursinnigt smattrat mot de kala väggarna tystnade och lämnade efter sig en bitter tomhet.

Det häftiga känsloutbrottet överraskade poliserna och fick dem att tappa målföret. Tystnaden lade sig i rummet och luften blev tjock. Ingen kom sig för att säga något.

Väggarna avvaktade, Karin och Wittberg avvaktade, bordet och stolarna avvaktade, även julstjärnan i fönstret höll andan. När Erna Linton slutligen talade igen var tonen komplett annorlunda.

– Ja, sa hon lugnt, sakligt konstaterande. Jag hade kunnat strypa honom med mina bara händer när jag såg den där ishinken med champagneflaskan. Men jag gjorde det inte. Jag dödade inte min man.

Moderedaktören Fanny Nord studerade nästkommande nummer av den stora damtidningen som var uppklistrat på väggen. Miniutskrifter av sida efter sida hade satts upp i takt med att de blev färdiglayoutade. Nu bredde hela mars stora vårmodenummer ut sig framför henne och hon hade fullständig överblick. Sidan ett till trehundrasextio. Kritiskt granskade hon uppslagen, det var modereportagen som stod i fokus för hennes intresse. De hade fyra stora modejobb i det här numret – var det tillräckligt? Bara inte värsta konkurrenten hade fler – mardrömsscenariot var att de skulle smacka på med sex modejobb i sitt vårnummer, i så fall skulle detta kännas fasligt tunt i jämförelse. Bara tanken gav henne frossbrytningar. Å andra sidan såg mixen bra ut, konstaterade hon. Det var en balansgång det där, att tilltala de äldre läsarna, chefredaktören inräknad, och samtidigt vara trendkänsliga, ligga i framkant. Det låg motsättningar i detta som inte alltid var lätta att få bukt med.

Det fick inte kännas för ungt i tidningen och modellerna fick inte vara för smala. Ändå strävade de alltid efter att ha de coolaste, hetaste namnen.

241

Inspiration till modejobben i det här numret hade hon och hennes närmaste kolleger främst hittat på Hermès och Yves Saint Laurents visningar i Paris under sensommar och tidig höst. Fast särskilt nöjd var hon med jobbet hon själv ansvarat för, inspirerat av den nye franske designern vars namn just nu var på allas läppar – Christophe Decarnin för modehuset Balmain. Tolv sidor i tidningen med rock'n'roll-chict tema, svarta korta skinnklänningar, nitar, axelvaddar och strama frisyrer, bakåtslickat hår. Punkigt och dekadent. Uppkäftigt. Bara det inte upplevs som för brutalt, tänkte hon lite oroligt. För svårt att bära för våra äldre läsare. Äsch, tänkte hon i nästa sekund. Ska vi vara Sveriges största modetidning kan vi inte tillfredsställa alla. Och de yngre läsarna är också viktiga.

Hon granskade tavlan, rynkade ogillande på näsan. Att de hade satt in en sådan ful annons där, mitt i reportaget. Det förstörde intrycket. Men ju sämre tider, desto viktigare blev annonsörerna. Hon suckade lätt och lämnade tavlan. Trots alla dubier kände hon sig nöjd med numret i sin helhet. Inte minst för att de hade lyckats få Jenny Levin i det mjukare modejobbet som hennes kollega ansvarade för. Det stod sig bra mot Balmain. Och eftersom Jenny räknades som en av Sveriges just nu hetaste modeller så satt det som en smäck att ha ett stort jobb med henne nu igen, även om hon varit med i julnumret. Hon var verkligen något alldeles extra.

På väg tillbaka till sitt skrivbord passerade hon postfacken, hon fick med sig en rejäl bunt i farten. Slog sig ner vid skrivbordet i det stora, röriga rummet där hon satt med den andre moderedaktören och en bunt assistenter. Överallt hängde kläder på galgar, på golvet stod en massa kassar proppfulla med kläder, papper, böcker, tidningar låg överallt. Arbetet var så hektiskt och intensivt att de aldrig hann röja upp. Hon började sprätta upp kuverten samtidigt som hon höll ett öga på datorn och de mejl som hunnit trilla in under förmiddagen. Ett brev fångade hennes intresse. Vid första anblicken såg hon bara att det innehöll ett hopvikt papper med ord urklippta ur tidningar som bildade ett meddelande.

Hennes första tanke var att det var ännu ett inbjudningskort till en modevisning. En ovanligt kreativ ny designer som i sin inbjudan ville väcka uppmärksamhet. Sticka ut. Sedan såg hon texten. Den bestod bara av två ord. *Ni dödar.* Förbryllad läste hon den korta meningen igen.

Hon vände på kuvertet. Var det verkligen adresserat till henne? Ja, hennes namn stod där. Hon tittade upp på arbetskamraterna som satt inbegripna i sina egna projekt runt om i rummet. Hon ropade på sin kollega Viktor och tecknade åt honom att komma.

– Kolla här vad jag har fått.

Hon räckte honom papperet. Han läste under tystnad. Rynkade pannan. Hämtade en stol och satte sig intill henne.

– Vad fan är det här? sa han i lågmäld ton.

Han ville inte oroa assistenterna i onödan. Båda satt med nerböjda huvuden och stirrade på det kryptiska meddelandet. Fanny erfor en ilning utefter ryggraden. Med tanke på den senaste tidens fruktansvärda händelser så kunde hon inte annat än att känna en stigande fasa när hon läste de två urklippta orden och meningen de bildade. Hon tänkte på det stora numret de just nu höll på att förbereda och hon fick kalla kårar när hon drog sig till minnes innehållet i julutgåvan. I sista stund hade de kastat in modereportaget från Furillen som en bilaga. En annan fotograf hade bearbetat Markus Sandbergs fantastiska bilder på Jenny Levin. Dessutom hade de för att hedra Markus lagt in en artikel om honom och hans karriär i anslutning till modereportaget. Var det därför de nu fick detta brev skickat till sig? Och vad menade brevskrivaren med att de dödade? Fanny Nord förstod ingenting, det hela var ytterst olustigt.

– Vi måste prata med Signe, sa hon.

– Absolut, höll Viktor med. Det här är ju för fan allvarligt.

Chefredaktören Signe Rudin satt i ett eget rum intill. Hon putsade glasögonen innan hon läste meddelandet.

– Nu gäller det att inte dra för stora växlar på det här, mumlade hon sedan.

– Vad menar du? invände Fanny upprört. Det här är skitläskigt. Han kan vara ute efter oss nu – eller mig rättare sagt, mitt namn står ju på kuvertet. Hon damp ner på stolen mitt emot chefredaktörens skrivbord. Jag fattar inte, varför skickar han det här till just mig?

– Ja, det är verkligen konstigt, medgav Signe Rudin. Vore han ute efter modebranschen i största allmänhet eller tidningen i synnerhet så borde han ha skickat brevet till mig.

– Herregud – vad har jag gjort? Varför hotar han mig? Jag fattar ingenting!

Chefredaktören granskade brevet. Det var ett vanligt vitt kuvert, adressen var handskriven med svart kulspetspenna. En liten, ganska spretig handstil. Naturligtvis saknades avsändare. Och så kortet, ett vanligt dubbelkort utan motiv som gick att köpa i vilken pappershandel som helst. Orden var urklippta i sin helhet, det rörde sig alltså inte om olika bokstäver, på klassiskt manér som hon sett på film och i TV-serier.

Signe Rudin tog av sig sina skuggade läsglasögon, strök en hårlänk från ansiktet och såg på Fanny.

– Vi kan inte göra för stor grej av det här. Det är som bekant inte helt ovanligt att vi får ta emot hotbrev. Det här kan handla om i stort sett vad som helst. Vi har ingen aning. Sen är det inte direkt riktat mot dig heller. Ingen har ju uttalat hot mot dig personligen.

– Nej, men det hindrar inte att jag tycker det är jäkligt otäckt. Jag känner mig skärrad. Jag kommer inte våga gå ut på gatan efter det här.

– Det gäller att inte rusa iväg i det här läget.

– Vi måste väl ändå ringa polisen? Tänk på vad som har hänt.

– Jag vill prata med förlagschefen först och främst och se vad hon tycker. Sen får vi se hur förlaget bestämmer sig för att agera härnäst.

Signe Rudin smällde ihop kortet och lade tillbaka det i kuvertet.

Fanny kände sig både överkörd och maktlös. Som om hotet mot henne inte togs på allvar. Men när chefredaktören hade den där bestämda rösten kunde inget ändra hennes beslut.

På darriga ben återvände hon till sitt rum. Blev sittande och stirrade tomt framför sig. Kanske var det som Signe sa, att brevet bara var ett i raden av obetydliga tokbrev som redaktionen fick ta emot. Jo, så var det nog, försökte hon intala sig.

Men känslan av obehag ville inte försvinna.

När juldagsmorgon glimmar jag vill till stallet gå...
Agnes vaknar av radions skvalande nerifrån köket. Hon har fått permission över julen och har rest hem till Gotland. Pappa hämtade henne på avdelningen, ensam som tur var, och körde henne i rullstol. Personalen vill inte att hon ska gå själv när hon är utanför avdelningen eftersom hjärtat är så svagt.

De tog flyget till Visby och Agnes började gråta när de gick in för landning och hon såg den gotländska kusten under sig. Hon insåg på allvar hur mycket hon saknat hemmet.

I fem dagar har hon permission. Och det bästa av allt. Hon och pappa ska vara själva, bara de två. Hon hade nästan tagit för givet att Katarina skulle tränga sig på, eftersom hon varit med varenda gång pappa hälsat på Agnes på sjukhuset. Men när de talades vid senast berättade han att de skulle vara ensamma, precis som förra året.

Hon tittar upp i snedtaket, njuter av att få ligga i sin egen sköna säng i villan hemma i Visby. Hon borrar in ansiktet i kudden, den är mjuk mot kinden. Det gamla påslakanet har hon haft i alla år. Det känns tryggt och hemtamt och påminner om en annan tid. Tiden då hon hade en mamma, en pappa och en storebror. Då hon var frisk och hade kompisar. Gick i skolan som alla andra. Hon kan inte få tillbaka den tiden, men hon kan gosa in sig i det gamla påslakanet och låtsas en stund. Drömma sig tillbaka, låta minnena skölja över henne. Nästan alltid när mamma och Martin dyker upp i huvudet så vill hon tränga bort dem så fort som möjligt. Få dem att försvinna. Hon vill inte minnas, orkar inte se deras ansikten framför sig eller höra deras röster. Men här, hemma i sängen, kan hon låta det ske. Och det känns befriande på något vis. Hon drar täcket över huvudet, känner den välbekanta doften av hemma. Frammanar bilden av mamma. Kryper in i en låtsasvärld, sin egen trygga kokong och låter sig omslutas av täckets värme, påslakanet som mamma köpte på Ikea en gång när de var i Stockholm för länge sedan. Det finns kvar här, men inte mamma. Tanken är absurd. Hur kan ett simpelt påslakan överleva en människa? Men hon vill inte tänka på det nu. Hon vill drömma sig bort, dra tillbaka tiden några år. Låtsas att allt är som det var då hon var tolv. Hon ska snart gå upp och äta frukost med de andra, sedan ska hon gå till skolan. Bästa kompisen Cecilia brukade alltid komma och hämta henne. Vänta i dörren medan hon klädde på sig. Sedan gick de tillsammans. Det verkar som en dröm när hon tänker på det nu.

Hon betraktar tapetens mönster och känner sig lättare om hjärtat än på länge. De ska äta en lång frukost, har pappa sagt, och sedan gå ut på promenad som de alltid gjorde när mamma och Martin levde. Båda hade brustit ut i skratt när han sa *lång frukost*. Alla måltider med Agnes tar lång tid eftersom hon tar så god tid på sig. Och promenaden skulle innebära att han drog henne fram i rullstolen så gott det gick på snömoddiga gator. Men vad gjorde det? De skulle vara tillsammans, pappa och hon.

Hon stryker med fingret längs takbjälken ovanför huvudet där tapeten sitter lite löst och där hon som liten petade hål många gånger och fick åthutningar av mamma. Agnes ser hennes ansikte framför sig. Fortfarande är det så levande.

Tiden efter olyckan minns hon knappt. Hur de fick dagarna att gå. Utåt sett försökte pappa klara vardagen, men hon hörde hans gråt från deras sovrum sent om kvällarna. Tidigt varje morgon steg han upp och åkte iväg som vanligt till sitt jobb som byggnadssnickare. Trots många släktingars och vänners inrådan vägrade han hårdnackat att sjukskriva sig. Han ville hålla fast vid det som var normalt, det som gav struktur i kaoset. Någon psykolog ville han inte gå till, tyckte att han klarade sig själv. Agnes oroade sig för att han var så ensam. Själv stannade hon hemma från skolan tills efter begravningen. Hon orkade inte möta omgivningens blickar, alla frågor om hur hon mådde.

Begravningen blev en ångestladdad skräckupplevelse som hon helst ville glömma. Det var när de sänkte kistorna i jorden, samtidigt och bredvid varandra, på kyrkogården som det för första gången gick upp för henne att mamma och Martin verkligen var borta för alltid. De skulle aldrig någonsin mer komma tillbaka. De där sekunderna när kistorna försvann ner i den mörka jorden, när de stod där, svartklädda med stora vita flingor fallande omkring sig, blev det för mycket för henne. Det var som om starka händer tog tag om hennes strupe och kvävde henne, det svartnade för ögonen och hon föll ner på den kalla, fuktiga jorden.

Veckorna efter begravningen hade Agnes som tur var stor hjälp av sina kompisar, särskilt bästa vännen Cecilia som hon kunde sitta med i timtal och prata om mamma och Martin.

Cecilia tröttnade aldrig, hon lyssnade, stöttade och hjälpte Agnes så gott hon kunde. Det var innan Cecilia övergav henne. Det svider till när hon tänker på det. Nu har hon inga kompisar alls kvar.

Pappa var så rörande i sina omsorger, tyckte hon. Även om hon förstod hur mycket han måste lida så var han noga med att inte lasta henne med sin sorg. Några enstaka gånger hade han gråtit öppet sedan begravningen. Som när de rensade ut Martins rum, packade ner hans tillhörigheter i kartonger. Pappa kunde inte med att kasta bort något. Han hade tvättat Martins kläder som låg i smutskorgen, vikt dem fint och lagt tillbaka dem i hans lådor och garderob. Utom en tröja som han sparat, en blå collegetröja med tryck som han snusade och luktade på när han trodde att ingen såg. Agnes hade också sparat en av Martins T-shirtar som hon förvarade i en låda i byrån. Plockade fram då och då och tryckte mot ansiktet, borrade in näsan. Så länge doften av Martin fanns kvar så var han fortfarande lite levande. En bit av honom, ett fragment att hålla fast vid så länge det bara gick. Hon hade gråtit en hel natt när hon upptäckte att hon inte kunde känna lukten längre.

Den där söndagen då de hade bestämt att de skulle packa ner Martins saker så satt de där, i hans rum på övervåningen medan regnet smattrade mot hustaket. En efter en av sakerna lade de ner i en kartong, de arbetade långsamt och försiktigt och lät varandra se och röra varje föremål. Det hade varit plågsamt. Martin var så närvarande i rummet, sängen han sovit i, skrivbordet han suttit och gjort läxor vid, TV:n på väggen som han varit så stolt över att han kunnat köpa för pengar han jobbat ihop på ICA Maxi där han arbetade ibland på helger och kvällar. Anteckningar han gjort i skolböcker och i sin kalender. Texterna fanns kvar, men inte Martin. Han skulle aldrig mer komma tillbaka.

Försiktigt kliver hon ur sängen och fortfarande insvept i det tjocka duntäcket byltar hon på sig ännu ett par mjukisbyxor ovanpå dem som hon sovit i, två tunnare bomullströjor, en fleecetröja, sina termotofflor och till sist mammas gamla stickade långkofta som hon brukade ha på landet. Hon går på toaletten.

Radion står på nerifrån köket, som vanligt med ganska hög volym. Hon hör ändå att pappa pratar i telefon. Hans enträgna röst tränger igenom skvalet och hon uppfattar lösryckta meningar. *Men du måste förstå, Katarina... Agnes behöver... Jag vet att du är ensam... Nej, det funkar inte... Vi hade ju kommit överens om...*

Agnes stannar upp och lyssnar intensivt. Hennes pappas röst blir alltmer enträgen, sedan bevekande och mjuk, kärleksfull och till sist irriterad och arg. *Men kan du inte ha den minsta förståelse för... Agnes är allvarligt sjuk... Hon behöver mig... jag förstår att det är svårt för dig som inte har barn men så är det... barnen kommer alltid först i alla lägen och så måste det vara, det är vår plikt, vi som föräldrar, vi har ett ansvar även om du har väldigt svårt för att fatta det.*

Rösten höjs och Agnes kan nu uppfatta vartenda ord.

Nej, du kan inte komma hit. Nej, jag och Agnes måste få vara i fred. Vi har ju redan pratat om det här. Nu ringer du inte fler gånger, hör du det?

Agnes hör hur han slänger på luren. I nästa sekund stängs radion av. Det blir tvärtyst.

Hon väntar en lång stund innan hon går ner.

Stämningen var förväntansfull när Knutas slog sig ner på sin vanliga plats vid konferensbordets ena kortsida. Inte nog med att mordet på chefen för Fashion for life just inträffat, de senaste timmarna hade olika spekulationer surrat i luften på kriminalavdelningen, alla förstod att det troligen hänt något annat nytt och viktigt i utredningen, men ingen visste vad. Knutas hade suttit med stängd dörr och pratat oavbrutet i telefon under hela eftermiddagen och ingen hade vågat störa. När han nu snabbt kallat ihop spaningsledningen till ett extramöte sent på måndagseftermiddagen var alla nyfikna på att höra vad som var på gång.

Samtligas ögon riktades mot spaningsledaren när han berättade om hotbrevet som skickats till modetidningens redaktion.

– Det är tydligen inte helt ovanligt att redaktionen får ta emot hotbrev, förklarade Knutas. Enligt chefredaktören kan det handla om att tidningen visar upp en modell klädd i päls så att djurrättsaktivisterna reagerar eller att folk anklagar dem för att vara rasister för att de så sällan har svarta modeller på omslaget, eller så blir de anklagade för att uppmuntra anorexia. Men just det här specifika brevet anlände alltså till redaktionen dagen efter att Robert Ek hittades mördad. Och det var inte adresserat till chefredaktören eller tidningen i största allmänhet, utan det hade moderedaktören Fanny Nords namn på kuvertet, avslutade han.

Kriminalteknikern Erik Sohlman var den första att kommentera innehållet.

– Urklippta bokstäver är ju en gammal klassiker. Men att brevskrivaren först har bemödat sig om att klippa ut bokstäver och ändå har skrivit adressatens namn för hand verkar mer än lovligt amatörmässigt.

– Fast det var alltså inte olika urklippta bokstäver utan han har nöjt sig med hela ord, poängterade Knutas. Två ord, alltså i olika färg och teckensnitt, men som verkar vara från samma tidning. Ett magasin av något slag. Att han har skrivit själv på kuvertet tyder som sagt på att det inte är något proffs vi har att göra med. Finns anledning att kontakta en grafolog för att tolka handstilen?

– Knappast, sa Sohlman. Vi har ju inget jämförelsematerial. Brevet har väl redan skickats till SKL för DNA-undersökning, antar jag. Var är det poststämplat?

– I Stockholm i går. Det lades alltså troligen på lådan efter mordet på Robert Ek.

– Om orden är tagna från samma tidning borde det inte vara omöjligt att få fram vilken det är, sa Karin. Har vi nåt foto på det där brevet?

– Det kommer, sa Knutas. Och Stockholm jobbar säkert med den saken. Fast vi ska nog inte hoppas för mycket. Bara för att man lokaliserar tidningen behöver det inte betyda nåt för utredningen. Det finns ju hur många tidningar som helst i det här landet.

– Och de kommer inte från modetidningen? frågade Karin.

– Tydligen inte.

– Hur är det med fingeravtryck? frågade Sohlman.

– Det fanns en massa på kuvertet, självklart, men inga på själva meddelandet. Avsändaren har använt handskar.

– Frågan är nu alltså om det är den gärningsman vi söker som har skrivit brevet. Och vad betydelsen är av att det är adresserat just till Fanny Nord, sammanfattade presstalesmannen Lars Norrby och anlade en viktig min.

– Vad vet vi om henne? frågade Smittenberg och vände sig mot Knutas.

– Inte så mycket, sa han och bläddrade i sina papper. Hon är tjugonio år gammal och trots sin unga ålder har hon arbetat i tio år på tidningen. Hon började tydligen som assistent direkt efter gymnasiet när hon bara var nitton. Sen har hon arbetat sig upp och nu är hon både stylist och moderedaktör. Alltså, hon arbetar både med att styla modeller på visningar och fotograferingar för tidningens räkning och lägger upp och planerar modereportage, och så skriver hon också egna artiklar.

– Värst vad du var insatt, log Smittenberg.

– Jo, hon var väldigt pratsam och trevlig, den här Fanny Nord. Om än nervös. Hon är orolig för att brevskrivaren är en galning som är ute efter henne. Och så frågar hon sig förstås varför just hon skulle få ta emot ett brev där det står *Ni dödar.*

egionalnytts huvudredaktion låg inrymd i det stora TV-huset vid Gärdet i Stockholm. När Johan klev in genom glasdörrarna dagen före julafton gungade det till i magen. TV-huset var ändå TV-huset.

Redan i den långa korridoren på väg mot nyhetsredaktionerna stötte han på flera gamla kolleger som hälsade glatt och stannade och småpratade. Det tog honom en kvart bara att ta sig fram till Regionalnytt och det var på håret att han kom för sent till morgonmötet. De flesta hade intagit sina platser i soffgruppen i bortre hörnan av redaktionen. Han möttes av glada tillrop och ryggdunkningar när hans forna arbetskamrater fick syn på honom. Johan blev rörd, han kände sig välkommen. Plötsligt gjorde det honom ingenting att jobba dagen före julafton. Emma hade dessvärre inte riktigt samma syn på saken. Hon var inte glad över att ha blivit lämnad ensam med svärmor i villan i Rönninge, även om de kom hyfsat bra överens. Han fick kompensera henne senare. Kunde bara inte säga nej nu när det hände så stora saker. Han och Max Grenfors hade bestämt att Johan skulle hoppa in tillfälligt i så många dagar som det behövdes, beroende på hur mordfallet utvecklades.

Som vanligt drog redaktören gårdagskvällens sändning först, inslagen diskuterades och kritik framfördes mot sådant som inte fungerat som det skulle. Det stora samtalsämnet var givetvis mordet på Robert Ek.

– Det här blir vår toppgrej även i dag om inget annat stort händer, förklarade Max Grenfors. Johan kommer att hoppa in tillfälligt här i Stockholm, vilket vi är väldigt glada för. Han ska framför allt ägna sig åt researcharbete. Andreas och Madeleine fortsätter som vanligt med den regelrätta bevakningen av fallet, självklart i samarbete med Johan. Morgontidningarna har slagit upp detta stort och så här ser kvällstidningarna ut i dag.

Han sträckte sig efter den största kvällstidningen vars omslag dominerades av en stor bild på hur Robert Eks övertäckta kropp bars ut på bår från modellagenturens fastighet mitt i city. Rubriken löd med stora svarta bokstäver *Fashion for death*.

– Fyndigt, sa Grenfors torrt. I går hade vi bara presskonferensen och en polisintervju, i dag vill jag att vi pratar med anställda på agenturen. Det tar du hand om, Andreas. Madeleine jagar spaningsledaren och nån kriminolog eller gärningsmannaprofilexpert som kan säga nåt om tillvägagångssättet. Jag menar, båda offren har huggits besinningslöst med en yxa. Vad fan säger det om gärningsmannen? Johan gräver i kopplingar mellan Robert Ek och Markus Sandberg. Vi börjar så tills vidare så får vi väl se hur det här utvecklas under dan.

– Vad gör vi åt julfesten som agenturen hade på fredagskvällen? frågade Johan. Det troliga är väl att han mördades i samband med den?

– Polisen har inte bekräftat det än så länge, men visst – det

255

får du, Andreas, luska vidare i när du ändå pratar med de anställda.

– Var Jenny Levin med på festen? undrade Madeleine.

– Det tror jag.

– Borde vi inte försöka få tag i henne? Det var ju hon som hittade Sandberg och nu har hon varit med här också.

Madeleine vände sig mot Johan.

– Har inte du kontakt med henne?

– Jo, Emma är god vän med Jennys mamma, Tina Levin. Jag kan söka henne i dag. Risken är väl att hon har åkt hem till Gotland för att fira jul, men Pia kan säkert intervjua henne i så fall. Vi har ju redan träffat henne en gång.

– Bra, sa Grenfors och slog ihop händerna. Då sätter vi igång.

Alla bröt upp och Johan, Andreas och Madeleine hämtade kaffe i automaten medan de pratade om hur de skulle fördela arbetet sinsemellan. Johan insåg hur mycket han saknat detta, flera arbetskamrater att samarbeta med. Lite puls och fart. Morsandet och småsnackandet med kolleger från alla andra redaktioner som satt samlade i huset. Han hade blivit tilldelad skrivbordet bredvid Madeleines. Han kikade på henne i smyg när de satte sig. Hon var lika snygg som vanligt. Hade inte förändrats ett spår på de tio år han känt henne. Hon såg exakt likadan ut, liten och nätt med fylliga bröst, stora djupblå ögon och nästan svart hår. Ett bländande leende som fortfarande gjorde honom svag i knäna. De hade haft en liten flirt för många år sedan, innan det blev seriöst mellan honom och Emma och han blev stationerad på Gotland. Han var tvungen att erkänna för sig själv att hennes kvinnlighet fortfarande påverkade honom.

Han sträckte sig efter telefonen. Nu hade han annat att tänka på.

Knutas granskade bokstäverna framför sig. Han hade behållit en kopia av hotbrevet som skickats för analys. De två orden stirrade emot honom. *Ni dödar.*

Han tog fram ett förstoringsglas ur byrålådan och granskade typsnitten. Orden var uppklistrade lite slarvigt som om det gjorts under brådska eller i affekt. Han läste den korta meningen igen. Vad i all världen menades?

Han hade beställt alla modetidningens nummer sedan ett år tillbaka för att försöka utröna om han kunde hitta någon ledtråd. Den kom ut med fjorton nummer per år. Han tog tag i högen och sysselsatte sig de närmaste timmarna med att noggrant bläddra igenom dem. Särskild omtanke ägnade han chefredaktörens ledare och de modereportage och spalter som modeledaktören Fanny Nord ansvarat för.

Efteråt hade han en lätt huvudvärk och var proppfull av mode och skönhetstips och undrade i sitt stilla sinne hur kvinnorna orkade med allt detta trams. Men det var bara att försöka hänga med i svängarna. Detta måste vara ett magasin för en liten klick välbärgade storstadsbor som inte hade något annat för sig än att ständigt och jämt fokusera på sitt yttre. Som en tävling i att vara snyggast och mest moderiktig, en skönhetstävling som aldrig tar slut. Han förstod det helt enkelt inte. Kvinnorna som förekom på bilderna var så långt ifrån hans jordnära Line man kunde komma. Ändå var han inte dummare än att han förstod att tidningen riktade sig mot just sådana som hon. En kvinna i fyrtioårsåldern med tillräckligt god ekonomi för att ha möjlighet att köpa kläderna som visades upp på de flashiga bilderna. Om hon bara haft intresse.

Han suckade tungt och lade ifrån sig hela bunten, utom det senaste numret. Julnumret hade en extrainsatt bilaga med bilderna på Jenny Levin från Furillen, de sista fotografier som Markus Sandberg tagit innan han utsattes för mordförsöket.

Mot den karga bakgrunden och det speciella blågrå dagsljuset framträdde Jenny Levin och de kläder hon bar på ett mycket speciellt sätt. Det var en förtrollad stämning i bilderna som drog blicken till sig, fångade in den som en magnet och höll den kvar. Fascinerande, tänkte han. Osäker på om det berodde på allt som hänt med de inblandade sedan bilderna togs eller om de helt enkelt bara ägde denna inneboende mystik, oavsett allt runt omkring. Jenny tittade in i kameran med bara en antydan till leende i blicken och mungipan på vissa bilder. På andra var hon allvarlig och då var blicken sugande och intensiv. Han glömde titta på vilka kläder hon bar, han såg bara henne. Vem var Jenny Levin innerst inne? Man kunde nog lätt bli förledd av hennes exotiska yttre, det var väl därför hon var modell.

Tidigare under dagen hade Knutas fått tag i henne per telefon hemma hos föräldrarna. Hennes mamma hade vädjat till polisen att låta dottern fira jul i fred och de hade nöjt sig med ett telefonförhör. Jenny hade inte någon aning om var Markus Sandbergs mobiltelefon hade tagit vägen och följaktligen inte skickat något sms. Något gjorde att han trodde henne.

Hans blick vandrade mellan bilderna. Intet ont anande hade Markus Sandberg fotograferat och lagt ner hela sin själ för att de skulle bli så bra som möjligt. Några timmar senare var han näst intill ihjälslagen. Hur hängde detta ihop?

I anslutning till modereportaget fanns en artikel om Sandberg. Han var verkligen en stilig karl, tänkte Knutas. Inte konstigt att han gick hem hos kvinnorna. Lite lagom brunbränd och väderbiten. Klara, blå ögon, tänder vita som i en Colgatereklam. Artikeln handlade om Markus Sandbergs karriär, hur han gått från att vara en flickfotograf med skamfilat rykte till populär rikskändis och en av Sveriges hetaste och mest respekterade modefotografer. Nu tydde allt på att Markus Sandberg aldrig skulle kunna arbeta igen.

Knutas hade pratat med den ansvarige läkaren Vincent Palmstierna tidigare under dagen och Sandbergs tillstånd var snarare sämre än tidigare. Han hade genomgått ytterligare en operation, men det hade tillstött fler komplikationer och konsekvenserna var läkarna fortfarande osäkra på. Han låg återigen i koma. Ett sorgligt öde. Knutas släppte tidningen för ett ögonblick och lutade sig tillbaka i stolen. Stoppade pipan medan han funderade. Hade modereportaget från Furillen och hyllningsartikeln till Markus Sandberg orsakat hotbrevet till tidningsredaktionen? Han slog numret till chefredaktören och frågade när julupplagan kunde börja läsas.

– Vi var väldigt snabba med det där, förklarade Signe Rudin. I vanliga fall har vi tre månaders pressläggning, men vi tyckte efter det fruktansvärda som hände Markus att vi ville ha in reportaget så fort som möjligt. Vi visste ju inte hur det skulle gå med honom, då i början tydde ju faktiskt allt på att han inte skulle överleva. Och eftersom han jobbade så mycket för oss och har gjort i så många år, så...

– Ville ni vara först? fyllde Knutas i.

– Nja, så vet jag inte om jag skulle uttrycka saken, sa chefredaktören harmset. Vi tyckte det var angeläget att hylla en fotograf som haft så stor betydelse för tidningen. Det kändes också helt rätt att publicera bilderna från Furillen.

– Ni har ju formulerat er ganska anmärkningsvärt. Knutas läste högt: *De sista bilderna från Markus Sandberg – så jobbade en mästerfotograf.* Här låter det som att han redan är död.

– Med tanke på Markus skador så kan vi väl alla vara överens om att han inte kommer att fotografera mer. Plus att man kan ju se det som att dessa är de sista bilderna han tog innan han blev attackerad – det förstår du om du läser själva artikeln inne i tidningen.

Nu började Signe Rudin låta riktigt irriterad.

– Visst, sa Knutas torrt. Men vad jag egentligen vill veta är hur tidigt allmänheten kunde ta del av det här reportaget. När kom tidningen?

– Den tolfte december, dagen före lucia.

– En vecka innan Robert Ek mördades, sa Knutas.

– Det stämmer, sa chefredaktören och nu kunde han ana att hon lät skärrad på rösten. Tror du att vi har fått hotbrevet på grund av artikeln?

– Det kan man bara spekulera om, svarade Knutas. Men hela modereportaget och den flera sidor långa hyllningsartikeln kan ha retat upp vår gärningsman.

– Hur kommer i så fall Fanny med i bilden? Varför var brevet adresserat till henne? Hon har ju ingenting med vare sig reportaget eller artikeln att göra. Det var en annan person som var stylist på Furillenfotograferingen och artikeln om Markus har jag själv skrivit.

– Det är just den frågan vi ska försöka hitta svaret på.

På långt håll syntes ljusen glimma från Gannarve gård. Facklor brann på bägge sidor om allén av gamla knotiga ekar som ledde upp till egendomen. På stallbyggnaden och lammhuset hade lyktor hängts upp och de spred ett milt sken i vintermörkret. Snöandet den senaste veckan hade bidragit till ett tjockt snötäcke på marken som gav gotlänningarna något så ovanligt som en vit jul. På julaftons kväll var det fullt i huset på gården. Familj och släktingar hade kommit långväga ifrån för att fira julen tillsammans. Överallt brann stearinljus, brasor sprakade i flera öppna spisar och det doftade julmat, glögg och pepparkakor.

Ett glatt sorl fyllde rummen medan alla rätterna avnjöts vid långbordet. Jennys bägge syskon var där, flera kusiner och andra släktingar. Morfar och mormor. Middagen hade varit så trevlig att Jenny under långa stunder lyckats koppla bort allt det otrevliga som hänt. Det var skönt att vara hemma.

Jenny hade fått en chock när hon insåg att det var i Robert Eks säng hon tillbringat fredagsnatten – samma natt som han mördades. Hon började undra om hon var föremål för en komplott. Hur kom det sig att hon drogades just den kvällen när det aldrig hänt henne förut, trots att hon hunnit röra sig ute i svängen en hel del? Att Markus misshandlades när han var bortrest på ett jobb med just henne? Att gärningsmannen i sitt sms utgett sig för att vara henne när han ville locka Robert Ek till agenturen? Var det bara en olycklig slump att hon råkade befinna sig i närheten när de båda offren attackerades eller fanns en uttänkt plan bakom? Gång på gång tänkte hon på mannen hon sett utanför porten på Kungsholmen.

Fortfarande hade hon inte berättat för någon om händelsen. Hon ville inte oroa föräldrarna. Samtidigt hade mordet på Robert Ek skakat om henne rejält. Hon kanske borde prata med någon ändå. Möjligtvis polisen. Den där Knutas var faktiskt trevlig. Fast det kändes väl drastiskt. Han kanske bara skulle skratta åt henne. Mannen hade ju inte gjort något, han hade inte hotat henne, inte ens närmat sig henne eller tilltalat henne. Troligen handlade det bara om hennes egna hjärnspöken.

Hon kände värmen av människorna omkring henne, hörde skratten och pratet. De där hemskheterna kunde väl ändå inte handla om henne? Hon var bara en modell som arbetade för agenturen, en av många. Hon kunde till och med byta agentur om hon ville. Fast så långt var hon ändå inte beredd att gå.

Hon var röksugen, men drog sig för att smita ut i kylan och tjuvröka just nu. Istället tackade hon ja till mera vin och bestämde sig för att inte tänka mer på alla galenskaper som hände inom agenturen. Hon hade ett par mindre jobb i Stockholm under nästkommande vecka, sedan skulle hon resa till New York för att gå en prestigefylld visning för Diane von Furstenberg. Därefter väntade Paris. Hela världen låg för hennes fötter och hon tänkte inte låta det som hänt på agenturen hindra henne. På juldagen skulle hon gå ut i Visby med alla sina gamla kompisar. Hon längtade efter att träffa dem och få vara den gamla vanliga Jenny. Åtminstone för en stund.

Klarar du dig nu då, gumman? Pappa böjer sig ner över soffan och ger henne en försiktig puss på kinden. Han rättar till filten hon ligger insvept i.

– Du fryser väl inte? Jag kommer hem i god tid före Kalle Anka och fixar fika. Är du säker på att du inte vill ha nåt?

– Nej, tack. Det är bra.

Det är julafton och han ska åka hem till farmor och farfar och byta julklappar. De vill förstås att hon ska följa med, men hon orkar inte. De bor ända borta i Klintehamn och pappa har förklarat att Agnes är för svag. Hon har pratat med farmor i telefon och de har kommit överens om att ses på juldagen istället. Hon har inte träffat dem på flera månader.

Dörren slår igen efter pappa och det enda ljud som hörs kommer från TV:n. Han har hyrt flera filmer till henne, för hon orkar inte så mycket annat. Hon tittar på en amerikansk komedi som känns ganska fånig. Hon blir inte så engagerad. Pappa har bullat upp med kuddar och filtar i soffan. Ändå känner hon hur det kryper i kroppen. Blicken glider iväg utefter väggarna i rummet. Pappa har plockat fram den gamla vanliga julstjärnan som de alltid har i vardagsrummet.

Den är lite finare än de andra. Han har till och med skaffat gran. En söt, men lite ojämn gran, som de klädde tillsammans kvällen före, samtidigt som de grät en skvätt. Julen framkallar minnen av mamma och Martin. Det är tredje julen utan dem. Det känns ovant och konstigt att ligga här i soffan, ensam hemma. Som att flyttas tillbaka i tiden. Soffan, tapeten och vardagsrumsbordet är desamma. Julduken på bordet har mamma broderat. Agnes lutar sig fram och sniffar på den. Som om hon kunde känna mammas doft fortfarande. I bokhyllan står porträtt av mamma och Martin. Bredvid har pappa placerat familjefotot från Grekland, taget sommaren före olyckan. Hela familjen med Naxos hamn i bakgrunden, leende och solbrända. De hade hyrt ett hus tillsammans med en annan familj på den grekiska ön i två veckor. Den semestern var den bästa de haft, hon minns hur de brukade sitta i skuggan på terrassen under sena eftermiddagar och spela kort efter en lång dag på stranden. De hade pratat om att åka dit igen. Men livet ville annorlunda.

Hon känner hur tårarna kommer, men orkar inte gråta igen. Sätter sig mera upprätt i soffan, tar en klunk ur vattenglaset på bordet och försöker koncentrera sig på filmen. Det går inget vidare. Hon kallsvettas och krypningarna i händer och fötter tilltar. Hon är hungrig. De har just ätit lunch, men när pappas mobil ringde från jackfickan i hallen och han gick ut för att svara öste hon ner halva portionen i soporna. Fick dåligt samvete efteråt. Hon vill ju faktiskt bli bra, det vill hon. Innerst inne. Det kanske var dumt att hon kastade bort maten, det är väl därför hon känner sig så svag nu. Hon borde äta något, något litet bara. Så att hon mår bättre.

Hon går ut i köket och öppnar kylskåpsdörren. Hungern ropar i henne. Hon ska bara titta på maten i kylen. Bara titta.

Och kanske välja något litet så att hon inte mår så dåligt. Ljuset från kylskåpet är milt i det dunkla köket och det surrar svagt och välbekant. Det var länge sedan hon lyssnade till det ljudet. Hon håller i dörren som ett stöd medan hon betraktar innehållet. Allt ser jättegott ut. Blicken glider över osten, skinkan, rödbetssalladen, julkorven. Den fastnar på en skål med hemlagade köttbullar, stora, mörka och lite oregelbundna i formen. Precis som de ska vara. Som mammas som hon älskade. Pappa har berättat att han har gjort dem exakt efter mammas recept. Och de ser lika goda ut. Men de kan hon ju inte äta, då är hon fullständigt förlorad. Tar hon en kommer hon inte att kunna hejda sig utan sätta i sig hela skålen. Hon önskar att någon kom hit och tvingade henne att äta allihop. Så att hon slapp bestämma själv. På hyllan under ligger en kartong körsbärstomater, det verkar minst farligt. Hon kan ta några stycken.

Då upptäcker hon ett fat med röda juläpplen som står på bänken bredvid kylskåpet. Sådana där hårda, blanka med vitt fruktkött som smakar så sött. Hon väljer det minsta av äpplena, plockar fram en skärbräda i plast och en kniv och slår sig ner vid köksbordet. Skär det i två delar. Ett halvt äpple måste hon kunna äta för det är ju inte så många kalorier i det och hon mår verkligen inte bra. Hon äter upp den ena halvan, det smakar ännu bättre än hon trodde. I samma ögonblick som hon sväljer den sista biten inser hon att nu har hon ju ändå förstört allting den här dagen. Hon kan lika bra fortsätta. Hon äter upp den andra halvan också. Det smakar underbart. Måste ha lite till. Hon reser sig och hämtar hela fatet och placerar det framför sig på bordet. Tar ännu ett äpple, bryr sig inte om att dela det utan sätter tänderna i det direkt. Den söta äppelsaften rinner ur hennes mungipor. Hon smaskar glupskt i sig hela äpplet. Det smakar så gott, samtidigt fylls hon av skam- och äckelkänslor inför sig själv. Hon börjar gråta. Nu har hon tappat kontrollen fullständigt. Hon äter alldeles för fort och sätter i sig ytterligare två äpplen medan tårarna rinner.

Tvärt infinner sig en kväljande mättnadskänsla. Hon är proppmätt. Alldeles tung i magen. Vad i all världen har hon gjort? Snabbt stökar hon undan alla spår; ställer tillbaka fruktfatet med de få äpplen som finns kvar, sköljer av skärbrädan och diskar av kniven. Hon måste försöka kräkas. Det brukar hon aldrig göra, men nu tycks det som den snabbaste lösningen. Hon går till toaletten, fäller upp locket, ställer sig på knä och sätter fingrarna i halsen. Försöker flera gånger utan att lyckas. Stoppar in alla fingrarna så långt ner det bara går, men hon kräks fortfarande inte. Att det ska vara så förbaskat svårt. Hon gråter förtvivlat, hon måste bli av med äpplena, det är tvunget. Herregud, hon har ätit fyra stycken. Hon skyndar sig ut i köket, river ut en av kökslådorna. Letar efter ett verktyg. Hon tar med sig en tesked som hon kör ner i halsen. Nu borde hon irritera så mycket att det sätter igång en kräkreflex. Men allt som händer efter många försök är att hon får kväljningar och det kommer upp en pytteliten äppelbit. Inget mer.

Förtvivlad och uppriven reser hon sig till slut och möter sitt ansikte i spegeln. Bilden är skrämmande. Ansiktet är högrött av ansträngningen, ögonen svullna och rödsprängda. Hon inser att det bara finns en utväg. Tänker febrilt. Hur många kalorier innehåller ett äpple? Hon kastade faktiskt halva lunchen. Det behöver inte vara så farligt ändå. Kollar klockan. Kvart i ett. I bästa fall har hon två timmar på sig innan pappa är hemma. Två timmar till att motionera bort de förbannade äpplena. Hon gör en snabb kalkyl i huvudet, räknar ut på ett ungefär hur många hopp och situps hon behöver göra för att bränna bort all frukt. Sedan står hon på noll igen.

Hon inser att hon kommer att hinna.

Ställer sig på den mjuka mattan framför TV:n och börjar hoppa.

Kylan hade smällt till i Stockholm och det hade snöat hela natten. Karin bodde på samma hotell som hon brukade i Gamla stan. Hon hade fått en adress på Södermalm och namnet på ett café, det var allt. Hon skulle infinna sig där klockan elva på julaftons förmiddag.

För första gången skulle hon fira jul med Hanna, men det skulle inte ske hemma hos henne i lägenheten vid Mariatorget. Så mycket hade Karin förstått. Porten smällde igen efter henne när hon klev ut på den tysta snögnistrande gränden i Gamla stan. Juldekorationer hängde mellan de vackra, gamla husfasaderna, de små butikernas skyltfönster glittrade och glimmade och de trånga gatorna var täckta av snö som knarrade under kängorna i kylan. Enstaka fotgängare kom gående på huvudstråket Västerlånggatan. Nästan alla hon mötte gav henne en vänlig blick och nickade god jul. Det hade hon inte varit med om tidigare i Stockholm, att folk hon inte kände hälsade. I en plastkasse i handen hade hon julklappen till Hanna, den första hon köpt till sin dotter. Det hade inte varit helt lätt, hon kände knappt Hanna än. Men de gamla emaljskyltarna i hennes kök hade gett Karin en idé.

I en liten antikaffär hade hon hittat en gammal reklamskylt för Göta choklad. Hon hade nöjt sig med den klappen, ville inte komma med något överdåd så här den första julen. Hon måste gå försiktigt fram, allt var så skört ännu.

Hon promenerade över Slussen och fortsatte upp på Katarinavägen. På andra sidan vattnet låg Djurgården och ett stelfruset Gröna Lund med stillastående bergochdalbana som inte skulle fyllas av människor på många månader än. Härifrån syntes tydligt hur trånga gränderna i Gamla stan var, de bredde ut sig som bläckfiskarmar från Stortorget i mitten och ner mot Skeppsbrons breda aveny. Både hustaken och marken var täckta av snö och de många kyrktornen sträckte sig högt upp i skyn.

Hon tog en omväg genom Vitabergsparken. Här var det liv och rörelse. Barnen åkte pulka nerför de branta backarna. Det var tjo och tjim och fullt med föräldrar som tycktes ha lika roligt som barnen. En del slängde sig handlöst utför en iskana och det såg livsfarligt ut när de flög i guppet längst ner.

Hon fortsatte genom Sofos gemytliga kvarter. Gatorna var lugna och nästan helt utan trafik. Det kryllade av små butiker, caféer, bagerier och restauranger.

Hon letade sig fram till caféet. Det låg i en hörna, bara ett stenkast från Katarina kyrka. Trots skylten *Stängt julafton* var dörren olåst och en klocka plingade när hon klev in. Hannas huvud stack upp bakom bardisken.

– Hej, Karin!

– Hej! God jul!

Hanna släppte vad hon hade för händer.

– Gick det bra att hitta hit?

– Visst, inga problem. De är inte klokt vad den här stan är fin, jag blir bara mer förvånad för varje gång jag är här. Jag gick förbi Vitabergsparken.

271

Karin nickade bort mot parken.

– Jag vet, skrattade Hanna. Full fart, va? Vi var där i går och åkte pulka. Skitkul!

De kramade om varandra, en snabb lite klumpig omfamning.

– Sätt dig, vill du ha kaffe?

– Ja tack.

Karin tog av sig mössa, vantar, halsduk och sin stora anorak medan hon såg sig omkring. I fiket fanns en intim atmosfär med varma färger på väggarna och gamla, insuttna soffor och fåtöljer. Roliga lampskärmar från femtio- och sextiotalen. Överallt brann levande ljus. Längs ena väggen stod ett långbord där travar med tallrikar, glas och bestick lagts fram. En överpyntad julgran hade placerats i ena hörnet med en hög klappar inunder.

– Här ska det firas jul, ser jag, ropade hon till Hanna som försvunnit ut i köket.

– Jajamänsan.

– Varför firar du inte med din familj?

– Mamma och pappa är i Brasilien över julen. Ja, de erbjöd både mig och Alex att följa med, men ingen av oss ville. Han är helt nykär i sin tjej och jag har ju mitt.

Hanna kom tillbaka från köket med en kaffemugg i handen och nu var hon inte ensam. Hon höll en ung tjej i handen och Karin kände ögonblickligen igen henne. Kompisen från restaurangen på Mariaberget.

– Det här är Kim, sa Hanna och i samma sekund förstod Karin. Hon reste sig och hälsade.

– Hej, Karin heter jag. Hannas biologiska mamma.

Det var första gången hon presenterade sig som Hannas mamma. Det kändes bra. Hanna räckte henne kaffemuggen.

– Nu får ni berätta, bad Karin. Vad ska hända här?

– Så här är det, började Hanna. Jag och Kim kom på idén att vi ville arrangera en jul för hemlösa istället för att bara sitta hemma och gotta oss i vår egen ombonade trygghetsbubbla. Så vi ringde runt till Situation Stockholm och olika härbärgen, men fick höra att är det nån gång som de hemlösa inte behöver köttbullar och skinkmackor så är det på julafton, för då är det så många av kyrkorna i stan som ordnar julbord för dem. Då ställde vi oss frågan – vilka är de mest utsatta i samhället, dem som ingen annan människa tänker på? Då kom vi fram till att det måste vara kvinnor med barn i skyddade boenden och HBT-flyktingar. Det finns en massa unga homosexuella från andra länder i Stockholm som inte kan återvända till sina hem på grund av sin sexuella läggning. De är alltså förskjutna av sina egna familjer. Och sen är det naturligtvis också de papperslösa som är osynliga i samhället och jagas av polisen. Så vi har bjudit in dem till en julfest här. Kan du bortse från att du är polis i kväll, tror du?

– Det ska nog gå bra, log Karin.

Det var inte första gången hon bröt mot reglerna.

De gick ut i det trånga köket som var alldeles överbelamrat. Ugnsfasta formar med Janssons frestelse och potatisgratäng trängdes med fat med inlagd sill, lax och ägghalvor. På de två spisarna stod stekpannor med köttbullar och potatis puttrade i enorma kastruller. Bänkytorna var täckta av chokladaskar, kartonger med servetter och stearinljus, pepparkaksburkar och bröd av alla de slag; surdegsbröd, saffransbullar och vörtlimpor.

– Hur har ni lyckats få tag i allt det här? frågade Karin imponerat.

– Vi har tiggt ihop allt. Du kan inte ana vad folk är generösa. Vi har gått runt och frågat i livsmedelsaffärer, bagerier, restauranger och butiker. De har formligen kastat mat efter oss och vi har fått en massa fina leksaker till barnen från affärerna runt omkring.

– Och hur har ni hittat människorna ni har bjudit in?

– Vi har våra knep och kontakter, sa Hanna finurligt.

De började plocka fram all maten. Strax var tiden inne då kalaset skulle börja. En rödskäggig man med rakat huvud och armarna täckta av tatueringar stack in huvudet efter en stund.

– God jul på er, flickor. Finns det nåt att äta innan man sätter igång?

Hanna kramade om honom och presenterade honom för Karin.

– Det här är Mats. Han är dörrvakt och ska stå i dörren i kväll. Man vet ju aldrig vilka som kan försöka ta sig in. Många av kvinnorna är livrädda för att gå ut, de är jagade av sina män och så finns det förstås risk att det dyker upp ett och annat fyllo. Eftersom det kommer att vara barn här kan vi ju inte ta in folk som är berusade.

Hon skyfflade upp en tallrik med köttbullar, rödbetssallad och potatisgratäng och så en julöl.

– Mats, du får sitta där ute. Även om vi älskar ditt sällskap så är du just nu bara i vägen.

Redan efter någon timme kom de första gästerna. En liten mörkhårig kvinna och fyra barn i olika åldrar syntes genom caféets stora fönster mot gatan. Hon stannade till utanför och såg sig om åt bägge håll innan hon vågade sig in. Ögonen var rädda och hon verkade nervös. Barnen var välklädda, men tystlåtna och allvarliga. Till Karins förvåning började

Hanna prata otvunget på spanska med familjen. Kvinnan lyste upp och tycktes för ett ögonblick glömma sin fruktan. Det visade sig att de kom från Chile och att kvinnan blivit misshandlad och förföljd av sin före detta man. Efter att han hotat både henne och barnen till livet bodde de sedan en tid tillbaka på Alla kvinnors hus, några kvarter därifrån. Nu hade hon ändå vågat sig på att besöka julfirandet för barnens skull. De såg ut att vara från fem år upp till femton och gjorde stora ögon inför all mat och den imponerande högen julklappar under granen.

Hanna pekade på de olika rätterna som var uppdukade på buffébordet och Karin antog att hon förklarade vad de bestod av. Kvinnan höll de minsta barnen i handen. Hon hummade och nickade och kastade med jämna mellanrum en vaksam blick ut genom fönstret. Efter en stund tycktes hon börja slappna av och de tog för sig av maten. Karin slog sig ner hos dem. Kvinnan talade ganska knackig svenska, men barnen pratade obehindrat och nästan helt utan brytning, även om de svarade blygt och enstavigt på hennes frågor.

Människor droppade in under hela kvällen, enstaka män men mest kvinnor och barn som levde under skyddade identiteter. Tre homosexuella killar som inte såg ut att vara mer än arton, nitton år satte sig bredvid Karin. De var klädda i finbyxor och välstrukna skjortor och berättade att de kom från södra Irak och hade tvingats fly undan dödshot på grund av sin sexuella läggning. På ytan framgick inte att de var förskjutna av sina familjer och stod helt ensamma i världen. Men sorgen i deras ögon gick inte att ta miste på.

Det kom flyktingar från Eritrea, Pakistan, Iran och Afghanistan – alla rättslösa och utlämnade. Även några svenska misshandlade kvinnor från kvinnojourerna runt omkring, några finskor med en hel drös ungar som gladde sig åt granen, alla godsaker och att bara få vara med snälla vuxna.

Hanna gjorde succé som tomte och delade ut klappar till alla barns stora förtjusning. Karin betraktade henne när hon satt med ett barn på vardera knäet och tjattrade på obegriplig spanska.

Att det där är min dotter, tänkte hon.

På anrika Munkkällaren belägen mitt på Stora torget i Visby var det fullt på dansgolvet. Av julefrid märktes inte ett spår. I baren trängdes alkoholstinna ungdomar som hade ett uppdämt behov av att festa loss med kompisarna efter allt umgänge med tjocka släkten under julen. Ur högtalarna dunkade popmusik som låg så långt ifrån stillsamma julpsalmer man kunde komma. Juldagen var den stora partydagen både för alla de Gotlandsungdomar som lämnat ön för att arbeta eller studera på fastlandet och kommit hem tillfälligt för att fira jul, och för dem som bodde kvar. Det var ett tillfälle att träffas och hålla sig uppdaterad om hur kompisarna hade haft det sedan sommaren. Umgås med dem man inte hade kontakt med annars.

Vad som hänt i Jenny Levins liv hade de flesta naturligtvis bra koll på. Hennes framgångar hade varit remarkabla och ön var inte större än att det pratades mycket i stugorna när en gotlänning blev rikskänd. Det uppmärksammade dådet på Furillen där Jenny hade en nyckelroll bidrog förstås till en explosion i skriverier den senaste månaden. Hon hade figurerat på löpsedlarna ett otal gånger och på nätet florerade ryktena.

Inte blev det mindre efter mordet på Robert Ek. Pressen ägnade spaltmeter åt spekulationer där hennes namn ideligen dök upp. Trots att Jenny var rädd för att stöta på journalister ville hon för allt i världen inte bryta traditionen att gå ut med kompisarna på juldagen. Hon vägrade att låta detta förstöra den här kvällen också. En av årets höjdpunkter. Och journalisterna höll väl knappast till på Munkkällaren som var ungdomarnas heliga mötesplats på juldagen.

Fast i år var det annorlunda. Det kändes med en gång när hon steg in genom entrén. Jenny hade varit noga med att klä sig enkelt och knappt sminka sig alls för att inte framstå som en diva. Alla visste ändå vem hon var och hon var väl medveten om att hon hade ögonen på sig. Även om alla hennes gamla kompisar ansträngde sig för att vara som vanligt kunde hon ana frågorna i mångas blickar. Hade framgångarna och kändisskapet stigit henne åt huvudet? Var hon verkligen samma gamla Jenny? Hon insåg att det bara var naturligt och att hon säkert tänkt samma sak i deras ställe, så hon slappnade av och försökte ha roligt. Hon kände många, men de flesta var bara mer eller mindre bekanta ansikten eller kompisars kompisar. Killarna verkade mer blyga än tjejerna och vågade knappt närma sig, även om hon uppfattade deras beundrande blickar. Som om hon vore någon sorts ouppnåelig ikon. Det skulle säkert ändra sig med stigande alkoholintag.

Flera gånger under kvällen hade hon lagt märke till att en tjej som hon kände igen från skolan tittade på henne och såg ut som om hon ville ta kontakt men inte vågade. Hon var rätt söt, kortväxt och hade långt, blont hår. Hon stod vid baren med ett glas vitt vin och pratade med några andra medan blicken hela tiden gled iväg åt Jennys håll. Till slut blev det så fånigt uppenbart att Jenny gick fram till henne.

– Hej. Känner vi varann?

Tjejen såg både överrumplad och generad ut.

– Nej, det gör vi inte. Vi har gått på Richard Steffengymnasiet ihop, men jag gick i klassen under, så...

– Okej. Jenny sträckte fram handen och presenterade sig.

– Malin, sa tjejen och log osäkert.

– Jag fick en känsla av att du ville prata med mig, men jag kanske missuppfattade?

– Nej, inte alls. Jag vill faktiskt det. Prata med dig alltså. Är det okej?

– Jovisst. Jenny kände sig både nyfiken och oroad.

– Kan vi sätta oss där borta?

Malin pekade mot ett inre rum där det var lugnare.

– Visst.

De slog sig ner i en soffa. Malin hade fått ett nytt uttryck i ansiktet när hon vände sig mot Jenny.

– Känner du till Agnes? Agnes Karlström?

Agnes studerar sina händer och armar medan hon väntar på sitt första behandlarsamtal efter julen. Ådrorna är stora och synliga. De sväller när man inte äter. Hon är fjunig också, över hela kroppen. Som en liten apa. När man svälter växer det ut hår på kroppen. Det är väl någon sorts skyddsmekanism. Hon har börjat bekymra sig om sitt utseende. Hemma fick hon en chock när hon såg sig i spegeln, eftersom det inte finns speglar på avdelningen. Ansiktet kanske inte var så farligt, men kroppen. Den insjunkna bröstkorgen, kotor och ben som stack ut överallt, axlarna som förde tankarna till svältande barn i Afrika, höfterna och den svullna lilla magkulan som hon innerst inne vet inte beror på fett, utan på att kroppens muskulatur inte längre orkar hålla tarmarna uppe så de faller ner och lägger sig i en hög längst ner i magen. Så här vill hon inte se ut.

Hon avbryts i tankarna av att Per öppnar dörren till sitt nya tjänsterum som ligger längst bort i korridoren och är mycket större än hans förra. Hon blir varm i magen när hon ser honom.

– Hej. Du hittade hit.

– Ja. Hej.

Till sin förargelse känner hon att hon rodnar.

Rummet är ljust och fönstret vetter mot centrum och höghusen runt omkring.

– Man ser till och med min lägenhet härifrån, säger Per och pekar mot ett av alla de små fyrkantiga fönster som radar upp sig i ett symmetriskt rutmönster på den släta grå höghusfasaden. Där är köksfönstret – ser du julstjärnan som är tänd? Och den röda gardinen?

Han pekar och Agnes följer fingrets riktning med blicken.

– Ja, jag ser.

Hon slår sig ner i besöksstolen i det nyrenoverade rummet. Det luktar fortfarande målarfärg.

– Vad fint du har fått det.

– Hur har du haft det i jul? frågar han och ser på henne med sina trötta, blå ögon.

– Bra. Det var skönt att komma hem igen och bara vara med pappa. Vi har haft det mysigt. Jag har känt mig nästan normal. Det var en befrielse att komma ut från kliniken.

– Vad har ni gjort?

– Han har lagat mat och vi har gått promenader, eller inte direkt gått, rättar hon sig, pappa har dragit runt med mig i rullstolen. Sen har vi tittat på TV.

– Har du träffat några gamla kompisar?

– Nej, säger hon modstulet. Inte för att jag hade räknat med att nån skulle höra av sig, men jag hade nog hoppats på att träffa Cecilia.

– Några andra då? Visby är väl inte så stort?

– Visst, några stycken kom fram och hälsade, andra vågar inte. Det vet liksom inte vad de ska säga. De bara vänder bort blicken. Fast jag träffade faktiskt Cecilias storasyster Malin. Henne pratade jag lite med.

– Okej. Hur var det med pappa då?

– Bra, tycker jag. Han verkar må helt okej. Han har börjat träna löpning igen och tänker ta upp orienteringen. Ja, det slutade han ju med efter olyckan fast han har orienterat i hela sitt liv. Han pratade ovanligt mycket och skojade till och med. Men samtidigt kanske han bara ansträngde sig för min skull.

– Vad har ni pratat om?

– Om mamma och Martin, och om livet överhuvudtaget. Om hans nya, Katarina. Ja, jag har ju lite svårt för henne.

– Jag vet.

– Först var jag nog arg för att han träffade en ny så snabbt. Som om mamma inte betydde mer än så. Sen blev jag rädd att han skulle bry sig mer om henne än om mig. Men jag tror inte att det är så längre.

– Hur kommer det sig?

– Jag råkade höra ett gräl mellan dem i telefon. Hon var sur för att hon inte fick komma och fira jul med oss och det var så jäkla skönt att höra hur han avspisade henne. Hon hade inte en chans.

– Hon kom faktiskt hit på julafton.

– Gjorde hon?

– Ja. Hon hade med sig en julgrupp till personalen och sen slutade det med att hon stannade hela kvällen. Hon hade ändå ingen att gå hem till, sa hon.

– Hon har inga barn, men jag vet att hon har en syster som bor i Norrland.

– Jaha. Hon kom hit i alla fall. Och jag jobbade, så det gick ju bra. Det var inte så många här under julen.

– Vad gjorde ni då?

– Inte mycket. Kollade på TV. Käkade lite. Jag tror inte att du ska döma henne så hårt. Hon har väl inte gjort dig nåt.

– Nej, det kan jag inte säga att hon har. För mig räcker det att hon existerar.

Agnes känner irritationen växa. Hon har verkligen ingen lust att sitta här och prata om Katarina.

– Det är en annan sak också.

– Vadå?

Agnes berättar om sin hetsätningsattack på julafton. Även om det bär emot. Det är det mest skamfyllda. Att tappa kontrollen på det viset. En mardröm.

– Jag förstår att det var jobbigt, men det är inget konstigt.

– Men jag vill inte ha det så här. Jag vill aldrig vara med om det igen. Aldrig.

Agnes känner hur tårarna kommer. Hon är så trött. Så evinnerligt trött på hela skiten.

Per reser sig från sin skrivbordsstol, går fram till henne och sätter sig bredvid henne i besökssoffan. Lägger armen om henne och låter henne luta sig mot hans bröst.

– Gråt du bara. Man får vara ledsen. Jag ska hjälpa dig. Jag lovar. Jag gör allt jag kan.

Redan när han befann sig på Lidingöbron kunde Knutas ana de säregna skulpturerna uppsatta på höga pelare som sträckte sig mot himlen borta på Millesgården på andra sidan vattnet. Där hade han inte satt sin fot sedan han och Line varit på bröllopsresa i Stockholm nästan tjugo år tidigare. På den tiden hade de inte råd att resa till någon exotisk plats, men för dem var en tripp till huvudstaden med boende på hotell tillräckligt spännande. Line kom från Danmark och hade aldrig varit i Stockholm och själv hade han mest varit där när han studerade och ibland i arbetet och inte haft vare sig tid eller lust att utöva någon sightseeing. De hade tillbringat en underbar sommarvecka med båtresa i skärgården, besök på de största sevärdheterna och ändlösa promenader längs stadens många kajer. Millesgården hade varit en av höjdpunkterna med sin sagolika trädgård byggd i flera olika plan med stenbelagda terrasser insprängda i den branta klippan mot vattnet.

Jenny Levin hade en fotografering som skulle pågå hela dagen där ute och han ville ta tillfället i akt att prata med henne personligen rörande omständigheterna kring mordet på Robert Ek. Deras korta telefonsamtal dagen före julafton kändes alltför otillräckligt.

Knutas parkerade och stod villrådig utanför den igenbommade entrén. En skylt berättade att museet höll stängt på måndagar. Inte en människa syntes till. Mitt emot låg ett hotell, men det verkade också tyst och ödsligt. Knutas stampade med fötterna i marken. Natten hade varit kall, temperaturen hade sjunkit ner till minus tjugo grader. Plötsligt öppnades en gallergrind och en långhårig man i grön overall kom ut. Knutas presenterade sig och visade sin polislegitimation.

– Följ mig, sa mannen. De fotograferar inomhus, ute är det för kallt.

De klev in i byggnaden som varit Carl Milles hem och gick igenom ett galleri med vackert marmorgolv och skulpturer i nischer i väggarna.

Fototeamet höll till i stora ateljén, ett ofantligt rum helt i vitt med en takhöjd som såg ut att vara uppemot tio meter. Rummet var fyllt med gipsmodeller av Milles skulpturer. I mitten ståtade ett imponerande verk som Knutas kände igen: Europa och tjuren. Lutad mot tjurens breda hals stod Jenny Levin och han kände knappt igen henne. Hon var klädd i en tvärrandig klänning som var som en kroppsstrumpa, knallblå skor med skyhöga klackar och håret uppsatt i en lång strut på huvudet. Hon var kraftigt sminkad och vred kroppen med små, utstuderade rörelser mot kameran. En hel uppsättning strålkastare var utplacerad runt om i lokalen och fotografen hade tre assistenter som sprang runt och finjusterade, ställde in och höll upp fotoskärmar. Sminkösen och stylisten som övervakade allt med hökblickar sprang ideligen fram till modellen mellan tagningarna, piffade, pudrade och rättade till. Knutas tittade fascinerat på skådespelet. Han hade aldrig varit med om en modefotografering förut och han var imponerad av Jenny Levins professionalitet framför kameran. Det syntes tydligt att detta var hennes rätta element.

Det tog några minuter innan hon upptäckte honom. Då stelnade hon till ett ögonblick, men fortsatte sedan oberört sitt poserande.

– Jag är nöjd med den här uppsättningen, ropade fotografen efter en stund. Snyggt jobbat.

– Vi kanske ska bryta för lunch, föreslog stylisten. Vad är klockan?

– Fem över tolv.

– Okej, vi tar lunch till klockan ett. Mat finns på hotellet här bredvid.

Knutas gick fram till Jenny.

– Hej, vad bra att ni tar en paus. Jag behöver prata med dig.

– Då får du göra det medan Jenny äter, bröt stylisten in. Vi har ett väldigt pressat tidsschema.

– Inte mig emot.

– Jag ska bara byta om först, sa Jenny.

– Jag väntar.

De gick tvärs över gården till hotellet där en lunchbuffé serverades. Knutas och Jenny tog för sig av maten och slog sig sedan ner vid ett ensamt fönsterbord en bit ifrån de övriga.

– Det är några omständigheter som jag behöver ha klarhet i, därför ville jag träffa dig i dag, började Knutas. Du sa i telefon förut att du inte visste nåt om Markus mobiltelefon. Är det så?

– Ja, det var inte jag som skickade det där meddelandet. Jag lovar. Jag har inte sett Markus mobil sen vi jobbade på Furillen. Jag har försökt tänka efter om den låg där i stugan, men jag kommer inte ihåg.

– Och du har ingen aning om vem det kan ha varit som sms:ade till Robert Ek?

– Absolut inte. Jag tycker bara att det känns väldigt otäckt alltihop.

Jenny såg blek ut under allt smink och hon plockade nervöst med besticken.

– Enligt rättsläkaren avled Robert Ek nån gång mellan klockan ett och fem på fredagsnatten. Vad jag vill veta är – vad gjorde du under den här tiden?

Jenny Levin hade fått tårar i ögonen. Knutas lät sig emellertid inte påverkas.

– Var befann du dig mellan klockan ett och fem på fredagsnatten mellan den nittonde och tjugonde december?

– Tror ni att det är jag? stammade hon förskräckt. Att jag har mördat Robert?

– Vi tror ingenting i det här läget. Men vi måste veta var du uppehöll dig under det här tidsintervallet.

Jenny sköt undan sin mattallrik och drack flera klunkar vatten. Blicken fladdrade.

– Jag måste tänka. Jag var ju ganska berusad, faktiskt. Det var så mycket folk. Vi stod och snackade ett gäng vid baren ganska länge. Robert var väl med.

Knutas nickade uppmuntrande.

– Fortsätt.

– Nån kille bjöd upp mig och jag gick iväg och dansade. Vet inte hur länge. Han bjöd på en drink i en annan bar längre bort och vi satte oss i en soffa. Jag tror det var i VIP-rummet. Sen kom det mer folk dit.

– Vilka då?

– Ingen aning. Jag vet inte vilka de var. Efter det har jag väldigt diffusa minnesbilder. Faktum är att jag har misstänkt att nån lade nåt i min drink, för jag minns faktiskt ingenting efter det.

– Var tillbringade du natten?

Jenny såg ut genom fönstret. Hon tvekade länge innan hon svarade.

– Ärligt talat så har jag ingen aning. Jag vaknade upp i en säng hemma hos en kille som jag inte vet namnet på. Det var så pinsamt. Han sov fortfarande så jag smög bara iväg från lägenheten. Jag ville bort så fort som möjligt.

– Var låg denna lägenhet?

– Nånstans på Östermalm, nån liten gatstump. Jag är inte så hemma i Stockholm. Jag gick bara på måfå och utan att jag fattade det först så var jag på Karlavägen och då kände jag igen mig. Jag tog tunnelbanan till lägenheten på Kungsholmen.

– Var nån där?

– Nej, den var tom och det var jag väldigt tacksam för. Jag mådde pyton hela dan.

– Vad gjorde du?

– Jag låg bara inne, förutom att jag hyrde en video och köpte pizza. Likadant var det på söndagen. Dagen därpå åkte jag hem.

– Vet du verkligen inte hos vem du tillbringade natten mellan den nittonde och tjugonde december?

Jenny gav Knutas en plågad blick.

– Nej, jag har ingen aning.

– Kan nån annan veta? Nån som var på klubben?

– Jag tror inte det, det var så rörigt.

– Så detta innebär i så fall att du inte har nåt alibi för mordnatten?

Knutas avbröts av stylisten som käckt ropade borta från teamets bord.

– Då kör vi om fem minuter!

Jenny Levin såg ut som om hon skulle kräkas.

Signe Rudin hade just kommit till redaktionen när posten levererades. Sedan det okända hotbrevet anlänt hade hjärtat slagit ett extra slag varje gång hon tömde Fannys fack. Hon var glad över att Fanny befann sig utomlands. Det berörde henne illa att brevet var adresserat till kollegan personligen, en av de bästa medarbetare hon haft under sin långa karriär. Nästan så att hon hellre tagit emot brevet själv. Hon var mer hårdhudad. Signe hade hoppats att det där brevet skulle vara en engångsföreteelse, men i samma ögonblick som hon tittade in i Fannys postfack den här förmiddagen insåg hon att så inte var fallet. Hon kände genast igen den spretiga, lite veka handstilen. Hon drog ett djupt andetag innan hon öppnade kuvertet. Urklippta ord, precis som förra gången. Meningen var lika kort. *Jag dödar.* Automatiskt vände hon på brevet, men det var tomt på baksidan.

Tankarna for kors och tvärs i huvudet. Enstaka medarbetare befann sig på redaktionen, men ingen i ledande position. Ingen hon kunde fråga till råds.

Skulle hon ringa polisen direkt? Hon läste den korta frasen

en gång till. Detta kunde man inte betrakta som annat än ett hot. Men vad menade människan? *Ni dödar, jag dödar.* Skulle hon ringa Fanny och berätta om brevet för henne? Hon hade all rätt att få veta. Samtidigt ville Signe inte störa hennes semester i Thailand. Hon var verkligen värd att få vila ut. Några gånger hade Fanny skickat sms och frågat om något nytt hänt eller om gärningsmannen var gripen. Tyvärr hade Signe inte kunnat ge något positivt svar. Hon kunde inte begripa att polisen inte kom någon vart.

Hon studerade kuvertet en gång till. Irritationen sköt upp i henne. Vad var det för idiot som höll på? Och varför i hela fridens namn skulle han slå till mot tidningen, eller snarare Fanny Nord? Om det nu rörde sig om samma person. Brevskrivaren kunde ju vara vem som helst som kanske inspirerats av uppmärksamheten kring dåden.

Plötsligt fick Signe Rudin en idé. Hon lade ifrån sig brevet, stängde dörren till sitt arbetsrum och drog ner persiennen för fönstret som vette ut mot korridoren för att visa att hon ville vara ostörd. Sedan stängde hon av telefonen för inkommande samtal och satte mobilen på tyst läge. Därefter började hon slå i raden av pärmar som stod på hyllan. Hon ville avvakta innan hon kontaktade polisen.

Det fanns något hon ville kontrollera själv först.

Efter besöket på Millesgården åkte Knutas till polishuset på Kungsholmen. Han ringde doktor Palmstierna för att höra hur det var ställt med Markus Sandberg. Ingen förändring. Varje dag minskade hoppet om att Sandberg skulle kunna bidra till att kasta något ljus över utredningen.

Knutas hade bokat in ett lunchmöte med Kihlgård och Karin Jacobsson. Karin hade varit i Stockholm i en vecka nu och han såg fram emot att få återse henne. Han hade saknat henne mer än han ville erkänna. Han kände inte samma arbetsglädje när hon inte var på jobbet. Fast det irriterade honom att hon påverkade honom så. Inom sig skämdes han också för de känslor som väckts inom honom när han såg henne tillsammans med den där mannen på stan före jul, som han förstod var Karins nye pojkvän. Som en svartsjuk tonårspojke. Det var ju inte ens något mellan honom och Karin. Och hade aldrig varit. Han blev inte klok på sig själv.

Nu när de sågs i Kihlgårds pompösa arbetsrum gav hon honom i alla fall en lång, varm kram. Hon var liten i hans armar.

– Hej, det var ett tag sen.

– Ja, det är väl dags att komma tillbaks nu tycker jag, innan du gör dig för hemmastadd här.

– Ingen risk, skrattade Karin. Jag tänkte åka hem i morgon.

– Du med? Han blev nästan löjligt glad. Då kanske vi kan göra sällskap.

– Nu får det vara slutsnackat, bröt Kihlgård av. Vi får uppdatera varann under lunchen. Jag förgås av hunger. Kom igen.

De gick till en kvarterskrog på andra sidan gatan. Knutas berättade om mötet med Jenny Levin på Millesgården.

– Jaha du, hon har alltså inget alibi för mordnatten, sa Kihlgård medan han mumsade i sig av det färska brödet i väntan på maten. Restaurangen var slamrig och trivsam. Kihlgård hade varit förutseende nog att boka ett avskilt bord längst in.

– Och det har hon ju inte heller för dådet ute på Furillen, fortsatte han.

– Jag har väldigt svårt att tänka mig att Jenny Levin skulle vara inblandad, sa Karin med övertygelse. Förresten vet vi att det var en man som misshandlade Sandberg. Det visade ju blodet på kläderna som hittades i fiskeboden.

– Glöm inte att de faktiskt kan ha placerats ut där för att förvilla, påpekade Kihlgård. Av en utstuderat strategisk och förutseende gärningsman, eller kvinna. Visserligen kan det tyckas långsökt, men vi kan inte utesluta den möjligheten.

– Det är i alla fall inte samma mordvapen som har använts, insköt Karin. Vi har fått det bekräftat från SKL. Yxan som hittades i sopnedkastet är inte den som användes på Furillen.

– Och spår? frågade Knutas ivrigt.

– Inga fingeravtryck tyvärr, och bara blod från offret.

Karin tog en klunk av lättölen och såg eftertänksamt på sina medarbetare.

– Det är nåt som inte stämmer med den här Jenny Levingrejen. Jag får en känsla av att hon inte alls har med saken att göra. Det är nåt annat som ligger bakom. Hon skäms väl över att hon sov över hos en helt okänd kille som hon inte ens vet namnet på. Det låter rätt korkat.

– Kom ihåg att hon bara är nitton år, sa Knutas.

– Jovisst, det är klart. Och att en ung tjej som just upptäckts och är på god väg att bli toppmodell skulle vara inblandad i de här brutala dåden har jag svårt att tro. Dessutom var hon kär i det ena offret och mycket förtjust i det andra. Hon och Robert Ek hade tydligen en ovanligt nära relation. Och då menar jag vänskapsmässigt.

– Från hennes sida ja, sa Kihlgård. Men hans? Det räckte ju med ett litet sms för att han skulle lämna sin egen fest, rusa till agenturen och öppna champagnen. Han fick inte riktigt det han hoppades på, kraken. Och på tal om det kan jag berätta att vi har gått igenom allt material från de övervakningskameror som finns i området och vi har inte hittat ett skvatt. Ek syns inte på nån av bilderna.

Kihlgård tittade lystet efter de väldoftande och till brädden fyllda mattallrikarna som serverades vid grannbordet. Hans egen mat hade ännu inte kommit.

– Okej. Hur är det med den där finskan, Marita Ahonen? frågade Karin.

– Våra finska kolleger fick tag i henne till slut. Hon kallades till förhör hos polisen i Helsingfors, men dök aldrig upp. De fortsätter att jaga henne. Samtidigt tror jag inte särskilt mycket på det där spåret. Det verkar mer än lovligt långsökt. Låt gå för att hon var förbannad på Markus Sandberg för att han svek henne, men vad skulle hon ha med Robert Ek att göra?

– Tja, han var ju faktiskt chef för den agentur hon jobbade

på, insköt Karin. Hon kanske var besviken på att hon inte fick mera stöd från sin arbetsgivare. Och det kan ligga annat bakom som vi inte vet om.

– Vi har redan frågat både frun och de anställda och de känner inte till nåt gammalt groll mellan Marita Ahonen och Robert Ek. Visst ska vi tänka brett, men jag tycker inte att vi ska slösa energi på en massa ovidkommande tjafs. Hela den här utredningen spretar redan åt alla håll och kanter.

Kihlgård lyste upp när servitrisen närmade sig.

– Äntligen kommer maten!

De hade beställt fiskgryta med scampi och alla tre högg hungrigt in på den vackert upplagda rätten.

– Det kanske är så att vi tittar åt helt fel håll, sa Karin efter en stund. När det kommer till kritan så kanske de här dåden inte har ett jäkla dyft med personerna Markus Sandberg och Robert Ek att göra. Vi kanske ska bortse helt från deras privata angelägenheter, deras familjeförhållanden och tveksamheter i det förflutna. Nyckeln till hela fallet kanske ligger i det där hotbrevet som skickades till tidningen.

– Fanny Nord som tagit emot brevet har rest till Thailand. Vi hann åtminstone höra henne innan hon åkte. Dessvärre hade hon inte så mycket att tillföra. Hon kunde inte erinra sig att hon känt sig hotad eller förföljd, hon kunde heller inte påminna sig att nåt anmärkningsvärt hänt den senaste tiden.

– Men om vi funderar kring formuleringen en stund, sa Karin. *Ni dödar.* Vad kan avsändaren mena med att skicka detta till en redaktör på en av Sveriges största modetidningar?

Knutas torkade sig med servetten.

– När väntas Fanny Nord komma tillbaka till Sverige?

gnes och Per sitter i en av soffgrupperna och spelar kort. Hon betraktar honom utan att han märker något. Hon tycker om hans ansikte. Han har ett speciellt utseende, hans blick är trött som om han suttit uppe för länge eller tänker på något annat när man pratar med honom, fast hon vet att han inte gör det. Han har små, vita händer och en tatuering på handens ovansida, någon sorts skalbagge mellan tummen och pekfingret. Håret är cendréfärgat och kortklippt, nästan som stubb. Han har blå ögon med ganska långa ögonfransar, ljus hy, smala och bleka läppar, avlångt ansikte och liten välformad näsa. Hyn är ljus och slät, inte en antydan till finne eller andra märken. Ring i örat. Han verkar knappt ha någon skäggväxt. Just den här dagen bär han en rutig skjorta och ett par DKNY-jeans som ser helt nya ut. Ganska mörka och blanka. De vita gymnastikskorna verkar också oanvända. Han är smal men ganska muskulös och inte särskilt lång. Kanske fem centimeter längre än hon.

Hon avbryts i tankarna när en vårdare kommer in i dagrummet.

– Agnes, du har besök.

– Vad? Nu?

Hon tittar förvånat upp, först på vårdaren och sedan på Per. Det kan inte vara pappa, han är på Gotland med Katarina.

– Vem är det?

– Det är två tjejer, de sa att de var kompisar till dig från Gotland. Jag tyckte jag kände igen den ena.

Agnes rycker till. Hur är det möjligt? Ingen av hennes gamla vänner har besökt henne en enda gång sedan hon blev intagen på kliniken. Den ende som hälsat på henne är Markus som kom en gång strax efter att hon togs in. Som om han drabbats av oväntat dåligt samvete. Han hade tagit med sig blommor, men varit tafatt och valhänt och inte vetat vad han skulle säga. Det hade varit jobbigt och pinsamt och hon hade bara mått dåligt. Till slut fick Per be honom gå.

De flesta av hennes vänner hade redan försvunnit långt tidigare. Efter olyckan tyckte många att det var jobbigt, visste inte hur de skulle agera, hur de skulle trösta, vad de skulle säga eller vad det nu var. Sedan försvann resten när hon blev allt sjukare i anorexia. Visst var hon medveten om att felet till största del var hennes. Det var hon som drog sig undan, det var hon som inte orkade hitta på något längre eller följa med på deras aktiviteter, hon som till slut var så inne i sitt tvångsmässiga motionerande och ätkontrollerande att hon varken hade tid eller ork för annat. Men ändå.

Mest besviken var hon på Cecilia, hennes allra bästa vän. De hade hållit ihop i vått och torrt under hela skoltiden, men till sist vände till och med Cecilia henne ryggen. Agnes hade gjort några tafatta försök att återuppta kontakten, men hade inte fått något gensvar. När hon var hemma nu under julen hade hon inte ens orkat bry sig om att försöka. Det närmaste hon kommit Cecilia var att hon och pappa stött ihop med hennes storasyster Malin och de hade växlat några ord. Och på långt håll hade hon till och med sett Cecilia och några gamla klasskompisar i Östercentrum. Det hade gjort ont. Hon hade dragit upp filten hon hade om benen där hon satt i rullstolen och dykt ännu djupare ner i sin tjocka halsduk och inte låtsats om något.

Hon släpper korten hon har i handen och låter dem falla ner i en hög på bordet.

– Vem kan det vara? frågar hon Per.

– Hur ska jag kunna veta det?

Han ler och samlar ihop korten. Han verkar glad för hennes skull. Agnes tittar på klockan på väggen. Den är fem över fyra på eftermiddagen och det är mörkt utanför fönstret.

– Kan det vara Cecilia, tror du?

Hon ser förhoppningsfullt på honom och kinderna bränner.

– Kanske, det vore väl kul.

– I så fall är det ett tecken.

Hon reser sig ur soffan. Det känns som om hon går i ultrarapid ut ur rummet, genom den långa korridoren, bort till entrén och väntrummet där alla besökare får sitta och vänta på den de ska träffa. Hon går själv, vill inte använda rullstolen nu. Hur ser jag ut, tänker hon och tittar ner på sina nötta termotofflor och sin luggslitna långkofta. Mjukisbyxorna har ett litet hål på knäet. Hon sniffar försynt i armhålan. Har inte duschat än, det brukar hon ju göra först på kvällen. Håret är tunt och stripigt, näringsbristen har gjort att hon tappat det mesta. Hon känner att Per är en bit bakom, han är nog nyfiken på att åtminstone få ta sig en titt på Cecilia. Agnes har ju pratat så mycket om henne. Hon ser Cecilia framför sig i en kavalkad av idylliska bilder, allt roligt de gjort, på somrarna på landet, när de shoppat på stan, fnissat och tisslat i sängarna när de sovit över hos varandra, hur Cecilia fanns där för henne efter olyckan och väninnans oförblommerade glädje när Agnes vann den där modelltävlingen.

När hon äntligen når fram till väntrummet i entrén är hon alldeles uppe i varv och hjärtat lever rövare i bröstkorgen. Därför blir hon stående en stund, lutad mot dörrposten, ordlöst stirrande på de två personerna i besöksstolarna. Den brinnande förväntan lägger sig så småningom tillrätta i magen och ersätts av en dov och blytung besvikelse.

Den ena unga kvinnan reser sig tvekande.

– Hej Agnes, börjar hon. Jag har tänkt på dig jättemycket sen vi sågs och ville bara komma och hälsa på. Jag är ändå i Stockholm för att fira nyår, så jag tänkte...

Agnes stirrar tomt på Cecilias äldre syster Malin. Hon kan inte få in i sitt huvud att det är Malin som står där och inte Cecilia. Utan att förmå sig att säga något flyttar hon blicken till den andra besökaren som även hon har rest sig. Hon är lång och strålande vacker, det röda håret hänger fritt och skimrar i ljuset från alla adventsljusstakar och julstjärnor. Agnes känner igen Jenny Levin från modebilder hon sett i tidningar hemma under julen. På avdelningen finns ju inga, men reportage om den gotländska supermodellen hade visats på TV-nyheterna. Och hon har också varit ihop med Markus. Mannen som hade tagit Agnes oskuld lika lättvindigt som han borstade tänderna. Mannen som fått henne att få komplex för sin figur. Mannen som faktiskt bidragit till att hon satt där hon satt just nu, som ett levande skelett. Och här står hon, Jenny Levin, i egen hög person och bländar alla runt omkring med sin skönhet.

– Ja, det här är Jenny, hasplar Malin ur sig. Hon kommer från Gammelgarn och har gått på Richard Steffengymnasiet.

298

Hon jobbar för samma agentur som du gjorde, Fashion for life.

Jenny sträcker fram handen med ett nervöst leende.

– Hej, trevligt att träffas.

Agnes lyckas pressa fram något som ska likna en hälsningsfras. Huvudet snurrar. Hon försöker förstå vad Jenny Levin gör här. Vårdaren som släppt in de bägge unga kvinnorna skyndar till undsättning.

– Vad roligt att du har besök hemifrån, Agnes. Kom in, så få vi bjuda på nåt. Vill ni ha kaffe?

– Ja tack, säger tjejerna i kör och följer tacksamt efter vårdaren på höga klackar. I ögonvrån ser Agnes Per som blivit stående i korridoren. Han ser helt perplex ut inför de ståtliga kvinnornas uppenbarelser. Inte konstigt, tänker Agnes. Kontrasten är brutal mellan dessa friska skönheter och de vandrande vålnader som rör sig i korridorerna. Egentligen kan hon inte fatta att de överhuvudtaget har blivit insläppta. De fyller liksom upp hela avdelningen.

Utan att hon vet hur det går till sitter de alla tre vid ett bord i det tomma dagrummet med varsin kopp kaffe och ett fat med pepparkakor. Agnes rör runt med skeden i kaffet. Hon stirrar ner i bordet och kan inte förmå sig att säga något alls. Malin pratar nervöst på.

– Cecilia hälsar så jättemycket, hon kunde inte följa med till Stockholm den här gången för hon har en innebandyturnering – ja, Midvintercupen du vet. Den är ju alltid i mellandagarna.

Agnes har också spelat innebandy, i samma lag som Cecilia. Det har de gjort ända sedan de började skolan. I Midvintercupen har hon deltagit många gånger. Hon anstränger sig för att låta artig.

– Jaha. Hur mår hon?

– Jo, det är bra, skyndar sig Malin att säga. Hon verkar tacksam över att samtalet äntligen är igång efter den trevande inledningen. Det är rätt jobbigt i plugget tycker hon, mycket tuffare än på högstadiet. Men hon har klarat sig hyfsat. Sen har hon skaffat sig pojkvän, hon är ihop med Oliver, vet du, som gick i er klass.

– Jaha.

– Inte illa, va? Malin ger ifrån sig ett kort, gällt skratt. Han var ju skolans snyggaste kille och det är han nog fortfarande. De har varit ihop i två månader nu.

– Jaha.

Agnes skruvar på sig. Hon vill inte bli påmind om allt hon hade kunnat göra. Om hon inte varit här. Jenny harklar sig och lutar sig framåt. I handen har hon ett glansigt paket som hon räcker fram.

– Det här är från agenturen. Alla hälsar till dig.

Långsamt öppnar Agnes paketet. Med visst besvär får hon bort snörena, fingrarna lyder henne inte riktigt. Omslagspapperet är ordentligt hoptejpat. Per, som står en bit bort och låtsas pyssla med annat, skyndar till med en sax. Paketet innehåller en låda, hon öppnar locket. Där ligger ett kort med en käck uppmaning att hon ska krya på sig och så de anställdas namnunderskrifter, utom Robert Eks förstås. Agnes blir kall inombords.

Hon viker undan papperet som ligger under och flämtar till när hon ser innehållet. Det är en bunt bilder på henne. Proffsiga fotografier från olika plåtningar hon hann göra innan hon blev sjuk. Agnes i närbild med bakåtslickat hår och tuffa solglasögon, Agnes i bikini, i aftonklänning och högklackat, en bild i studio där hon skrattar glatt mot kameran, endast iklädd svarta strumpbyxor och knallrosa linne. Håret är tjockt och glänsande.

Agnes andas allt tyngre. Hon känner hur omvärlden börjar gunga, bilderna blir simmiga, Malins röst försvinner i fjärran när hon ivrigt kommenterar fotografierna: *Vad fin du är här, och här...*

Något stiger inne i Agnes kropp, skjuter upp genom strupen. Skriket ekar mellan avdelningens väggar medan de bägge unga, välklädda kvinnorna förskräckt tittar på varandra och rafsar ihop sina saker medan Per och en annan vårdare rusar fram och griper tag i Agnes. Någon samlar snabbt ihop fotografierna i asken och ställer undan den. De bägge besökarna reser sig ur soffan och skyndar ut i hallen, får ur sig några förskrämda fraser, fumlar upp dörren och försvinner ut från avdelningen. Först då slutar Agnes att skrika.

Efter besöket sitter Per på hennes sängkant och håller hennes hand. Han tar in mat på rummet och stannar där tills hon somnar.

Signe Rudin hade börjat gå igenom alla uppdrag Fanny Nord hade haft hand om under året som gått för att se om hon kunde hitta någon koppling till hoten, men inte riktigt hunnit bli färdig.

På nyårsaftonens morgon klev hon upp tidigt och lämnade hemmet efter att hon fått i sig en kopp kaffe och en smörgås på stående fot. Skrev en lapp till maken som ännu inte vaknat och bad honom fixa champagne och blomsterkvast till värdparet för kvällens nyårsmiddag. Signe Rudin var en mycket målmedveten kvinna och hon ville gärna slutföra det hon påbörjat.

Fortfarande hade hon inte hittat något av värde. Däremot var hennes genomgång en ögonöppnare på annat sätt. Fanny hade arbetat förbaskat hårt under det gångna året. Hon måste hitta på något för att belöna henne, visa sin uppskattning. En weekendresa, kanske med pojkvännen till en romantisk herrgård, eller en helg på ett spa. Det var hon väl värd.

Hon bestämde sig för att gå ännu längre tillbaka i tiden. Hon såg på klockan. De skulle inte ge sig iväg till sina vänner i skärgården förrän efter lunch.

När hon kommit till oktober föregående år hittade hon ett modejobb som de för ovanlighetens skull ratat, trots att allt arbete var gjort. Att sådant förekom var ovanligt eftersom marginalerna var små och en fotografering var kostsam. Inte just modellens arvode, de fick oftast dåligt betalt. Redaktionen kunde utnyttja situationen att modejobben i just denna tidning gav god cred till modellerna och var värdefulla för dem att kunna visa upp i framtiden. Därför arbetade de gärna i tolv timmar för några ynka tusenlappar. Det som kostade var förberedelser, all tid som gick åt till att lägga upp fotograferingen, införskaffandet av kläder, letandet efter modell. Fotografen tog en ansenlig timpenning och ofta måste lokal hyras. En vanlig endagsfotografering kostade tidningen minst fyrtiotusen kronor så det var ytterst ovanligt att man slängde ett sådant jobb i sjön. Men i detta fall hade det alltså hänt, vilket var anmärkningsvärt. Nu mindes hon också varför. Tjejen som agenturen skickat ut hade varit för tjock. De hade förväntat sig en modell med den sedvanliga storleken trettiosex, men hon hade varit närmare en trettioåtta. Signe Rudin mindes tydligt hur Fanny hade beklagat sig när hon kom tillbaka från plåtningen. Inga kläder satt bra, fotografen var tvungen att ta halvbilder när de behövt en massa helbilder. Fanny hade slitit som ett djur för att försöka få kläderna att passa, knäppt upp knappar i byxor, låtit skjortor hänga utanför som var avsedda att bäras instoppade, tvingats förkasta hälften av kollektionen och använda nödplagg därför att kläderna helt enkelt hade varit för små. Plåtningen hade också tagit orimligt lång tid. Modellen hade förstås märkt av problemen och känt sig obekväm och klumpig, vilket hade försvårat arbetet ytterligare. Till slut hade hon börjat gråta och Signe kunde höra Fannys röst när hon berättade om eländet. *Jag försökte trösta henne och sa att det inte var hennes*

fel utan agenturens. De måste fatta att de inte kan skicka
ut en modell som är för stor. Ingenting sitter ju snyggt och
det blir omöjligt för fotografen att ta bra bilder, ingen kan
göra sitt jobb. Och det är inte roligt för modellen heller. Jag
skällde ut agenturen efter noter sen och det visade sig att de
mycket riktigt hade tagit till i underkant när de uppgav hen-
nes mått, både när det gällde höft- och midjemåttet. Dess-
utom hade tjejen lagt på sig ytterligare efter att hon blivit
fotograferad där. Ja, herregud. Vi försökte verkligen göra
vårt yttersta för att få det att funka, men jag är rädd att det
här inte kommer att kunna användas.

Och det visade sig att bilderna inte höll måttet, hur mycket
fotografen än retuscherade och bearbetade så blev det inte
riktigt bra. Till slut var de alltså tvungna att kasta alltihop
i papperskorgen.

Signe Rudin kunde däremot inte dra sig till minnes vem
fotografen hade varit. Hon kontrollerade anteckningarna
om vilka som arbetat den där dagen. När hon läste namnet
blev hon torr i munnen. Markus Sandberg. Signe Rudin stan-
nade upp ett ögonblick innan hon fortsatte läsa. Modellen
arbetade för agenturen Fashion for life där Robert Ek var
chef. Hennes namn var Agnes Karlström. Vad hade hänt med
henne? Hon slog numret till agenturen och som tur var fanns
en av de bokningsansvariga på kontoret. Signe bad henne
plocka fram uppgifter om en Agnes Karlström. Kvinnan, som
var nyanställd, kände inte till namnet, men bad henne vänta
medan hon letade i datorn. Signe väntade spänt.

– Agnes Karlström jobbade här i nåt halvår bara och inte
på heltid, sa kvinnan i luren när hon kom tillbaka. Hon var
så ung så hon gick väl i skolan samtidigt. Men under några
månader så ser jag att hon gjorde en hel del jobb och det

verkar ha gått riktigt bra för henne. Sen avtog det ganska drastiskt och här finns en anteckning. Vänta lite.

Det blev tyst i några sekunder. Sedan återkom kvinnan.

– Sen blev hon faktiskt avstängd. Hon fick visst anorexia.

På årets sista dag vaknade Jenny tidigt i lägenheten på Kungsholmen. Hon gick ut i köket och satte på en kanna kaffe. I ett av sovrummen övernattade en finska som hon inte kände. Hon sov fortfarande, tack och lov. Jenny hade ingen lust alls att kallprata.

Malin hade föreslagit att hon skulle följa med henne och en kompis på en stor fest på Södermalm. Jenny hade visserligen redan fått flera inbjudningar till olika glammiga tillställningar, men dit visste hon att en massa modeller och annat folk inom branschen skulle komma. Hon orkade inte med det just nu. Särskilt inte efter besöket hos Agnes Karlström på anorexiavdelningen dagen före.

Först den motbjudande synen av den där beniga och hålögda tjejen som såg ut som en tolvåring. Jenny hade ju bara sett henne på modebilder och hade inte förväntat sig en sådan drastisk skillnad, även om hon visste att Agnes drabbats av anorexia. Jenny hade aldrig träffat en magrare människa i verkligheten, det var skrämmande när hon visste hur Agnes tagit sig ut bara ett år tidigare. Hur i hela världen kunde det hända?

Sedan hade hon varit så dum att hon trott att det skulle betyda något positivt för Agnes att hon kom dit och visade att hon brydde sig, att agenturen brydde sig. Kanske hade hon inbillat sig att bilderna till och med skulle kunna inverka positivt, att Agnes skulle bli peppad att börja äta igen när hon fick en påminnelse om hur hon kunde se ut och vilket liv hon hade alla möjligheter att leva.

Malin hade övertalat henne att följa med, trots att hon inte ens kände Agnes. Hon hade varit så säker på att Agnes skulle uppskatta att hon fortfarande var ihågkommen, att de gamla kompisarna på Gotland tänkte på henne. Och hon trodde också att Agnes skulle bli glad av att se att agenturen brydde sig och av att Jenny hälsade på. Så fel de tänkt.

Agnes hade verkat fullkomligt oförstående till syftet med deras besök. Skrikit som en galning. Hon hade sett alldeles vild ut på ögonen, kanske var hon galen. Psykiskt sjuk på något vis, man hamnade väl inte på ett sådant där ställe utan anledning.

Hon ruskade av sig obehaget och stannade till framför spegeln. Det gav tröst. Hon var verkligen snygg, numera förstod hon faktiskt vad alla beundrade hos henne. Hon såg pigg och fräsch ut, trots att hon nyss vaknat. Solen hade just orkat över horisonten och hon kunde ana några bleka strålar. Hon kunde inte minnas när hon senast hade sett solen och bestämde sig för att ge sig ut på en joggingtur. Hon hade bra skor för vinterlöpning. Det gäller att utnyttja ljuset, tänkte hon. Jag ska minsann inte låta mig dras ner av all skit som händer. Det ska bara hända bra saker i dag och jag ska vara glad. Ända tills jag stupar i säng i natt efter en förhoppningsvis jätterolig fest.

Stärkt av sina tankegångar svepte hon i sig kaffet och drog på sig underställ och sin fodrade joggingoverall. Mössa, vantar och dubbade löparskor så var hon redo. Klockan var bara halv nio på morgonen och den kalla och friska luften slog emot henne när hon steg ut ur porten. Hon sprang bort mot Stadshuset och fortsatte längs Norr Mälarstrand. Hon log mot solen och stegen kändes lätta. Vid Rålambshovsparken vek hon av och sprang under Västerbron och ut på udden vid Smedsuddsbadet. Sandstranden var täckt av snö. Ofattbart att folk badar här på somrarna, tänkte hon. Mitt i centrum. Hon följde hela klippiga vägen längs Fredhäll och sprang sedan tillbaka genom parken och Norr Mälarstrand igen. Väl framme vid porten pustade hon ut. Ställde sig vid kanalkanten och stretchade en stund.

På bryggan som låg en bit ut i vattnet fanns en bänk där ett par tagit plats, omslingrade med ryggen emot henne. De verkade förälskade, satt där stilla tätt intill varandra. Jenny kände ett styng av avund. Hon längtade efter att få uppleva det igen, att vara två. Att bli omkramad och älskad. Hon såg fram emot festen på kvällen. Hoppades att behovet av närhet åtminstone skulle bli stillat för en liten stund. Hon lyfte på benet, tog tag i hälen med bägge händer och stretchade framsidan på låret medan hon betraktade paret. Ansträngde sig för att hålla balansen. De satt väldigt stilla.

När hon bytte ben hände något. Mannen vände sig plötsligt mot henne och vinkade. Han tog tag i kvinnans arm och vinkade med den också.

Då såg hon. Kvinnan var inte en levande människa. Det var en docka. Över ansiktet hade en bild häftats fast. Jenny Levin kände ögonblickligen igen bilden. När det stod klart för henne vad den föreställde tappade hon balansen.

Hon stirrade rakt på sig själv.

Snön vräkte ner i Visby denna sista dag på året och bäddade in både gator, människor och hus i ett vitt tjockt täcke. Knutas och Line skulle fira in det nya året hos goda vänner i Ljugarn. Barnen hade egna planer, de var så stora nu. De inledde i alla fall med en gemensam sen frukost i köket hemma i villan på Bokströmsgatan.

Knutas hade bakat scones dagen till ära och han och Line hade förberett en stor skål med caffè latte till var och en. De hade fått en efterlängtad kaffemaskin i julklapp av barnen.

– Vad är det här? Mannagrynsgröt? frågade Petra när hon tofflade ner i köket i morgonrock och sömnrufsigt hår.

Line skrattade.

– Nej, min skatt. Det är caffè latte. Jag har väl bara lyckats ovanligt bra med att fluffa till mjölken.

– Mmm. Petra slog sig ner och smakade njutningsfullt på den varma drycken. Vad gott. Och pappa – du överträffar dig själv, sa hon med en tacksam blick på Knutas medan hon sträckte sig efter de väldoftande och rykande färska bröden.

Nils anslöt sig och snart satt de där alla fyra kring köksbordet med tända ljus. Knutas blick vandrade runt bordet och han blev varm inuti när han betraktade sin familj. Vad bekymmersfritt allt kändes här hemma just nu.

– Hur ser era planer ut för dan? frågade han. Du skulle väl till nån kompis här i krokarna, Nisse?

– Ja, Oliver har fest. Hans föräldrar har åkt till Kanarieöarna.

– Hur många blir ni där då?

– Ingen aning.

– Lycka till, muttrade Petra och himlade med ögonen.

– Vadå? kontrade Nils stridslystet.

– Fest i deras gigantiska villa som ligger bara ett stenkast från muren och föräldrarna bortresta utomlands? Hur tror du själv att det kommer att gå? Ryktet sprider sig ju blixtsnabbt. Är hans syrra hemma, vad heter hon nu igen, Sandra? Hon som är så jäkla strulig. Inte för att jag vill låta negativ, men det där kommer sluta med kaos.

– Du får komma hem och sova i alla fall, sa Knutas. Det är ändå så nära.

– Okej, muttrade Nils.

– Hur gör du med middag? frågade Line.

– Vi tänkte käka här hemma ihop, jag och Nisse, sa Petra. Sen ska jag hem till Elin och Nora.

– Jag och pappa åker vid femtiden. Vad ska ni äta?

– Får vi handla vad vi vill? Jag är så sugen på min goda pasta med oxfilé med tryffel i gräddsås.

– Det låter smarrigt, sa Knutas. Vad tänkte ni dricka till det?

– Det behöver du inte veta, lilla pappa, retades Petra och nöp honom i kinden.

– Ja, men ni får ju inte...

310

– Nej, vi vet. Oroa dig inte. Det blir cola – *hela* kvällen...
Hon bytte snabbt samtalsämne.

– Jag ska i alla fall till klubben först. De har en nyårsträff
för alla orienterare där vid fyra. Vi ska träffas och skåla in
det nya året lite i förtid. Och så kommer en gammal ledare
att hälsas välkommen tillbaks, en av dem som jag verkli-
gen gillar, Rikard Karlström. Kommer ni ihåg honom? Ja,
han är inte ny egentligen, han har varit engagerad en massa
år i klubben, men gjorde ett avbrott när hans fru och son
dog i en bilolycka för ett par år sen. Den där utanför Sten-
kumla.

– Ja, fy tusan. Det var fruktansvärt, sa Knutas som mindes
händelsen mycket väl. De omkom ju direkt bägge två.

– Och inte nog med det, fortsatte Petra. Han har en dotter
också, Agnes, hon är ett år yngre än vi, sa Petra med en blick
på sin bror. Cecilia Johansson, du vet i innebandylaget, var
jättebra kompis med henne förut, men sen tappade de kon-
takten för att hon fick anorexia. Hon skulle ha gått i ettan på
gymnasiet men fick sluta nästan direkt. Cecilia har berättat
att hon kollapsade hemma och fick åka ambulans till lasaret-
tet. Hon vägde bara typ fyrtio kilo.

Knutas var just på väg att sträcka sig efter smöret.

– Anorexia, sa du?

– Ja, och det är så hemskt därför att hon fick det när hon
blev upptäckt som modell. Hon vann en tävling på Burmeis-
ter. Ja, den arrangerades av den där agenturen, Fashion for
life, som du håller på med på jobbet nu. Och hon var tvungen
att banta ner sig då för att bli tillräckligt smal, men så gick
det för långt helt enkelt.

– Men vilken sorglig historia, sa Line. Hur är det med
henne nu, vet du det?

– Hon är tydligen kvar på den där anorexikliniken i Stockholm, fast hon kanske är bättre eftersom Rikard kommer tillbaka till klubben igen.

Knutas hade frusit mitt i rörelsen. Han satt blick stilla med smörkniven i handen.

Knutas hade ringt in Karin Jacobsson och Thomas Wittberg och nu satt de tillsammans i hans arbetsrum på det ödsliga polishuset. Det var inte många som jobbade på nyårsafton. Snabbt redogjorde han för vad Petra berättat om den olycksdrabbade Rikard Karlström och hans anorexisjuka dotter som arbetat som modell för agenturen Fashion for life.

– Det var som fan, utbrast Wittberg. Var är hon nu, dottern?

– Jag har inte hunnit ta reda på nånting än, sa Knutas. Jag ville prata med er så fort som möjligt.

Karin tittade på klockan. Den var halv två.

– Jag ringer agenturen. Det är bara att hoppas att det är nån som jobbar efter lunch på nyårsafton.

– Jag försöker få tag i Rikard Karlström, sa Wittberg. Jag tror till och med att jag har träffat honom, byggjobbare om jag inte minns fel.

– Då kontaktar jag Kihlgård så länge. Kom in hit när ni är klara.

En timme senare samlades de på nytt.

– Rikard Karlström svarar inte, men jag fick tag i en annan person i orienteringsklubben, började Wittberg. Hon bekräftade att han skulle komma till Svaidestugan strax före fyra i dag. Får vi inte tag i honom före dess så åker jag dit, helt enkelt. Hon berättade också att Agnes är inlagd på en anorexiklinik i Stockholm. Däremot visste hon inte vilken.

– Bra, sa Knutas. Men åk hem till honom först. Det kan ju hända att han helt enkelt inte vill svara i telefonen. Fast åk inte ensam. Man vet aldrig.

Wittberg nickade.

– Jag har pratat med agenturen, sa Karin. Agnes hann bara jobba i några månader innan hon stängdes av därför att hon var anorektisk.

– Hade de koll på var Agnes befinner sig nu?

– Tyvärr, men däremot fick jag veta nåt annat intressant.

– Vadå? sa Wittberg och Knutas med en mun.

– Tidigare i dag tog samma kvinna jag pratade med emot ett samtal från en annan person som frågade efter Agnes Karlström.

Knutas stirrade förbluffad på sin kollega.

– Det var ingen mindre än chefredaktören på den stora modetidningen, Signe Rudin.

– Vad ville hon veta?

– Exakt samma sak som vi. Var Agnes Karlström befinner sig just nu.

Johan och Emma var tillbaka på Gotland för att fira nyår med sina vänner Tina och Fredrik Levin i Gammelgarn. De skulle också tillbringa natten där. Utan barn för en gångs skull, de var utplacerade hos mormor och morfar på Fårö. Än så länge brydde de sig inte så mycket om nyår. Sara och Filip firade med sin pappa.

– Vad vackert här är, suckade Emma när de närmade sig Gannarve gård. Det är så fint på Östergarnslandet.

– Verkligen, höll Johan med. Det är kanske hit vi ska flytta.

Under en längre tid hade de pratat om att köpa ett nytt hus som bara skulle vara deras eget. Johan trivdes visserligen hyfsat i villan i Roma, men han tyckte sig ändå kunna känna Emmas exman Olles närvaro i väggarna. Det gick inte att komma ifrån att huset hade varit deras från början. De hade köpt det med sina drömmar, de gemensamma barnen hade vuxit upp där och det hade varit deras hem i ganska många år innan Johan kom in i bilden.

Han längtade efter något annat och följde bostadsannonserna med stort intresse. Han hade alltid varit extra svag för östra Gotland.

315

Det skulle bli en större middag med ett fyrtiotal inbjudna. Boningshuset var inte särskilt stort men den renoverade ladan som gjorts om till galleri och butik för försäljning av fårskinn och konstföremål hade dekorerats om till festlokal. Den var redan på väg att fyllas med förväntansfulla och festklädda gäster. Överallt brann levande ljus och välkomstdrinken serverades av ungdomar från trakten som ville tjäna lite extra på nyårsafton.

Men redan i entrén där de togs emot av värdparet märkte Emma att något inte var som det skulle. Fredrik och Tina log visserligen älskvärt mot alla, borden var vackert uppdukade för festmiddag och brasan sprakade i den öppna spisen. Men Emma såg att Tina hade ett spänt drag kring munnen och att blekheten sken igenom hennes omsorgsfullt lagda makeup. Hade de grälat? Fredrik verkade också något ansträngd när han minglade runt och hälsade. Så fort hon fick tillfälle drog Emma med sig Tina in i köket.

– Vad är det som har hänt? frågade hon.

Tina bet sig i överläppen.

– Det är nåt fruktansvärt som pågår. Jag vet inte vad jag ska ta mig till. Kan vi gå ut och ta en cigarett?

Emma såg förvånat på sin vän. Hon brukade aldrig röka.

– Självklart, om du vill.

De smet ut på baksidan för att få vara ifred.

– Det är inte klokt, började Tina. Det var nära att vi ställde in festen, men sen insåg vi att flera har kommit från fastlandet och rest långt och allt. Vi tyckte båda två att det bara inte gick. Fast jag känner redan att det här kanske blir en större påfrestning än jag klarar av.

Tina berättade om mannen med dockan som suttit utanför Jennys port på morgonen.

– Hon sprang in och som tur var följde han inte efter.

Men hon var alldeles uppskrämd och ringde mig och grät i telefonen. Tack gode gud att det fanns en annan tjej där i lägenheten så hon inte behövde vara ensam. Men han hade lyckats skrämma vettet ur henne och det var väl precis det han ville.

– Larmade hon polisen?

– Nej, jag tror att hon bara tänkte på hur hon skulle komma hem så fort som möjligt. Som tur var gick det ett flyg vid tre och det fanns platser kvar. Jag däremot ringde till polisen i Visby, och de ville att vi skulle komma in på en gång när jag hade hämtat upp Jenny på flygplatsen. De förhörde Jenny och sa att de skulle utreda det här med skydd, men att nu på nyårsafton fanns inga såna möjligheter.

– Kände Jenny igen honom? Har hon sett honom förut?

– Det är det som är det värsta, att hon faktiskt har det. Nu först, när det här har hänt, så berättade hon att en gång för flera veckor sen fick en känsla av att en man förföljde henne utanför porten, men hon var inte säker. Nu såg hon att det här var samme man.

Tina ruskade på huvudet.

– Hur mår hon nu då?

– Hon har varit ledsen och uppriven, men sen lugnade hon ner sig och har ätit lite. Hon är väldigt trött och vill inte träffa nån i kväll. Hon är på sitt rum med hundarna i sängen och tittar på TV.

Tina drog ett djupt bloss på cigaretten och tittade oroligt på Emma.

– Tror du att det är mördaren som är efter henne?

– Jag tycker det verkar vara ganska osannolikt. Vad jag vet har varken Robert Ek eller Markus Sandberg blivit hotade innan han slog till. När det gäller Jenny verkar han ha nöjt sig med att skrämmas. Det tycker jag tyder mer på en stalker, nån som har triggats av rapporteringen i medierna. Jenny är ingen okänd person direkt. Snart vet väl varenda svensk vem hon är, och att hon kände de båda offren vet ju alla som läser tidningar och ser på TV-nyheter.

Tina såg något lugnare ut.

– Jag hoppas att du har rätt.

ine fick åka ensam till Ljugarn så länge, även om hon gjorde det motvilligt. Kanske skulle Knutas komma senare på kvällen. I det nya läge som uppstått var nyårsfirande det sista han tänkte på.

Omedelbart efter mötet ringde han upp chefredaktör Signe Rudin. Hon svarade inte. Förbaskade människa, tänkte han. Det var oerhört frustrerande att veta att hon antagligen luskat reda på något viktigt som han själv inte hade en aning om. Något som ledde henne till Agnes Karlström.

Han såg på klockan. En timme återstod tills Rikard Karlström skulle infinna sig på orienteringsklubben. Själv var han mycket angelägen om att få tala med dottern Agnes, men att göra det per telefon kändes omöjligt. Han visste inte hur sjuk hon var för tillfället.

Han ringde flyget, bara för att få veta att det inte fanns några fler avgångar från Visby till Stockholm under eftermiddagen. Färjan gick överhuvudtaget inte på nyårsafton. Han bokade in sig på första flyget dagen därpå, och bestämde sig för att följa med Wittberg till Svaidestugan. Han var alldeles för rastlös för att kunna sitta kvar i polishuset. Kollegan hade tittat förbi Karlströms villa på Endre väg, men ingen hade öppnat.

Svaidestugan låg några kilometer från Visby i ett populärt friluftsområde där orienteringsklubben hållit till i många år.

Genast när de tog av in på den skumpiga stigen som ledde fram till stugan märktes aktiviteten. Den lilla parkeringsplatsen i skogen var full av bilar och de små röda träbyggnaderna som rymde bastu och omklädningsrum var pyntade med kransar av granris och kulörta lyktor som lyste upp vintermörkret.

De klev in genom dörren till klubbhuset. Där var fullt av folk med kaffekoppar och glöggmuggar i händerna som stod och konverserade i små grupper. Alla såg friska och äppelkindade ut och var klädda i sportiga kläder som om de vilken sekund som helst skulle ställa ifrån sig glöggmuggen och ge sig ut i spåret. Knutas hade lite svårt för det där klubb- och föreningslivet även om han var fullt medveten om att det betydde mycket för många människor. Visst var det fint med gemenskap, men han kunde inte komma ifrån den där lite sekteristiska känslan. Det fanns något utestängande i den utåt sett så trevliga och käcka samvaron, som att den bara räckte till för den som passade in i mallen – frisk, fräsch och rättrådig. Fasta rutiner, var sak på sin plats, ordning och reda. Helst inga skavanker. Är du inte lika sund och vältränad som vi så duger du inte. Ät havregrynsgröt, müsli och bröd med hela frön och gå rak i ryggen med foträta träningsskor på fötterna. Halleluja.

Knutas och Wittberg hann bara visa sig i dörröppningen innan en kvinna i sextioårsåldern hälsade dem välkomna. Hon presenterade sig som klubbens sekreterare Eva Ljungdahl och den som Wittberg talat med i telefon. Hon var en senig kvinna med ett fast handslag. Solbrännan avslöjade att hon firat jul på betydligt varmare breddgrader.

– Rikard är här. Han sitter i köket. Kom med.

De banade sin väg genom trängseln och in till köket. Knutas kände omedelbart igen Rikard Karlström.

Han var i fyrtiofemårsåldern, gissade han. Timid typ. Ganska kort, smal och senig, typisk löpare. Över den rakade skallen hade han en keps med texten O-ringen.

De hälsade stelt på varandra. Rikard Karlström verkade besvärad och det gick inte att missta sig på hans oro. Så fort de lämnats ensamma öppnade han munnen.

– Vad gäller saken?

– Jag antar att du känner till mordförsöket på Markus Sandberg på Furillen i november? Och sedan mordet på Robert Ek som skedde strax före jul?

Rikard nickade.

– Båda arbetade för samma agentur som Agnes jobbade för innan hon blev sjuk.

– Det var så kort tid, stammade Rikard. Hon kände knappt de där hemska människorna. De tjatade hela tiden på henne om vikten. Jag tror att det var det som utlöste anorexian.

– Var befinner sig Agnes nu?

– Hon är intagen på en klinik i Stockholm. Den heter Anorexicentrum.

– Hur länge har hon varit där?

– Hon togs in i slutet av september. Det är alltså drygt tre månader sen.

– Och hur mår hon nu?

Rikard Karlströms ansiktsuttryck ljusnade en aning.

– Bättre. Hon har varit hemma på permis några dar under julen och det tror jag gjorde henne gott. Nu verkar det faktiskt som om hon för första gången vill bli frisk. Hon har börjat ta till sig behandlingen och det är jag jätteglad för.

– Har du eller Agnes haft nån kontakt med modellagenturen efter att hon slutade jobba för dem?

Rikard Karlström såg ut att tänka efter.

– Jag vet att jag pratade med nån därifrån vid ett par tillfällen. Det gällde pengar som skulle sättas in och bilder på Agnes som de ville skicka.

– Vet du vem du hade kontakt med?

– Sara heter hon, jag har nog hela namnet hemma i nån pärm. Hon var väldigt trevlig och så. Inget fel på henne.

– Och Agnes då – hade hon nån kontakt med agenturen?

– Inte vad jag kan komma ihåg. Rikard Karlström gned sig om hakan. Jo, förresten. Jag var där när det kom nån och hälsade på, precis när hon kommit dit till kliniken. Hon hade nog bara varit där i några dar.

– Vem var det?

– En fotograf tror jag, mörkhårig och i trettiofemårsåldern.

Knutas och Wittberg tittade på varandra.

Markus Sandberg.

Pappa har frågat Agnes om hon vill att han ska komma på nyårsafton, men hon svarade att han kunde fira med Katarina om han ville. Det gjorde verkligen ingenting, försäkrade hon. Hon var ändå så trött jämt och skulle troligen inte orka stanna uppe till klockan tolv. Och de hade ju haft så mysigt tillsammans på julen.

Hon fick lite dåligt samvete när Per berättade att Katarina kommit till kliniken på julafton och allt. Att hon var så ensam hade Agnes inte fattat. Och var det något hon visste hur det kändes så var det ensamheten. Det var det allra värsta med anorexian, att man tappade alla sina relationer.

Även om Agnes inte har mycket till övers för Katarina så har hon bestämt sig för att försöka bjuda till. Kanske är det en del av tillfriskningsprocessen. Den senaste tiden har hon känt att det börjat vända så sakteliga, att hennes vilja att bli frisk har ökat. Även om hon fortfarande lider helveteskval när hon ska äta och oftast inte kan låta bli att göra sina övningar så har hon trappat ner. Hon har så smått minskat både på fuskandet och på motionen, men det går sannerligen inte smärtfritt. Ibland drabbas hon av sådan panik att hon tror att hon ska gå i bitar.

Hon avskyr den där dubbelheten. Å ena sidan vill hon inget hellre än att gå upp i vikt så att hon kan släppas ut från kliniken och börja leva. Å andra sidan är det just det som skrämmer henne allra mest.

Fast hetsätningsattacken som hon fick hemma på julafton ökade motivationen att bli frisk. Så där vill hon ju inte leva. Den ångest den framkallade vill hon aldrig uppleva igen. Samtidigt blev attacken en påminnelse om att anorexian inte bara skadar henne utan också hennes pappa. Han har ju bara henne. Och Katarina förstås. Det känns helt okej att de ska fira nyår tillsammans. Om inte annat så för pappas skull.

Dessutom har Per sagt att även om han faktiskt är ledig så vill han gärna tillbringa nyårsafton med henne. De kunde hitta på något.

Han dyker upp strax efter lunch och ser fräsch och ny-duschad ut. Hon sitter på sin säng och lyssnar på musik när han sticker in huvudet. Som tur är har Linda flyttat ut så Agnes har rummet för sig själv.

– Hej, kan jag komma in?

– Javisst.

Det bränner till i magen. Vad är det med henne? Gårdagens förtvivlan efter Cecilias storasyster Malins och Jenny Levins besök har sjunkit undan och nu skäms hon för sitt utbrott.

– Förlåt för att jag var så jobbig i går.

– Det gör inget.

– Jag kanske borde ringa Malin och be om ursäkt. Hon ville förstås bara väl.

– Jovisst.

En skiftning över hans ansikte.

– Fast inte i dag kanske? sa hon. Jag kan ringa i morgon.

Agnes vill helst glömma hela saken.

Han ser lättad ut. Det hade förstås varit jobbigt för honom också. Även om han är van vid de intagnas utbrott. Men det var som om det hade växt fram något speciellt mellan de två på sista tiden. Hon undrar om han känner det också.

– Jag tänkte att vi skulle gå ut och gå, eller rulla rättare sagt, föreslår han.

– Gärna.

Agnes har inte varit utomhus sedan hon kom tillbaka från Gotland. Luftningen var inställd i mellandagarna.

– Låt mig bara gå på toa.

Mödosamt kliver hon ur sängen och stapplar ut på toaletten. Nu retar det henne att det inte finns någon spegel. Hon sköljer av ansiktet, borstar tänderna och nyper sig i kinderna så att hon förhoppningsvis får lite färg.

Luften är klar och kall. Per drar rullstolen framåt i snömodden. Agnes är påbyltad med dubbla underställ, långkalsonger, flera ylletröjor och över alltihop tjockfodrade termobyxor och en vit, bullig täckjacka som får henne att se ut som en Michelingubbe. På huvudet har hon en ryssmössa med öronlappar. Det är härligt att kunna sitta där utan att frysa och känna den friska luften bita i kinderna. De går uppför backen mot centrum. Där är det fullt av folk som är ute och nyårshandlar i sista minuten.

– Vill du se hur jag bor? frågar han.

– Okej.

Han kör in henne i ett blåmålat höghus. Det luktar lite surt i porten. Hissen är modern och sväljer rullstolen utan problem. De åker upp till femte våningen.

En lång rad med dörrar. På den tredje sitter en skylt med vita plastbokstäver. *P och M Hermansson. Ingen reklam, tack.*

Under ett ögonblick blir Agnes förskräckt. Bor Per ihop med nån?

– Vem är M? dristar hon sig till att fråga när han kör henne över tröskeln.

– M som i mamma, säger Per och skrattar till. Ett torrt, glädjelöst skratt. Alltså min mamma, Margareta, men hon har tyvärr gått bort. Så jag bor ensam nu.

Lättnad i bröstet, även om hon är ledsen för hans skull.

– Jaha, förlåt. Jag visste inte att din mamma var död.

– Cancer. Hon var sjuksköterska på infektionskliniken här på sjukhuset. Det var hon som fixade jobb till mig på avdelningen.

– Bodde du ensam med henne?

– Nej, med syrran också men hon flyttade hemifrån redan när hon var arton. Morsan och hon drog inte riktigt jämnt.

– Och din pappa?

– De skildes när jag var liten. Vill du ha kaffe?

– Gärna.

– Klockan är två. Du måste äta mellis. Frågan är vad jag har hemma.

Han parkerar rullstolen i hallen och hon kliver ur själv.

– Ska jag visa dig runt först? föreslår han. Det är inte så stort, men...

Nu verkar han nästan blyg. Agnes tycker att det är gulligt. Lägenheten är ljus och har fönster åt två håll. Det är rent och välstädat. Prydligt, men en aning tråkigt. Inte personligt direkt. De går igenom köket som är helt ordinärt med grå köksluckor och furubord med fyra stolar vid fönstret. I köket hänger en röd gardin och en julstjärna gjord av halm och med röda band.

– Känner du igen dig?

Agnes nickar. Han har ju pekat ut fönstret från avdelningen och hon ser att det är samma julstjärna och samma gardin.

Innanför köket finns ett litet sovrum.

– Här sover jag, säger Per. Det här rummet är i och för sig mycket mindre än det andra, men jag kan inte sova i mammas rum. Inte än. Är det knäppt, tycker du?

– Nej, det tycker jag inte.

I vardagsrummet är det möblerat som på sjuttiotalet. Bokhylla i mörkbetsad furu med infälld belysning och barskåp. En soffa med orangebrun klädsel i ett noppigt tyg. Ett bord med mässingsben och rökfärgat glas.

De fortsätter in i ett större sovrum som är omgjort till gym med speglar och flera maskiner.

– Det här är min träningshall, förklarar Per stolt. Du vet, jag behöver inte alla de här rummen och jag gillar ju att träna. På det här sättet sparar jag in dyra årskort på gymmet.

– Smart, säger Agnes och vet inte riktigt vad hon ska säga. Hur länge sen är det din mamma dog?

– Åtta och en halv månad.

– Du har inte funderat på att flytta till nåt mindre?

– Jo, fast jag trivs så bra här. Jag har bott här i hela mitt liv. Det är mitt barndomshem. Och sen är hyran låg, man betalar samma för den här fyran som för en andrahandsetta i stan. Då bor jag mycket hellre här. Och så är det ju nära till jobbet.

Per kokar kaffe och de äter skorpor till. Det är trivsamt att sitta där med honom i köket och se ut över sjukhuset. Att befinna sig på andra sidan. På den friska sidan.

Hon längtar hit.

Klockan hade hunnit bli sex på kvällen innan Knutas var hemma igen efter samtalet med Rikard Karlström. Wittberg hade haft bråttom iväg till ett nyårsparty och vad Karin anbelangade firade hon tydligen med den där Janne Widén. Han visste inte varför han kände sig obekväm när han tänkte på det.

Flera gånger hade han försökt nå Signe Rudin, men hon svarade varken på mobilen eller på hemtelefonen. På tidningen var det bara en telefonsvarare som gick igång och önskade alla som ringde ett gott nytt år och bad dem återkomma efter nyårshelgen. Han insåg att det inte skulle bli mera gjort denna kväll, så han slog numret till Line som avmätt berättade att de inte hunnit sätta sig till bords utan just skulle korka upp välkomstchampagnen. Kanske hade han lust att pallra sig dit och ägna sin fru lite tid på nyårsafton?

Lade han på ett kol skulle han hinna dit innan middagen började. Han tog en snabb dusch, bytte om och satte sig i bilen och körde österut. När han just var på väg att köra in i Ljugarn ringde telefonen. Det var Signe Rudin.

– Ja, hej. Jag är hemskt ledsen att jag inte har hört av mig, men jag befinner mig hos goda vänner ute i Stockholms skärgård och jag hade lämnat mobilen i sovrummet – ja, du vet, man tycker att man borde kunna koppla av åtminstone på nyårsafton. Ja, jag hade självfallet tänkt ringa polisen omgående i morgon bitti.

– Jaså, vad hade du på hjärtat? frågade Knutas och glömde för ett ögonblick sitt eget ärende.

– Jo, det är så att vi har fått ett nytt brev.

Knutas var på vippen att köra av vägen.

– När kom det?

– I går.

– Ett ögonblick.

Knutas var tvungen att köra in till sidan av vägen och stanna. Han rafsade snabbt fram sitt anteckningsblock och en penna. Ordentligt irriterad över att Signe Rudin inte behagat underrätta polisen om brevet frågade han kortfattat:

– Vad stod det?

– Bara två ord även den här gången. Fast förra gången stod det ju *Ni dödar*. Den här gången hade han utvecklat det hela till *Jag dödar*.

– Och gick det i liknande stil som det förra – jag menar, orden var urklippta ur en tidning?

– Jadå, och bokstäverna såg likadana ut den här gången, så han borde ha använt sig av samma tidning.

– Och adressaten?

– Fanny Nord. Precis som senast, adressen var handskriven. Ingen avsändare.

– Inget annat som skilde sig från förra gången?

– Nej, handstilen på kuvertet såg ut att vara densamma. Även kulspetspennan och själva kuvertet.

– Var finns brevet nu?

– Jag har det faktiskt med mig.

– Har du nån möjlighet att skanna in brevet och mejla bilden till mig?

– Jo då, det är inga problem, mina vänner driver ett eget företag så de har all utrustning.

– Skanna in kuvertet också.

Knutas uppgav sin mejladress.

– Men innan vi slutar vill jag veta en sak. Varför ringde du till Fashion for life i går och frågade efter Agnes Karlström?

Signe Rudin blev tyst ett ögonblick. Det var tydligt att hon överraskades av frågan.

– Jo, jag upptäckte att Fanny Nord ansvarat för en fotografering som kapsejsade förra året. Orsaken var att modellen var för stor, så bilderna inte gick inte att använda. Det visade sig att modellen hette Agnes Karlström och att fotografen var Markus Sandberg.

Knutas lutade sig tillbaka mot sätet och slöt ögonen.

– Okej, sa han slutligen. Se till att mejla de där bilderna till mig omedelbart.

Sedan vred han om tändningsnyckeln. Bakom nästa krök låg villan där nyårsfirandet pågick, men Knutas vände bilen och körde tillbaka samma väg han kommit.

Nyårsaftonens kväll artar sig bättre än Agnes kunnat föreställa sig. Det är bara hon och ytterligare fyra patienter, varav två är så sjuka att de inte ens orkar resa sig. Per har varit hemma och bytt om medan hon tog en tupplur för att orka hålla sig vaken till tolvslaget och de bestämde att de skulle träffas igen klockan sju.

Det känns nästan som en dejt. Agnes har rotat fram en kjol och en topp hon inte använt sedan hon kom till avdelningen. Per har aldrig sett henne i något annat än mysbyxor. Han har bestämt att de ska sitta vid ett eget bord och till middag serveras pasta med fläskfilé i gräddig sås som Agnes knappt rör. Men det är mysigt att sitta där och den här kvällen gör hon som hon vill med maten. Manicken får stå oanvänd på nyårsafton. Per har ordnat fram fina servetter och levande ljus på bordet.

– Vad fin du är, säger han och slår ner blicken.

– Tack, säger hon generat. Det känns faktiskt skönt att ha på sig nåt annat än mjukisbrallor och fleecetröja.

Hon tycker själv att Per är väldigt snygg. Han har satt på sig en rutig skjorta. Hon lägger märke till en silverlänk om handleden som hon inte sett förut.

– Vilket fint armband. Är det nytt?

– Ja faktiskt. Jag har fått det i nyårspresent.

– Oj då, från vem?

– Gissa det du.

Agnes ser osäkert på honom.

– Det är inte från nån tjej om du trodde det.

Agnes byter samtalsämne. Hon vet inte mycket om Per privat, men det är väl klart att han har släktingar, kompisar och andra som bryr sig om honom. Hon ska inte lägga sig i.

De pratar om allt möjligt, undviker att nämna sjukdomen. Lite om filmer de har sett, vad de tycker om att göra på fritiden. Per berättar att han tidigare bara jobbat extra medan han pluggade, men i höstas fick han erbjudande om ett vikariat på heltid och då gjorde han ett avbrott i studierna. Han tyckte ändå det var tråkigt och det hade inte gått så bra.

– Det var mamma som tjatade om det där med högskolan, säger han. Hon tyckte att man måste bli nåt, på riktigt. Och jag kan förstå henne. Hon var ju sjuksköterska. Syrran började plugga före mig trots att hon är två år yngre så det stressade mig en del.

– Tänk att varken du eller jag har nån mamma, säger Agnes.

– Ja, så är det.

Det blir tyst en stund.

– Jag tänker särskilt mycket på henne på helgerna, som i dag till exempel, fortsätter Agnes. Mamma älskade nyårsafton. Vi var alltid bortbjudna eller så hade vi fest hemma. Min mamma var så glad och social, hon njöt av att umgås med folk och pratade och skrattade alltid högst av alla.

Agnes ler vid tanken. Per betraktar henne med sin frånvarande blick.

– Min mamma var inte alls sån. Hon var rätt tyst och försiktig, skötte sitt jobb och sen satt hon bara hemma. Mamma i soffhörnet, klädd i en gammal kofta och med en stickning i knäet framför TV:n, så var det jämt. Men jag tror att hon tyckte det var skönt.

Per höjer sitt glas och ser på henne med ett litet leende i mungipan.

– Du är fin, du. Skål på dig, tjejen.

– Skål. Agnes ler tillbaka.

Äppeljuicen smakar riktigt bra.

n timme senare hade Knutas bänkat sig framför datorn med två köttbullssmörgåsar och en öl. Den enda som verkade glädja sig åt att han återvände till villan var katten som hoppade upp i hans knä och förnöjt rullade ihop sig. Line, som förväntat sig att han skulle kliva igenom dörren till festen vilken sekund som helst, hade blivit tvärförbannad och slängt på luren när han ringde upp henne igen. Hon hade inte ens velat lyssna till hans förklaring. För henne räckte det med att han berättade att han kört hela vägen till Ljugarn bara för att vända. Ingenting kunde vara så viktigt just på nyårsaftons kväll att det inte kunde vänta till dagen därpå, eller åtminstone tills efter tolvslaget, hade hon rutit i örat på honom innan hon knäppt bort honom för resten av kvällen. Även om Line oftast hade stort tålamod med oregelbundenheten i hans jobb så fanns tydligen gränser. Han skakade av sig obehaget och bet i en av smörgåsarna. Bättre nyårsmiddagar hade han väl ätit. Och bättre sällskap hade han väl också haft, tänkte han och klappade katten.

Så dök mejlet upp i inkorgen. Med bultande hjärta klickade han fram bilden av brevet. Exakt samma typ av bokstäver som i det förra. Meddelandet lyste emot honom. *Jag dödar.* Vem är du då, tänkte han. Vem fan är du? Och vem tänker du döda härnäst?

Knutas tuggade i sig smörgåsarna och drack upp ölen medan tankarna malde i huvudet. En vecka återstod innan Fanny Nord skulle komma hem. Han hade god lust att själv ta sig till Arlanda för att möta henne. Kanske skulle han ha tur och träffa på den jäveln. Han stirrade fortfarande på brevet på skärmen. Vad sade meddelandet honom? Han tryckte på print och tog med sig utskriften in till vardagsrummet. Tände en eld i öppna spisen, satte på en gammal favoritskiva med Simon & Garfunkel och hämtade ännu en öl i kylskåpet. Såg Lines ansikte framför sig. Hon skulle inte bli gladare när hon kom hem till ett tomt hus dagen därpå. Flyget till Stockholm gick halv nio. Innan han slog sig ner i soffan återvände han ut i arbetsrummet och letade fram bilden av det gamla brevet. Han lade sig i soffan och jämförde de båda utskrifterna. Vem hade författat dem? Rikard Karlström var en möjlig kandidat. Erna Linton en annan. Marita Ahonen en tredje. Eller var gärningsmannen en okänd person de inte ens träffat på än?

Med de tankarna i huvudet somnade Knutas på nyårsaftonens kväll och det var fortfarande en hel timme kvar till midnatt.

När Agnes går till sängs på nyårsnatten känner hon sig lättare till sinnes än på länge. Fyrverkerierna var sagolika. Det fåtal patienter som fanns på avdelningen och orkade hålla sig uppe hade samlats i konferensrummet tillsammans med personalen och beundrat de färggranna kanonaderna genom fönstret. Det var magiskt att stå där bredvid Per och se hur hela himlen exploderade i stjärnfall och glitter. De två, tillsammans, alldeles nära varandra.

Han väcker oroande men inte oangenäma känslor i henne. Det har börjat pirra i kroppen när hon ser honom och det handlar inte om de gamla vanliga krypningarna. Med skräckblandad förtjusning inser hon att hon håller på att bli förälskad i sin behandlare. Vansinne naturligtvis. Undrar om han känner samma sak, tänker hon och ler för sig själv. Han hade tittat så konstigt på henne när de skålade vid tolvslaget. Hon hade inte kunnat tolka hans blick.

Pappa hade ringt strax före midnatt och önskat gott nytt år. När Agnes frågade om Katarina så berättade han att de hade grälat och att han hade kört henne till flygplatsen tidigare på dagen. Kanske var förhållandet över, sa han och

336

sluddrade lite på orden, men konstaterade i nästa andetag att det inte gjorde så mycket. Katarina var inte helt lätt att vara tillsammans med, hon var kontrollerande och hade ett häftigt temperament. Så nu kröp sanningen fram. Nu när han var lite berusad. Tidigare hade han aldrig sagt ett ont ord om henne.

Fast det gick ingen nöd på honom, försäkrade han. Han firade nyår med några jobbarkompisar från bygget istället. Lika gott det.

En viss lättnad infann sig, det måste hon medge.

Hon låter lampan vara tänd en stund, känner sig inte det minsta sömnig, trots att tröttheten värker i kroppen. Linda har flyttat ut och det är en befrielse. Hon behöver inte ta hänsyn till någon annan. Hon tänker på Per och blir glad i hjärtat. Ser hans ansikte framför sig, de trötta ögonen som hon blivit så fäst vid. Han har berättat att han är ledig i ytterligare några dagar och ska passa på att resa bort till en kompis i Göteborg. En gammal studiekamrat. Men han har lovat att ringa.

Agnes kan inte begripa att han verkar bry sig så mycket om henne. Hon har börjat tänka framåt. Först ska hon bli frisk så fort det bara är möjligt. Om hon gör allting rätt så bör det inte ta jättelång tid, även om hon är medveten om att hon är så underviktig att det inte kommer att ske på några månader. Men till sommaren kanske. Bara tanken att våga gå ut bland folk, gå till stranden och bada. Skulle hon klara det? Hennes värsta mardröm är ju att klä av sig inför folk. Men om hon blir frisk så... Nej inte om, rättar hon sig genast, utan när hon blir frisk. Hon ser framför sig hur hon och Per springer ut i vattnet på stranden på Tofta. Fnissar till vid den orealistiska tanken.

Med ens väcks hon ur sina drömmerier. Det tunga gardintyget som hänger för fönstret böljar till. Bara som en abstrakt förnimmelse i ögonvrån. Därför blir hon osäker på om hon sett rätt. Rörde den sig verkligen? Hon vilar ögonen på det sammetsliknande förhänget en stund. Äsch, hon inbillade sig nog bara. Väckarklockan på nattduksbordet tickar försynt. Tjugo över ett. Det var länge sedan hon var vaken så här länge. Hon hör fotsteg i korridoren utanför som passerar och försvinner. Nattpersonalen sitter nog tillsammans och myser till det lite extra. Innan hon försvann in på sitt rum lade hon märke till att de hade dukat upp en ostbricka och tänt stearinljus i allrummet. Kanske drack de till och med vin. På nyår var det antagligen inte så noga. Någon gång måste väl de stackarna också koppla av. Hon undrar om Per är med och känner ett styng av svartsjuka. Nej, det tror hon ändå inte. Han hade sagt till henne att han skulle gå hem och lägga sig. Han ska ju åka till Göteborg i morgon bitti.

Hon drar långsamt med ena handens fingrar längs armens lena fjun. Fram och tillbaka. Undrar hur det skulle kännas att kyssa Per. Han har en fin mun. Tänderna är lite ojämna, men det gör inget. Det är bara charmigt.

Så rör sig gardinen igen. Bara en aning, men tillräckligt för att hon ska vara säker på sin sak den här gången. Hon sätter sig käpprätt upp i sängen utan att ta ögonen från den. Den är hellång och tung, gjord för att stänga ute både ljus, ljud och kyla. Hjärtat slår snabbare. Drar det så pass mycket från fönstret? Hon lyssnar efter vinden, men hör ingen. Faran känns i rummet. Den är påtaglig, men hon vet inte vad den består i. Hon sträcker sig efter larmknappen.

Längre hinner hon inte.

Tidigt på nyårsdagens morgon vaknade Knutas av att någon ringde på ytterdörren. Omtöcknad tumlade han ut i hallen och öppnade. Där stod Nils, kritvit i ansiktet och med håret på ända.

– Förlåt, jag glömde nyckeln. Gott nytt år.

– Va?

Det tog en stund innan han mindes att det hade varit nyårsafton och att han tydligen slocknat i soffan.

– Är du hemma så tidigt? Eller sent?

– Klockan är sex och jag kommer direkt från festen. Jag går och lägger mig. Var är mamma? Skulle inte ni sova över i Ljugarn?

– Jo, men det hände saker. Jag var tvungen att jobba.

– Ovanligt. God natt.

Nils försvann snabbt uppför trappan. Knutas såg sig förvirrad omkring. Var fanns Petra? Hade hon inte heller kommit hem? Jodå, där stod hennes stövlar i hallen och jackan låg slängd bredvid. Han andades ut. Återvände till vardagsrummet. Vilken tur att han inte tänt några stearinljus föregående kväll. Elden i öppna spisen hade slocknat av sig själv.

339

Han sjönk ner i soffan. Kollade mobilen. Många hade ringt och sms:at med nyårshälsningar vid tolvslaget. Även Line och det gladde honom. Han såg på klockan. Tio över sex bara. Än tordes han inte ringa. Blicken fastnade på breven. Plötsligt tyckte han sig känna igen stilen på bokstäverna. Han hade sett dem förut. Någonstans långt inom sig hade han haft det på känn hela tiden. Line hade en tendens att spara på allt, också gamla veckotidningar – för matrecept som kunde komma till användning, tips på hur man klädde om en stol, renoverade ett staket eller planterade om en buske.

Han såg på bokstäverna på breven igen. Reste sig och började rafsa bland Lines tidningshögar. Det dröjde inte länge förrän han stannade upp. Där var de. Mitt framför ögonen på honom. Att det var så enkelt. Det var glasklart, fanns ingen som helst tvekan. Långsamt plockade han upp tidningen. Orden var tagna från omslaget där ett antal rubriker skrek ut olika budskap.

Den lästes bara av människor i en viss yrkesgrupp. Tidningen hette Vårdfacket.

P lanet från Visby landade på Bromma något försenat på grund av nedisade vingar som behövde spolas. Knutas tog en taxi raka vägen till anorexikliniken. Morgonen var gråmulen och det var bitande kallt. En isande vind kom norrifrån. Han skyndade in genom entrédörrarna och lyckades efter en del irrande fram och tillbaka hitta till kliniken som låg i en helt annan del av det gigantiska sjukhuskomplexet. I hissen slog det honom att han borde ha ringt i förväg. Men strunt samma, nu var han här.

När han nådde avdelningen stoppades han av en glasdörr. Utanför fanns en klocka som han ringde på. En kvinna tittade fram och tydligen blev han godkänd. Ett svagt surr, så kunde han öppna dörren.

Kvinnan kom genast emot honom och presenterade sig som enhetschef Vanja Forsman. Hennes blick var orolig och Knutas fick bråttom med att visa upp sin polislegitimation.

– Hej, jag heter Anders Knutas och kommer från Visby-polisen. Det gäller en intagen ni har hos er, Agnes Karlström.

Vanja Forsman såg ut som om hon skulle svimma.

– Agnes, upprepade hon med svag röst. Att polisen redan...

Är det nån som har ringt? Och Visbypolisen?

Hon lutade sig fram och granskade legitimationen.

Knutas stannade upp och tittade frågande på kvinnan.

– Ursäkta, men nu förstår jag inte riktigt. Jag vet att jag borde ha ringt, men det blev så bråttom. Jag skulle verkligen behöva prata med Agnes genast om det går för sig. Det gäller en mordutredning.

Vanja Forsmans ansikte vitnade.

– En mordutredning? Du vill prata med Agnes – om en mordutredning?

– Ja, det stämmer, sa Knutas, lättad över att äntligen ha blivit förstådd.

– Men se det går inte. Det är faktiskt stört omöjligt.

– Omöjligt?

Kvinnans underläpp började darra.

– Vi har just haft väckning. Ja, vi hade kommit överens om senare väckning i dag för dem som såg fyrverkerierna. Och Agnes... Agnes finns inte längre. För bara tio minuter sen hittades hon i sängen. Död.

Han satt vid gaten till Visby och bläddrade i kvällstidningarna för att få tiden att gå. Han hade kommit i god tid till flygplatsen och redan checkat in och passerat säkerhetskontrollen. Den ena kvällstidningen publicerade en summering av grova våldsdåd under året som gått. Misshandeln mot Markus Sandberg fanns med liksom mordet på Robert Ek. Synd att de missar det som ska hända härnäst, tänkte han. Det skulle sitta som en smäck i deras lilla morbida sammanställning.

Han visste att Jenny Levin hade flytt hem till Gotland. På nyårsaftonens eftermiddag när han kört tillbaka Agnes till kliniken efter besöket hemma hos honom hade han återvänt till lägenheten på Kungsholmsstrand. Han hade några timmar på sig innan han och Agnes skulle äta nyårsmiddag.

Han hade ringt på och en finsk tjej hade öppnat dörren. Det var en rejäl missräkning. Han hade blivit både snopen och förbannad. Som tur var fann han sig snabbt och utgav sig för att vara en kompis till Jenny, och finländskan hade då berättat att hon åkt till Gotland några timmar tidigare. Det komplicerade visserligen saken, han skulle bli tvungen att resa till Gotland och hyra bil igen, men skit samma. Bara han fick gjort vad han föresatt sig.

Han hade just lagt det sista brevet till tidningen på lådan utanför flygplatsen. I dag kom väl ingen post så de skulle få det först dagen därpå. Även om han inte tänkte verkställa hotet ville han låta de där skräcködlorna få lida lite till. Apan Fanny Nord kunde gott få skita i byxorna igen. Något skulle väl hon ha, även om han ändrat sig när det gällde henne. Nu hade han annat att tänka på.

Ilskan sköt upp inom honom när han tänkte på hur Agnes berättat om den där fotograferingen med Fanny Nord som hade gnällt på henne om hur tjock hon var tills hon hade brutit ihop. Och den där vidrige Markus Sandberg som hade fotat och högljutt stämt in i klagosången. Klaga och gnälla på Agnes figur kunde han, men det hindrade honom inte från att banka på henne. Ett sådant avskum. Han fick vad han förtjänade.

Först hade han varit förbannad och besviken för att den jäveln inte hade vett att dö. Och arg på sig själv för att han inte försäkrat sig om att verket var fullbordat. Men sedan, när han läste i tidningen om Markus skador, att han troligen skulle lida av svåra smärtor resten av livet, att han var vanställd och aldrig mer skulle kunna arbeta, så kände han att det var snäppet bättre. Den där självgoda uppblåsta idioten som gnällde på Agnes utseende skulle själv få uppleva hur det var att se ut som ett monster. Vid närmare eftertanke kunde det inte ha slutat mer lyckosamt.

Han såg upp från tidningen och kollade klockan. Minuterna sniglade sig fram. Han hade kommit hit alldeles för tidigt. Det rådde stiltje på flygplatsen. Inte många var i rörelse så här på nyårsdagen. Han dök ner i artikeln igen och möttes av Robert Eks soliga leende på någon flashig modevisning.

Nu har du inte mycket att vara glad för längre, tänkte han bistert. Han smålog för sig själv när han tänkte på hur lätt det hade varit att lura Robert Ek till agenturen. Bara locka med lite lammkött så kom han springande med dreglande mungipor. Han mådde illa när han tänkte på vad det svinet hade gjort mot Agnes, hotat med att inte längre representera henne ifall hon inte gick ner i vikt. Han mindes rädslan i Robert Eks ögon när han dök upp på agenturen den där natten. Han hade känt ett rus när han gick loss med yxan. Det var befriande att göra det ordentligt. Den gången hade han försäkrat sig om att Robert Ek var död. Nu återstod bara en sak innan hämnden var fullbordad. Innan Agnes hade fått upprättelse.

Hon och hennes pappas flickvän Katarina var de första personer som betytt något sedan hans mamma dog. Han snurrade på sitt nya armband. Katarina hade till och med kommit förbi kliniken på nyårsafton och lämnat presenten till honom. Hon brydde sig verkligen om honom. Nästan som en morsa hade hon blivit. Han hoppades att Agnes skulle acceptera Katarina så småningom. På sätt och vis älskade han dem båda. Han hade tillbringat många stunder med Katarina under de tre månader Agnes varit inlagd på kliniken. Något som liknade riktig vänskap hade växt fram dem emellan. De fick god kontakt från allra första början och det dröjde inte länge förrän de hade pratat om allt. Ibland kändes det nästan som om de var mor och son. Hon hade ju inga egna ungar. Katarina hade stöttat honom i hans utgjutelser om modeagenturen och de kallhamrade människorna där och hur de bit för bit brutit ner Agnes. Hon tröttnade aldrig på att lyssna och hon kom själv med kommentarer och insiktsfulla råd som han aldrig hade kunnat tänka ut på egen hand. Hon var smart, Katarina. Hon hade fått honom att tro på sig själv, att inte bara acceptera all skit runt omkring. Hon hade övertygat honom om att han hade makten att påverka. Att han var kapabel att ställa saker och ting tillrätta.

Resten av världen kunde dra åt helvete. Som den där Jenny Levin. Hur hon hade mage att dyka upp på avdelningen. Komma inglidande där i sina balla jeans och knallröda stövlar. Slänga lite med håret, lägga huvudet på sned och låtsas som att hon brydde sig. Det hade varit som ett hån, *se på mig – jag som lyckades*. Och mycket riktigt hade Agnes blivit förtvivlad. Som om hon inte fått utstå tillräckligt redan. Det hade tagit flera timmar att lugna henne.

Han hade bestämt sig för att nöja sig med Jenny Levin. Fanny Nord visste inte vilken tur hon hade haft. Thailandsresan hade räddat livet på henne.

Han drog en lättnadens suck när meddelandet äntligen dök upp på skärmen. Flyget till Visby skulle avgå och han kunde påbörja sin resa mot slutet. Efter det fick det vara bra.

Kroppen lämnades kvar i sängen i väntan på rättsläkare. Eftersom dödsfallet inträffat oväntat på en sjukvårdsinrättning hos en person med psykiatrisk problematik var det rutin att en rättsmedicinsk undersökning gjordes. En rättsläkare som hade jour bodde alldeles i närheten och kunde komma med kort varsel.

Rikard Karlström hade underrättats och var på väg med nästa flyg från Visby. Knutas fasade för att träffa Agnes pappa igen under dessa förfärliga omständigheter. Ändå ville han stanna på kliniken och vänta in rättsläkaren. Personalen berättade att Agnes gått och lagt sig efter att hon varit med och tittat på nyårsraketerna vid tolvslaget och faktiskt skålat i lite champagne. Agnes hade verkat må bra när hon gick till sängs. Hon hade varit ovanligt glad och närmast uppsluppen. De anställda som jobbat under gårdagskvällen och natten hade hunnit gå hem innan dödsfallet upptäcktes.

– Det är för sorgligt, berättade enhetschefen Vanja Forsman. Jag har väldigt svårt att tänka mig att hon har tagit livet av sig. Agnes hade precis börjat må bättre. Hon hade börjat ta till sig behandlingen. Vi hade äntligen fått hopp om henne, även om hon fortfarande var mycket sjuk. Nej, jag kan inte tro det, jag kan bara inte tro att hon har begått självmord.

Hon skakade på huvudet och snöt sig ljudligt.

– Vad kan annars ha hänt? frågade Knutas försiktigt.

– Hjärtat måste ha stannat. Du förstår att det blir så svagt hos en anorektiker. Alla organ krymper av näringsbristen; hjärna, lungor, hjärta, alltihop. Så den troligaste orsaken är hjärtstillestånd. Men det är för jäkligt. Det som hade vänt och allt. Hon var så mycket mer harmonisk sen hon kom hem från Gotland. Hon hade varit där på permission över julen. Hemma hos sin pappa. Och så glad som hon har varit, sen hon kom hem...

De avbröts av att rättsläkaren anlände.

Det var en kvinna i Knutas egen ålder som han inte tidigare arbetat tillsammans med. De hälsade kort på varandra.

– Jag vill ha patientens journal, sa hon på vägen in till rummet där Agnes låg. Du kan följa med om du vill, nickade hon mot Knutas.

När lakanet som täckte kroppen lyftes bort drog Knutas efter andan. Så liten hon var. Och så ung. Flickan var det magraste han sett, hon låg där i ett barnsligt rosa nattlinne med ett hjärta på bröstet. Revbenen syntes tydligt under tyget. Armarna låg smala och stilla utefter sidorna. Ansiktet var vackert, men uttrycket var stelt och huden gråblek utan lyster. Ögonen slutna, kindkotorna onaturligt höga. Det var ett barns ansikte. Knutas var nära gråten, men behärskade sig. Han slog sig ner på en stol i hörnet och lät rättsläkaren göra sitt jobb.

Hon arbetade under tystnad, lyfte på ögonlock, kollade insidan på läpparna och öppnade munnen. Knutas sade inget. Efter några minuter kom en vårdare in med journalen.

– Har patientens puls, temperatur och blodtryck följts de

senaste dagarna? frågade rättsläkaren utan att titta upp från kroppen.

– Ja, svarade vårdaren.

– Och det var inga konstigheter?

– Nej, inte vad jag kan se.

– Hur är det med blodet? När togs blodprov senast?

– Det var i går.

– Och hur var det med tanke på saltbalansen? Natrium, kalium, kalcium och fosfat?

– Helt normalt.

Rättsläkaren reste sig långsamt upp och tog av sig sina glasögon. Hon såg på Knutas.

– Agnes har punktblödningar i ögonvitorna, vilket tyder på kraftig dödskamp med krystandning som motstånd. Dessutom finns subtila skador på munhålans insida. Hon har diskreta blödningar efter tänderna på läpparnas insidor och millimeterstora färska bristningar på slemhinnevecken på läpparnas insidor till följd av tryck.

– Tryck? upprepade Knutas dumt.

– Jag vill naturligtvis inte dra några förhastade slutsatser, men mycket tyder på att Agnes har blivit mördad.

Knutas slog omedelbart larm till kollegerna i Visby och Stockholm. Enligt rättsläkaren var skadorna av sådan art att allt pekade på att Agnes kvävts till döds. Troligen genom att en kudde tryckts över hennes ansikte. Avdelningen spärrades av och alla i personalen kallades till förhör. De skulle skötas på plats och ingen fick lämna byggnaden.

Agnes rum genomgick en teknisk undersökning. Hennes kudde inspekterades noggrant. Kuddkvävning var mycket svårt att bevisa, men hittades minsta stråk av spår skulle det räcka. Det kunde finnas fibrer, hudflagor eller annat från gärningsmannen på kudden. Saliv eller blod från offret.

Knutas stängde in sig tillsammans med enhetschefen i hennes tjänsterum. Vanja Forsman var märkbart chockad och medtagen av att ett mord begåtts på hennes avdelning.

– Enligt rättsläkaren avled Agnes nån gång mellan klockan ett och fem i natt, började Knutas. Vad finns det för möjligheter för obehöriga att ta sig in här?

– Dörrarna är låsta. Man måste bli insläppt och det är det ingen utomstående som har blivit under nyårsafton, vare sig på dan eller på kvällen.

– Vilka personer befann sig på avdelningen i natt?

– Fem patienter och så nattpersonalen. De kommer klockan nio, det sker en överlämning och kvällsgänget slutar en timme senare. Ja, arbetstiden är till tio men de kan förstås gå så fort de är klara. I går hade väl också de flesta bråttom iväg eftersom det var nyårsafton.

– Så vilka jobbade under natten?

Enhetschefen bläddrade i sina listor.

– Få se nu, det var Elisabeth, Ulrika och Kerstin. Per var också här, fast han gick tydligen hem vid ettiden. Ja, han gjorde tvärtom, han. Han var egentligen ledig i går men kom hit och tog hand om Agnes hela dagen och kvällen också, för den delen.

– Varför då?

– Han är Agnes behandlare. Varje intagen har en särskild kontaktperson, en behandlare som vi kallar dem. Det är den personen man har sina samtal med, som man diskuterar behandlingen med, som man vänder sig till om man har problem eller har önskemål om nån förändring. Per bad om att få ta hand om Agnes exklusivt under nyårsaftonen. Han gjorde det frivilligt och utan ersättning. Hon mådde nämligen inte så bra.

– Jag tyckte du sa att hon hade börjat må bättre?

– Jo, det hade hon också, men i förrgår kom ett oväntat besök som fick henne ur balans.

– Vem då?

– Det var en gammal kompis från Gotland som hade med sig den där kända modellen Jenny Levin.

Knutas blev lång i ansiktet.

– Jenny Levin?

– Agnes hade ju jobbat för samma agentur. Ja, den där olycksdrabbade... Vad heter den nu igen? Fashion, nånting...

Knutas avbröt kvinnan:

– Vad hände under det här besöket?

– De satt och fikade i dagrummet och allt verkade lugnt, men så har jag fått berättat för mig att Agnes helt överraskande fick nån form av utbrott. Ja, jag var inte här själv just då. Hon grät och skrek och det uppstod ett tumult. Agnes var alldeles ifrån sig och det var bara Per som kunde lugna henne.

Enhetschefen fick ett frånvarande uttryck i ansiktet.

– Han satt hos henne tills hon somnade, sa hon dröjande. De hade som sagt en väldigt speciell kontakt...

– Hur ser den här Per ut? frågade Knutas.

– Vänta så hämtar jag personalkatalogen.

Efter någon minut var hon tillbaka.

– Här är han. Per Hermansson.

Knutas stirrade på porträttet och i ett slag föll alla pusselbitar på plats.

Mannen tittade allvarligt in i kameran. Han såg ut att vara i tjugofemårsåldern, högst trettio. Rakad skalle, men det var ju populärt nuförtiden. Lite babyface, ganska ljus hy, slätrakad, stora blå fina ögon, men blicken var frånvarande. Som om han tänkte på annat och i själva verket gav blanka fan i fotografen. Röd T-shirt, jeansjacka. I ena örat hade han ett örhänge.

Det var en liten skalbagge.

amma satt i köket och drack kaffe när hon kom ner-
för trappan. Alla verkade sova länge och hon själv
hade stannat på rummet hela förmiddagen och kol-
lat på gamla avsnitt av Desperate Housewives på dvd. Det
kändes som en lagom nivå för vad hon klarade av just nu.

– Gott nytt år, älsklingen min. Hur är det?

Hon reste sig och gav Jenny en kram.

– Jo, bra. Gott nytt år.

Jenny såg sig omkring i köket som var belamrat med smut-
siga mattallrikar och glas.

– Vad här ser ut.

– Jag vet, vid femtiden i morse var det några som blev
hungriga. Vi ska röja undan snart. Har du ätit lunch?

– Jadå, jag har käkat mackor framför TV:n. Jag tänkte ta
med mig hundarna på en promenad, måste få lite luft. Jag
blir tokig av att bara sitta inne.

I själva verket var det röksuget som drev henne ut, men det
behöll hon för sig själv.

– Jag följer med.

Mamma var redan på väg att resa sig från bordet.

– Nej, bet Jenny av, hårdare än hon tänkt sig. Alltså, jag vill verkligen gå själv. Jag behöver vara ifred, mamma.

– Är du säker?

Oro i blicken.

– Ja, och det är ingen fara, jag ska bara gå en liten runda och så har jag ju hundarna med mig.

– Okej, vi har ändå en hel del att städa både ute i ladan och här inne, som sagt. Och så ska vi utfodra lammen.

– Hade ni kul på festen? frågade Jenny för att släta över sin kärva ton nyss.

– Ja, det var väldigt lyckat faktiskt. Hoppas vi inte störde dig för mycket.

– Ingen fara. Jag somnade framför TV:n.

– Hann du se fyrverkerierna?

– Ja, det gjorde jag. Genom mitt fönster. Hur många grader är det?

– Tio minus. Kan du begripa vilken kyla?

– Det är bara för mycket.

Hon gick ut i hallen och satte på sig sin långa dunjacka. Virade en tjock halsduk flera varv runt halsen. Rotade fram lovikkavantar ur en låda. Kollade i fickorna att cigarettpaket och tändare låg där de skulle.

– Jag hjälper till sen när jag kommer tillbaka.

– Det behövs inte, hjärtat, Johan och Emma är ju här. De ska bara vakna först.

Jenny visslade lågt och jyckarna reagerade direkt.

– Du förresten, låt Semlan vara kvar, bad Tina. Vi kommer att behöva henne. Ett lamm har visst kommit på villovägar.

– Okej.

Hon tog med sig Sally och stängde ytterdörren mitt framför nosen på den äldre fårhunden som gnällde besviket.

Kylan slog emot henne som en kall vägg när hon kom ut. Det var mulet och blåste lite, men hon var ordentligt klädd och luften kändes frisk. Hon tittade bort mot Davids gård, hade gärna gått dit, men han hade varit på fest som alla andra dagen före och skickat sms vid tolvslaget. Hon ville inte störa. Han kanske inte ens hade sovit hemma.

Istället promenerade hon åt andra hållet. Vinkade åt pappa som tagit plats i den brummande traktorn. Fortsatte genom allén neråt vägen. Ungtiken Sally rasade glatt runt i snön, rullade sig vällustigt och borrade tunnlar genom drivorna. Jenny kunde inte låta bli att dra på mun åt hundens uppenbara förtjusning. Det var ovanligt med ett sådant tjockt snötäcke på Gotland. Som tur var hade pappa plogat, annars hade man knappt kunnat ta sig fram här. Höga vallar tornade upp sig på bägge sidor. Hon kände sig redan något bättre till mods. Allt skulle säkert ordna upp sig till sist. Med Markus var läget som det var, han skulle troligen aldrig bli bra igen. Förhållandet var över, men de kunde ändå vara vänner. Förhoppningsvis skulle han återfå talförmågan.

Först och främst måste polisen gripa gärningsmannen som ännu var på fri fot. Ett isande obehag sköt genom kroppen när hon såg mannen med dockan framför sig. Vågade knappt tänka tanken att det rörde sig om samme man. Hur som helst ville hon bara bort från alltihop tills polisen hade satt fast den skyldige. Som tur var skulle hon snart resa iväg på nästa tripp utomlands. Bara ett par dagar återstod innan det var dags att ge sig iväg. Hon kunde prata med agenturen och be dem ändra hennes biljetter direkt från Visby till Arlanda och sedan vidare till New York. Hon ville för allt i världen inte sätta sin fot i lägenheten på Kungsholmsstrand.

Det började snöa. Hon hade vikit av in på en mindre väg

bort mot skogen och varit så djupt inne i sina tankar att hon glömt bort sitt ärende. Nu hade hon för länge sedan kommit tillräckligt långt från gården för att våga sig på att röka utan att riskera att bli sedd. Hon plockade fram paketet, samtidigt som hon tittade efter en plats att slå sig ner på. Av någon anledning ogillade hon starkt att promenera och röka samtidigt. Hon ville sitta i lugn och ro för att kunna njuta.

Längre fram vid sidan av vägen låg en fallfärdig gård där ingen bott så länge hon kunde minnas. Hon kunde ta sig upp på den rackliga förstukvisten. Den borde hålla, även om den såg bra murken ut. Då hamnade hon också under tak och det passade perfekt eftersom snöfallet tilltog i styrka. Hon pulsade fram till boningshusets entré och tog ett försiktigt steg upp på den sneda trappan. Verandan gungade oroväckande under hennes tyngd. Hon sjönk ner på träbänken och tände en cigarett. En suck av välbehag när röken fyllde lungorna. Precis vad hon behövde. Sally försvann runt gaveln.

Jenny tog ett nytt bloss. Allt som hänt de senaste veckorna passerade revy i huvudet: Markus sönderslagen i stugan på Furillen, mordet på Robert, det olustiga uppvaknandet i villan, den diffusa och oönskade sexuella erfarenheten vad den nu bestod i. Hon mindes fortfarande inte. Och det uppskakande besöket hos Agnes på kliniken. Hur hon än försökte kunde hon inte sudda ut bilden av den utmärglade flickan med de stora ögonen. Skriket som fortfarande ekade i hennes huvud.

Det snöade allt ymnigare och hon insåg att hon borde gå hem. Hon visslade, men ingen hund i sikte. Ropade flera gånger. Ingen reaktion. Hon började bli irriterad, ville verkligen gå tillbaka nu. Reste sig och kastade fimpen över räcket.

Gården var ganska stor med flera byggnader runt omkring. Kanske hade jycken hittat ett dött djur eller något annat intressant. Hon var inte stort mer än en valp och ganska opålitlig.

Jenny gick nerför trappan. Hon klev i den djupa snön runt hörnet och ropade återigen på Sally. Nu såg hon att spåren ledde under en trappa till en källaringång på andra sidan. Med en krypande känsla av fara fortsatte hon ändå framåt. Där var en dörr som stod på glänt. Långsamt närmade hon sig den samtidigt som hon försökte skaka av sig rädslan.

I samma sekund som hon sträckte sig efter handtaget var det någon som fattade tag om hennes arm och drog in henne i mörkret.

Med en dov smäll slog dörren igen bakom henne.

På nyårsdagen vaknade Johan först framåt eftermiddagen med en kännbar baksmälla. Emma snusade bredvid honom och verkade fortfarande sova djupt. Gästrummet var litet och hemtrevligt och låg på övervåningen med utsikt över vintervita åkrar och ängar. Några tjockpälsade lamm stod och glodde vid grinden. Det hade börjat snöa. Han satte sig upp och kunde konstatera att det var utfodringsdags. Tina och Fredrik kom körande med traktorn för att lägga ut hö till de lamm som gick ute året om. Ett vildsint bräkande utbröt som hördes ända in i rummet. Vilket liv de lever här, tänkte han. Hårt kroppsarbete varje dag, oavsett om man haft en stor nyårsbaluns. Den hade fortfarande pågått när han och Emma drog sig tillbaka vid femtiden på morgonen, även om den då reducerats till en skara som trängdes i köket och var sugna på vickning. Han hade somnat till prat och skratt nerifrån köket. Han undrade när värdparet hade kommit i säng.

Festen hade varit riktigt lyckad. De hade njutit av en överdådig trerättersmiddag med både hummer och oxfilé och alldeles för mycket gott vin. Vid tolvslaget hade alla gått ut på den lilla kullen bakom lammhuset och fyrat av en radda fyrverkerier och dessutom njutit av dem som sköts upp här och var i trakterna runt omkring. Sedan var det dans in på småtimmarna. Han hade inte sett röken av Jenny på hela kvällen. Hon hade tydligen stannat på sitt rum. Måste ha varit helt färdig efter sin skräckupplevelse. Den hade också försatt Johan i ett dilemma. Även om hotet som Jenny upplevt hade ett stort nyhetsvärde hade han lovat att hålla tyst åtminstone tills nyårsafton var över. I dag fick de ta en ny diskussion.

Han lät Emma sova och klev upp ur sängen.

Nere i köket var diskbänken överfull med mattallrikar med intorkade rester från gårdagen och smutsiga vin- och champagneglas med diverse skvättar i. Han rynkade på näsan åt den sura lukten, men orkade inte befatta sig med det just nu. En lampa hade ramlat omkull och telefonen låg på golvet. Det hade tydligen varit ganska röjigt här nere.

Kaffet stod på och han hällde upp en kopp. Öppnade kylskåpet och plockade fram ost och smör. Skar upp ett par skivor bröd och knäppte på radion. Svepte flera glas vatten. Efter ett par mackor skulle han säkerligen må bättre. Han avskydde verkligen att vara bakfull. Lyckligtvis hände det sällan numera.

Han slog sig ner vid bordet och tog för sig av frukosten. Njöt av lugnet och stillheten. På radion spelades gamla önskelåtar.

Plötsligt ljöd signaturen för lokala nyheter. *Klockan är två och här är Gotlandsnytt. En sextonårig flicka från Visby hittades i morse död på den vårdinrättning i Stockholm där hon var patient. Dödsorsaken är oklar, men polisen misstänker att flickan bragts om livet. Polisen genomför nu en teknisk undersökning av mordplatsen. Någon gärningsman är än så länge inte gripen.*

Johan slog omedelbart numret till Regionalnytts redaktion. Inget svar. De regionala TV-nyheterna sände inte på nyårsdagen. Förbannat. Han försökte på Grenfors mobil. Det tutade upptaget. En gotländsk flicka funnen mördad i Stockholm, dagen efter att Jenny utsatts för ett regelrätt hot. Fanns någon koppling? Kände de varandra? Johan skyndade uppför trappan fram till Jennys dörr. En skylt med texten *Stör ej* hade hängts på dörrhandtaget. Han knackade på ändå. Inget svar. Hon kunde väl inte sova fortfarande? Försiktigt tryckte han ner handtaget och dörren gick upp.

Rummet var tomt och hans blick föll på den bäddade sängen. Inte ett spår av Jenny.

Jakten på Per Hermansson som efterlystes för mord och mordförsök satte igång på alla fronter. Vid en snabb kontroll visade det sig att han hade varit ledig i flera dagar både i samband med misshandeln av Markus Sandberg och mordet på Robert Ek.

Efter nyår skulle Per Hermansson vara borta från jobbet i nästan en vecka men ingen kände till vad han hade för planer. Han fanns inte i lägenheten och svarade inte på något av sina telefonnummer. Polisen fick snabbt tillstånd för husrannsakan och bröt sig in. Knutas hade just lämnat anorexikliniken och satt i en taxi när Karin ringde.

– Vi har kollat med flyget. Klockan tio i dag flög en Per Hermansson från Bromma till Visby.

– Helvete. Hur kan han veta att Jenny åkt till Gotland?

– I går eftermiddag var det en kille som ringde på vid lägenheten på Kungsholmen som agenturen har. En annan modell var där så hon öppnade. Han frågade efter Jenny och då berättade hon att Jenny åkt hem över nyår.

– Fan också. Och jag har just fått veta att Agnes fick besök av Jenny Levin och en Malin Johansson dan före nyårsafton.

Besöket gjorde henne av nån anledning mycket upprörd och det var just Per Hermansson som tröstade henne efteråt. Har du pratat med Jennys föräldrar?

– Nej, de svarar inte på sina mobiler och på hemnumret kommer bara en konstig ton. Och Jenny själv får vi fortfarande inte tag på.

– Vet du när nästa flyg går?

– Åker du direkt kan du hinna med planet halv två. Det lär knappast vara fullt.

– Okej. Kan du plocka upp mig i Visby?

– Självklart. Det är bara en sak jag inte fattar. Varför skulle Per Hermansson ge sig till att mörda Agnes?

– Barmhärtighetsmord? föreslog Knutas.

Greppet om hennes arm var bryskt och hon kved av smärta. Mannens ansikte var en hårsmån från hennes i mörkret. Hon kunde känna hans andedräkt. Den var varm och fuktig mot hennes kind. Han viskade med läpparna snuddande vid hennes öra.

– Det var ju trevligt att du valde att gå just hit, Jenny Levin. Jag som trodde att jag skulle behöva bryta mig in i huset, men du besparade mig det besväret. Det här gör det mycket enklare för mig. Tack för det, fina fotomodellen. Men nu kanske det inte är så roligt att heta Jenny Levin längre. Här är du bara en vanlig tjej förstår du, inget märkvärdig alls. Inga fotoblixtar, inget rampljus, Jenny lilla.

Rösten förändrades från att vara tillgjort beklagande till föraktfullt hatisk.

Han knuffade undan henne så våldsamt att hon flög som en vante genom källarutrymmet och landade på det kalla och hårda cementgolvet.

Han stirrade på henne. Hon kunde knappt urskilja hans ansikte i dunklet. Han var yngre än hon trodde, men hon kände igen hans konturer. Och kepsen.

Blicken var fylld av vansinne eller kallt, undertryckt raseri, hon visste inte vilket. Kanske var det bådadera. Kanske var mannen en renodlad psykopat.

– Vad vill du? stammade hon.

– Vad tror lilla fröken? väste han hånfullt. Lilla fröken modellen.

Han sög på ordet. *Lilla modellen som har gett sig in i karusellen,* nynnade han lågt.

– Vad vill du mig? stammade hon. Vad har jag gjort?

Han gick fram mot henne, hukade sig ner med ansiktet bara några centimeter från hennes. Tog av sig kepsen. Jenny flämtade till.

– Känner du igen mig?

Rösten var onödigt hög i det trånga källarutrymmet och han artikulerade överdrivet tydligt.

– Ja, viskade hon. Du var på anorexikliniken med Agnes.

– Just det, svarade han snabbt.

A-n-o-r-e-x-i-k-l-i-n-i-k-e-n, bokstaverade han. Där Agnes ligger nu, tack vare såna som du.

– Vad menar du? Vad har jag...

Längre hann hon inte förrän hon fick ett hårt slag över munnen. Han spottade fram orden.

– Håll käften. Vem fan tror du att du är? Komma insvängande i högklackat och slänga med håret inne på kliniken och låtsas som att du kom för Agnes skull? Det var ett hån mot henne och alla andra där inne och det vet du lika bra som jag!

Jenny låg på golvet med händerna över den nu blödande läppen.

– Men jag ville bara...

Knytnäven exploderade i hennes ansikte. I några sekunder blev allt svart. Skräcken lamslog henne. Hon var ensam med den här galningen, totalt utlämnad. Och gården var öde, ingen människa bodde där och ingen gjorde sig något ärende dit. Nu stod han lutad över henne. Hon anade hans svarta, blankputsade kängor, endast millimeter från ansiktet.

– Ville bara? väste han. Ville bara? Jag ska tala om för dig varför du och jag är här just nu. Hela den här sinnessjuka modeindustrin har nästan tagit livet av min tjej, fattar du det? Den enda människa jag nånsin har brytt mig om. Agnes var smal och fin, men hon dög inte. De sa till henne att hon inte *dög?* Fattar du? De bröt ner hennes självförtroende – hon var en ung, söt tjej med hela livet framför sig! De sa till henne att hon inte var fin nog, hon måste banta. Och som hon bantade, *som hon bantade.* Hon svälte sig nästan till döds. Hon vägde fyrtiotre kilo när hon kom till oss. Och hon är lång, Agnes. Hon är etthundrasjuttiofem centimeter. Fattar du vad det betyder? *Fyrtiotre kilo.* Vet du vad som händer med en anorektiker, vet du det? Vet du att hjärnan krymper av svälten, att alla organ blir mindre? Att de till slut inte kan läsa, att hjärtat krymper så att de kan få hjärtstillestånd. Vet du att vi har patienter som är så svaga när de kommer in att de inte ens orkar lyfta på huvudet? Kan du få in det i din skalle?

– Men jag har aldrig… försökte Jenny med svag röst.

– Du har aldrig, fräste han. Nej, du har aldrig gjort en fluga förnär, eller hur? Du är vit som snö och helt jävla oskyldig. Fattar du inte vad du bidrar med när du svansar omkring och gör dig till på de där modebilderna? Fattar du inte vilka komplex du ger unga tjejer som ska försöka leva upp till bilden du förmedlar? Och det är precis vad du är – en bild – en illusion – en dröm. Du är inte *på riktigt.* Du är symbolen för hela den här stinkande industrin och framför allt är du symbolen för den här satans agenturen som förstörde Agnes liv och nästan lyckats döda henne. Du ska dö, din förbannade, förljugna luftbubbla. För det är precis vad du är, en luftbubbla – totalt tom på innehåll.

Jenny låg stilla, oförmögen att röra en muskel medan hon med stigande panik lyssnade på det smattrande ordflödet.

Med ens verkade han nöja sig. Han stegade bestämt bort till ytterdörren och för ett ögonblick hoppades hon att han skulle öppna den och försvinna. Istället böjde han sig framåt och lyfte upp något föremål.

I nästa sekund såg hon vad han hade i handen.

Han vände sig emot henne, men avbröts av högljudda hundskall utanför.

– Vad i helvete?

Jenny låg kvar, fastfrusen i samma ställning på golvet och vågade knappt andas. Nu mindes hon hans namn. Per, Agnes behandlare. De hade hälsat kort på varandra där på kliniken.

Han hukade sig ner och lutade överkroppen mot väggen. Under några minuter satt han bara där, verkade överväga vad han skulle göra härnäst. Han kastade en blick på henne, bestämde sig uppenbarligen för att ta itu med henne senare. Reste sig och kikade ut genom fönstret.

– Jag hatar hundjävlar, muttrade han.

Han gläntade på dörren och makade sig ut medan hunden morrade och skällde vilt.

– Aj satan, skrek han, antagligen när Sally satte tänderna i honom.

Bra, Sally, tänkte Jenny. Duktig vovve.

Hon lyssnade spänt. Allt gick på några sekunder. Ett tumult, en duns mot väggen, sedan tystnade hunden tvärt och övergick till ett stillsamt gnyende.

Per återvände in. Såg kallt på henne. Han höll yxan i handen. Hon såg att den var blodig.

– Vänta, vädjade hon. Snälla du. Vänta.

En halvtimme efter att Jenny gått iväg på sin promenad kom hunden Sally linkande in på gårdsplanen. Utan sin matte. Hon blödde från ett sår i huvudet, haltade på vänster baktass och verkade allmänt medtagen.

– Vad i hela världen…? utropade Tina som just återkommit från hagen och klivit ner från traktorn. Hon satte sig på huk och granskade det fula såret mitt på skallen. En blodig skåra som om hon fått ett hugg. Tiken gnällde. Strupen snördes ihop. Var fanns Jenny?

Hon reste sig och spanade bort mot vägen där dottern försvunnit. Snön yrde och sikten försämrades för varje minut, hon såg bara några meter bort, sedan försvann det omgivande landskapet som i ett töcken. Johan kom gående från huset.

– Jennys rum är tomt. Vet du var hon är?

– Hon har bara gått ut på en promenad, sa hon förvirrat. Med hunden.

Tårarna började rinna medan hon tittade bortåt vägen igen.

– Jaha, vilken tur, sa Johan med lättnad i rösten. Jag fick

för mig att hon inte hade sovit i sin säng i natt.

– Jo, det har hon. Men så skulle hon gå ut och gå. Med Sally, fast nu kom hunden tillbaka, alldeles blodig. Johan, vad kan ha hänt?

Tinas gråt tilltog och hon ryckte Johan förtvivlat i jackärmen.

– Var är Jenny?

Innan han hann svara svängde flera polisbilar in på gården. Först ut var Karin och Knutas. De hälsade snabbt.

– Vad står på? frågade Karin.

– Jenny gick ut på en promenad med hunden, men nu kom den tillbaka, skadad och blodig, sa Johan. Och Jenny är borta.

– Hur länge sen är det hon gick iväg?

– Ungefär en halvtimme.

– Vilken väg tog hon?

Snön fortsatte att falla ihållande och sopade effektivt igen alla spår. Poliserna spred ut sig åt olika håll. Knutas och Karin skyndade ner genom allén och vidare in på den traktorväg bort mot skogen som Tina sa att Jenny kunde ha valt. Den var plogad. De höll ett visst avstånd från varandra och spanade utåt sidorna, men sikten var ytterst begränsad. Det började redan skymma.

Längre fram delade sig vägen och de vek av åt varsitt håll. Knutas tog den som vette åt skogen till. Det dröjde inte länge förrän en gammal övergiven gård dök upp. Den var gråmurken och snön låg tjock över de fallfärdiga byggnadernas tak. Det klack till i honom när han upptäckte spår på marken som ledde in mot gården. Hjärtat slog snabbare. Han drog fram sitt tjänstevapen och pulsade fram till verandan. Men spåren fortsatte bakom huset. Han följde dem och såg även avtryck efter något djur. Det kunde mycket väl vara en hund. När han rundat byggnaden förstod han omedelbart att någon uppehöll sig på gården. En källardörr stod på glänt och ett ljussken flammade från ett litet fönster. Långsamt smög han sig fram mot dörren och kikade in genom glipan. Inne i det skumma källarutrymmet brann ett stearinljus i en lykta. På golvet satt Jenny Levin hopkrupen i ett hörn och Per Hermansson vankade av och an samtidigt som han vägde en yxa i handen. Han talade högt i en mässande ton, men Knutas kunde inte uppfatta orden.

Han slet upp dörren med draget vapen.

– Polis!

Sedan gick allt blixtsnabbt. Per kastade yxan mot Knutas som duckade och därför missade den sitt mål. Men det gav Per tillräckligt med tid för att hinna knuffa omkull honom på vägen ut genom dörren. Knutas kom snabbt på fötter och rusade efter.

– Stanna! Polis!

Per Hermansson försvann runt hörnet och rusade ut på åkern som låg bakom huset. I ögonvrån såg Knutas en bil som parkerats ett stycke bort på vägen. Han sprang efter för allt vad tygen höll.

– Stanna, upprepade han. Annars skjuter jag!

Den flyende mannen lät sig inte bekomma utan fortsatte oförtrutet. Snabbt slukades han upp av snöyran och det fallande mörkret. Knutas sköt ett varningsskott i luften och skrek rätt ut i tomma intet.

– Stanna!

Säkerligen hade han inte en chans att komma ikapp. Han skymtade en skugga längre fram som försvann bort mot skogsbrynet.

Knutas skyndade efter och snart var han inne i skogen.

Han följde en stig mellan träden med ficklampan han turligt nog fått med sig i ena handen och pistolen i den andra. Här var det lättare, snön stack inte i ögonen och han kunde följa färska skospår på marken. Hjärtat stångades i bröstkorgen och det enda ljud han hörde var sin egen tunga andhämtning och grenar som rispade mot kläderna där han tog sig fram. Efter ytterligare ett stycke upptäckte han blodfläckar intill skoavtrycken. Jublade inom sig, killen var skadad. Kanske hade hunden bitit honom.

I ett slag var Knutas odds att komma ifatt bra mycket bättre. Blodet tycktes öka i omfattning, fläckarna blev fler och fler. Hade han tur skulle Per Hermansson så småningom tvingas att stanna.

Tvärt upphörde spåren, den unge mannen hade tagit av till höger in i skogen. Knutas stannade upp ett ögonblick, hämtade andan. Tystnaden bröts av polissirener långt borta. Förstärkningen var gudskelov på väg. Hundarna skulle hitta Hermansson på ett kick. Knutas lyste med ficklampan mot spåren som försvann in bland träden. Plötsligt ryckte han till. Ett prassel bara några meter ifrån honom. Han stannade upp, lyssnade intensivt. Kände inte kylan. Insåg att det ångade om honom. En mörk silhuett längre in. Jodå, det var där han gömde sig.

Knutas tog några försiktiga steg i den riktningen. Visserligen hade Per Hermansson slängt ifrån sig yxan, men han kunde ändå vara beväpnad. Kanske till och med ha ett skjutvapen. Knutas var naturligtvis upptäckt vid det här laget och gärningsmannen stod troligen och iakttog honom. Skenet från ficklampan syntes säkert på långt håll. Det var lika bra att han gav sig tillkänna.

– Per, ropade han, rakt ut i mörkret. Hur mår du? Är du skadad?

Inget svar. Bara tystnad, förutom hans egna, fortfarande flåsande, andetag. Bildörrar som slog långt borta. En kråka som kraxade. Svagt sus i träden. Snön fortsatte att falla men den stoppades på vägen av grantoppar och tallkronor.

– Du behöver hjälp, Per, försökte han. Du är skadad, du blöder. Det ser jag ju.

Han avvaktade en stund. Insåg med ens att Per befann sig helt nära.

– Lägg ner vapnet, hörde han en sammanbiten röst inifrån skogen.

– Polisen är här nu, sa Knutas. Vägarna är avspärrade. Vi vet vem du är, du tog hand om Agnes och hon tyckte väldigt mycket om dig. Det vet vi. Alla på kliniken sa att ni hade nåt speciellt, att det var nåt särskilt med er relation. Men nu är Agnes borta. Det är dags att ge upp, Per.

En kort tystnad.

– Borta? hördes rösten ihåligt. Vad menar du med att Agnes är borta?

Knutas greps av en iskall insikt. Per hade inte en aning om Agnes död. En snabb ilning utefter ryggraden. Han visste inte om det!

– Agnes hittades död i morse i sin säng på avdelningen. Hon har blivit mördad, kvävd till döds.

Ytterligare tystnad.

Efter någon minut visade han sig. Ett vitt ansikte bland träden. En man som med utsträckta händer stapplade emot honom, med det ena benet släpande efter sig. En man med en bottenlös förtvivlan i ögonen och darrande läppar som försökte forma ett ord. Till slut viskade han, knappt hörbart:

– Död? Är Agnes död?

– Tyvärr.

I den stunden glömde Knutas att han stod öga mot öga

med en mördare. Han såg en ung mans ansikte, komplett naket i sin förtvivlan. I ögonen fanns en sorg, så djup och tung att den nästan fällde honom till marken. Per Hermansson skakade på huvudet, först sakta och sedan allt häftigare.

Skriket började långt inifrån och fortplantade sig genom strupen och ut över den mörka, tysta skogen.

Lägenheten i Hammarby sjöstad låg precis vid vattnet, längst nere vid Hammarbyterrassen med utsikt över Södermalm på andra sidan. Hon gick ut i köket och satte på kaffe. Hämtade det senaste fotoalbumet i bokhyllan i vardagsrummet innan hon slog sig ner vid köksbordet. Lyssnade till kaffebryggarens mödosamma pysande och porlande. Det lät som om den stånkade fram vattnet. Hon borde ha kalkat av den för länge sedan.

Hon öppnade albumet, hade kostat på sig en exklusiv modell med pärmar i svart skinn. Innehållet var ju något alldeles extra. Detta var hennes kärleksalbum. Hennes och Rikards. Hon fick tårar i ögonen när hon betraktade bilderna. Hon hade alltid varit en gråterska. Där log Rikard mot henne. Det var i somras, han var solbränd och stod i shorts och rutig kortärmad skjorta på bryggan på Ljusterö. De hade båtluffat i en vecka och upplevt Stockholms skärgård tillsammans. Där satt han på en klippa i kvällningen. Vad fin han var. En riktig man. Och där var de två tillsammans. De hade bett servitrisen på restaurangen där de åt middag en kväll att ta kort.

Tänk att hon bara dagen före hade varit nära att riva sönder alla bilderna. Tur att Rikard hade ringt och hindrat henne. Det fanns hopp för dem ändå. Särskilt nu. När det bara var de två kvar. Hon hade gjort det hon var tvungen att göra. Agnes hade hindrat henne från att njuta av den stora kärleken som hon äntligen hittat. Och flickan ville ju inte ens leva. Allt skulle bli bra igen. Lugnet hade lagt sig inom henne. Vilken skillnad mot hur hon hade känt sig på nyårsafton. Grälet hade handlat om Agnes för tusende gången. Som vanligt stod Rikards bortskämda och egensinniga dotter i vägen för dem. Men hon hade tagit sig samman. Sett möjligheten nu när polisen ändå jagade en mördare. Och hon visste sedan länge vem han var.

Sent på eftermiddagen på nyårsafton hade hon gått till kliniken med en present till Per. Sedan gick hon aldrig hem därifrån, utan gömde sig i ett patientrum som stod tomt över nyårshelgen. Resten hade varit en enkel historia. Hon var nöjd med sig själv. Hon hade röjt undan hindret för sin lycka. Hon visste att hon skulle klara det här. Hon hade alltid varit bra på att ta sig ur knipor. Hon hade makten att styra sitt liv. Nu skulle Rikard bli ännu mer beroende av henne. Nu hade han ingen annan.

Hon reste sig och fyllde en kopp, tog fram Aladdinasken som stått orörd i kylen hela julhelgen.

Hon kunde gott unna sig något sött efter allt som hon varit med om.

Hon hade just svalt den första chokladpralinen när det ringde på dörren. Hjärtat hoppade till av glädje. Hade han hunnit hit redan? Hon rättade till håret och kastade en snabb blick i spegeln innan hon gick ut i hallen för att öppna. Hon var så ivrig att hon glömde se efter i kikhålet som hon brukade.

Utanför stod två personer. Hon kände inte igen någon av dem. Den ene höll fram en polislegitimation.

– Det är polisen. Är du Katarina Hansell?

Författarens tack

Denna historia är helt och hållet påhittad. Alla likheter mellan karaktärerna i romanen och existerande personer är tillfälligheter. Ibland har jag tagit mig den konstnärliga friheten att förändra verkligheten till förmån för berättelsen. Som ett modemagasins pressläggning, SVT:s regionala nyhetsredaktioners bevakningsområden och lite annat. Miljöerna i boken beskrivs nästan uteslutande som jag upplever dem i verkligheten, undantag förekommer.

Eventuella fel som smugit sig in är alltid mina egna.

Först och främst vill jag tacka min man och största bollplank, journalisten *Cenneth Niklasson* för allt ditt stöd och all din kärlek och mina underbara barn *Rebecka (Bella)* och *Sebastian* för att ni är mina varmaste solstrålar i livet.

Även stort tack till:

Sofia Åkerman, författare och föreläsare
Isabelle Kågelius
Lovisa Carlsson

Åsa Sieurin

Ankie Sahlin, Mando anorexiklinik Huddinge sjukhus

Maria Bejhem, enhetschef Capio Anorexi Center, Löwenströmska sjukhuset

Magnus Frank, kriminalkommissarie Visbypolisen

Martin Csatlos, Rättsmedicinska avdelningen i Solna

Johan Gardelius, kriminaltekniker Visbypolisen

Ulf Åsgård, psykiater

Lena Allerstam, journalist

Johan Hellström, ägare av Furillen

Jenny Mardell, agent och modellscout, Stockholmsgruppen

Emma Sahlin, stylist/moderedaktör Damernas Värld

Haddy Foon, modell

Lina Montanari, Grand Hôtel

Lars och Marianne Nobell, Gannarve gård Gotland

Mian Lodalen, författare och journalist

Ett stort tack till alla proffsiga medarbetare på Albert Bonniers Förlag – framför allt mina förläggare *Jonas Axelsson* och *Lotta Aquilonius* och min redaktör *Ulrika Åkerlund*.

Min pressagent *Lina Wijk* och pr-kvinna *Gilda Romero*.
Min formgivare *Sofia Scheutz*.
Mina agenter *Emma Tibblin, Jenny Stjernströmer Björk* och *Poa Broström*.

Och alla underbara författarkolleger för stöd och peppning och för allt kul vi har!

Stockholm i mars 2010
Mari Jungstedt

www.jungstedtmari.se
www.jungstedtsgotland.se